Mara Purnhagen

SILVER WHISPERS
Die Geisterflüsterin

DIE AUTORIN

Mara Purnhagen braucht in regelmäßigen Dosen einen großen Karamell-Latte, ihren iPod und den Stapel Bücher auf ihrem Nachttisch. Nach Stationen in Illinois, Michigan und South Carolina lebt sie heute mit ihrer Familie und zwei Katzen in Cleveland im US-Bundesstaat Ohio.

Mehr über cbt/cbj auf Instagram unter @hey_reader

MARA PURNHAGEN

Silver Whispers

Die Geisterflüsterin

Aus dem Amerikanischen
von Michaela Link

cbt

Dieses Buch ist auch als E-Book erhältlich.

MIX
Papier aus verantwortungsvollen Quellen
FSC® C014496

Verlagsgruppe Random House FSC® N001967

1. Auflage 2019
Erstmals als cbt Taschenbuch Dezember 2019

Die Originalausgabe erschien 2010
unter dem Titel »Past Midnight« bei Harlequin Books SA

Übersetzung: Michaela Link
Lektorat: Kerstin Kipker
Umschlaggestaltung: Caroline Liepins, München
unter Verwendung der Fotos von © Shutterstock (Spectral-Design;
f11photo; faestock; spainstock; Serg Zastavkin)
MP · Herstellung: SeS
Satz und Druck: GGP Media GmbH, Pößneck
ISBN 978-3-570-31109-7
Printed in Germany

www.cbj-verlag.de

Vier Personen gewidmet,
die immer alles andere als normal gelebt haben:

Sayrah, Christine, John-Paul und Matthew

Ich weiß viel über Geister. Mehr als jeder Durchschnittsbürger und viel, viel mehr als jede andere Siebzehnjährige. Außer Jared und Avery, aber sie haben das meiste, was sie wissen, in diesem Jahr von mir gelernt, als alles immer verrückter wurde. Ich weiß auch viel darüber, wie alles immer verrückter wird, dank meinen Eltern. Sie erforschen als Wissenschaftler das Paranormale, und sagen wir es einmal so, sie bringen ihre Arbeit gern mit nach Hause. Und manchmal folgt ihnen ihre Arbeit auch nach Hause.

Für immer.

1

Ich war nie normal, aber ich tat gern so, als sei ich es. Es dauerte für gewöhnlich ein paar Monate, bevor mir auch der Letzte auf die Schliche gekommen war. Der Schulstart verlief zunächst bestens, dann kam Halloween und meine Eltern erschienen in sämtlichen Lokalnachrichten, und schon war ich als Charlotte Silver enttarnt, Prinzessin des Paranormalen. Ich weiß nicht, warum ich dachte, dass es dieses Jahr vielleicht anders sein würde. Und vielleicht war es auch anders, aber nicht auf die Art, wie ich gehofft hatte. Wenn überhaupt, war es viel, viel schlimmer.

Wir hatten den Sommer in Charleston, South Carolina, verbracht. Meine Eltern produzierten eine weitere Dokumentation mit dem Titel *Gastfreundschaft für Geister*. Sie verbrachten ihre Tage damit, in alten Hotels und Restaurants zu recherchieren, die behaupteten, von Geistern heimgesucht worden zu sein, während ich mich am Strand entspannte oder mit meiner Schwester

Annalise durch die Stadt streifte. Annalise ging aufs College von Charleston und hatte in ihren Semesterferien einen Teilzeitjob angenommen in einem der Restaurants im Ort, in denen es angeblich spukte.

»Das einzig Unheimliche an dem Laden ist mein Boss«, erzählte sie mir, während wir unsere Handtücher auf dem Sand ausbreiteten. »Er neigt ein wenig zum Grapschen, wenn du weißt, was ich meine.«

Ich wusste es nicht, aber ich konnte es mir denken. Annalise war atemberaubend schön – mit großen, haselnussbraunen Augen und glänzendem, schwarzen Haar – genau wie unsere Mom. Früher hatten ihr alle eine Zukunft als Model prophezeit, aber dann war sie nur knapp einen Meter fünfzig groß geworden, womit die Modelkarriere zu Ende war, bevor sie überhaupt begonnen hatte. Meine Eltern hatten sie jedoch einige Male in ihren Dokumentationen eingesetzt, wenn Szenen nachgestellt werden mussten. Annalise frisierte sich dafür das Haar zu einem Knoten, schlüpfte in ein weißes, viktorianisches Kleid und schritt langsam vor einer grünen Leinwand her. Durch Spezialeffekte erschien sie als transparente Gestalt, die über den Boden schwebte. Sie gab einen tollen Geist ab, was paradox war, denn im echten Leben war sie diejenige, die allen auffiel, während ich vorbeischlüpfte, ohne dass es jemand merkte.

Annalise glich Mom, und ich kam nach Dad – hochgewachsen und drahtig mit dunklem Haar, so glatt, dass es einfach nervte. Mein Haar hatte nicht einmal den

Hauch einer Welle. Ich ließ es gerade so lang wachsen, dass ich es mir hinter die Ohren stecken konnte, und nahm es Annalise insgeheim übel, wenn sie sich darüber beschwerte, dass ihre glänzenden Locken einfach »zu elastisch« waren.

In unserer dritten Woche in Charleston beschlossen wir, morgens in den Waterfront Park zu gehen. Es war ein warmer Junitag, eine leichte Brise wehte vom Meer her, und in der Luft hing das Kreischen der Möwen. Wir gingen über den Pier und suchten einen Platz, von dem aus wir die Boote beobachten konnten. Die hölzernen Schaukelbänke waren allesamt von Touristen besetzt, also warteten wir, bis ein mit Kameras beladenes Paar sich schwerfällig erhob, und nahmen die Schaukel in Besitz. Wir lehnten uns zurück und schaukelten langsam, genossen die klare Sicht auf die im Hafen liegenden Kreuzfahrtschiffe und die allgegenwärtigen Vögel.

»Das ist schön«, sagte ich und stieß mich mit den Füßen vom Boden ab, um die Bank zum Schaukeln zu bringen.

»Im Sommer ist es am besten«, murmelte Annalise. Sie klang schläfrig. Ich war ebenfalls müde und fürchtete, wir könnten einschlafen und Stunden später mit einem schlimmen Sonnenbrand aufwachen.

»Sollen wir vielleicht am Strand spazieren gehen?«

»Lohnt sich nicht. Wir müssen uns schon in einer knappen Stunde mit Mom und Dad treffen.«

Ich hörte auf zu schaukeln. »Sie haben mir nicht gesagt, dass sie heute eine Szene drehen.«

Annalise lächelte. »Sie haben mich heute Morgen angerufen. Sie brauchen wieder einen Köder.«

»Köder« war unser Ausdruck für eine Person, die eingesetzt wurde, um paranormale Energie anzulocken. Manche Menschen behaupteten, ein Geist würde nur erscheinen, wenn ein gewisser Typ Mensch zugegen war, wie zum Beispiel ein neugieriges Kind oder ein hübsches Mädchen. Ich brauchte nicht zu raten, welchen Typ meine Eltern im Auge hatten, und ich verspürte den vertrauten Stich der Eifersucht. Ich wurde niemals gebeten, als Geisterköder zu dienen. Vielleicht hätte ich dankbar dafür sein sollen, aber ich fragte mich insgeheim, ob unsere Eltern mich etwa für nicht hübsch genug hielten, um das Interesse eines toten, körperlosen Typen zu erregen. Es war demütigend. Natürlich glaubte niemand in meiner Familie wirklich an Geister, aber dennoch. Bevor ich mich zu sehr aufregen konnte, sprach Annalise weiter.

»Sie haben gesagt, dass sie auch dich brauchen.«

»Wirklich?« Vielleicht hatte ich mich geirrt. Vielleicht waren meine Eltern doch nicht so wählerisch, was die Köder anging.

»Mom hat gesagt, der Typ, der für den Ton zuständig ist, sei krank. Sie braucht deine Hilfe.«

Natürlich. Brauchst du ein schönes Mädchen, um widerspenstige Geister aus ihrem Versteck zu locken? Ruf Annalise an. Brauchst du eine unattraktive und verlässliche Mitarbeiterin, die für jemanden einspringt? Ruf Charlotte an. Nein, ruf sie nicht einmal selbst an, sondern sag einfach Annalise, dass sie sie mitschleppen soll. Natürlich hielten meine Eltern es für unmöglich, dass ich an einem Sommernachmittag womöglich etwas anderes zu tun hatte. Ich schüttelte den Kopf.

»Ich muss aufhören, so zu denken«, murmelte ich vor mich hin.

»Hm?«

Ich seufzte und stieß die Schaukelbank noch kräftiger an. »Nichts.«

Wir blieben noch ein Weilchen sitzen, bevor wir mit klatschenden Flipflops durch die Altstadt schlenderten. Die Luft roch nach Jasmin und fühlte sich kühler an als auf dem Pier. Männer blieben stehen, um Annalise anzugaffen, und ich tat so, als bemerkte ich es nicht. Es war sogar ganz einfach, denn es gab so viel zu sehen: historische Villen, moosbehangene Bäume und Pferdekutschen voller lärmender Touristen. Ich hielt an den Hauswänden Ausschau nach schwarzen Riegeln, einem verräterischen Zeichen dafür, dass ein Gebäude bei dem Erdbeben 1886 beschädigt, aber nicht völlig zerstört worden war. Ich fand es erstaunlich, dass diese Häuser solide genug gewesen waren, um der Verwüstung zu entgehen, und heute immer noch standen. »Es ist so schön hier«, seufzte ich.

Annalise rückte ihr Bikini-Oberteil zurecht. »Ja? Ich bemerke das gar nicht mehr. Ich bin wohl daran gewöhnt.«

Ich wusste, dass ich mich niemals daran gewöhnen würde, in einer solchen Stadt zu leben – und das, obwohl ich doch schon an vielen Orten gelebt habe. Wann immer meine Eltern Gelder für einen Dokumentarfilm organisieren konnten, packten wir zusammen und zogen um, manchmal nur für wenige Wochen. Am längsten haben wir in England gelebt, da war ich vier und Annalise acht. Unsere Eltern haben ein Jahr damit verbracht, Forschungen über alte Burgen anzustellen. Ich erinnere mich an kaum etwas, aber meine Eltern erzählten gern Geschichten darüber, wie Annalise und ich dunkle Türme hinaufkletterten und in Folterkammern im Keller unser Nickerchen hielten. Nicht unbedingt eine typische Kindheit. Natürlich hatten wir auch keine typischen Eltern.

Mom und Dad hatten sich gleich nach dem College kennengelernt. Sie hatten beide an unterschiedlichen Ivy-League-Hochschulen Psychologie studiert und waren sich bei einer landesweiten Konferenz in die Arme gelaufen – buchstäblich, behauptet Mom – vor einem Vortrag über Parapsychologie. Keiner von ihnen glaubte an Geister oder Spuk oder Telepathie oder irgendetwas anderes in der Richtung, aber ihr Interesse traf sich in einem bestimmten Vorhaben: den Gegenbeweis zu liefern. Binnen eines Jahres hatten sie geheiratet und sich daran gemacht, einige der berühmtesten Geistergeschichten der Welt als Humbug zu entlarven: angefangen bei heulenden Frauen in Hotelfluren bis hin zu verwirrten Soldaten aus dem Bürgerkrieg, die über leere Felder streiften. Gemeinsam schrieben sie das Buch *Spuk und Wissenschaft,* das wissenschaftliche Erklärungen für Geisterphänomene lieferte. Sie machten beide einen Karrieresprung, und schon bald waren sie die weltweit führenden Gespensterentlarver.

Dann, als meine Mutter im dritten Monat mit mir schwanger war, geschah etwas.

Sie drehten einen Dokumentarfilm in einem verlassenen Irrenhaus. Dad stellte eine Kamera um, als er spürte, wie etwas über sein Bein strich. Als er hinabschaute, sah er nichts, aber als er später die Aufnahme seiner Wärmebildkamera anschaute, entdeckte er eine kleine Gestalt, ungefähr neunzig Zentimeter groß, die an ihm vorbeihuschte. Als Dad die Tonaufnahmen checkte und den genauen Zeitpunkt fand, an dem er gespürt hatte, wie etwas über sein Bein strich, konnte man eine deutliche Stimme hören, die sich höflich entschuldigte.

Ich schätze, das änderte alles. Es war das erste Phänomen, das meine Eltern nicht erklären konnten. Dad war von da an besessen von ESPs oder elektronischen Stimmenphänomenen. Das sind Geräusche, die zu leise sind, als dass man sie hören könnte, die aber von Aufnahmegeräten aufgefangen werden können. Für einige davon fand er natürliche Erklärungen, wie zum Beispiel, dass es lokale Funkstörungen seien, und in anderen Fällen konnte er beweisen, dass es sich um Scherze handelte, aber er konnte nie ganz erklären, was an jenem Tag in der Irrenanstalt mit ihm passiert war.

Dad hatte mir einmal erzählt, der Trick bestehe darin, nicht zu beweisen, dass etwas real ist, sondern zu beweisen, dass es nicht real ist. Meine Eltern verbrachten ihr Leben mit dem Versuch, zu beweisen, dass Dinge *nicht* real waren, und sie waren meistens erfolgreich. *Sehr* erfolgreich, nach ihren Buchverkäufen und Fernsehaufträgen zu schließen. Aber manchmal fragte ich mich, ob sie nicht eigentlich vor allem eins wollten: über jeden Zweifel hinaus eine klare und absolute Antwort auf die Frage bekommen, was geschieht, nachdem eine Person stirbt. Ich persönlich wollte es gar nicht wissen, denn auch wenn man die Antwort wusste, konnte man den Tod schließlich nicht verhindern, aber ich verstand, dass die Frage manche Menschen auffraß.

Als Annalise und ich das Restaurant fanden, das unsere Eltern derzeit untersuchten, hatte ich einen Riesenhunger, und auf meiner Stirn stand der Schweiß. Alles, was ich wollte, war ein Mittagessen und einen Schwall klimatisierter Luft. Aber als ich die Tür zum Courtyard Café öffnete, wusste ich sofort, dass ich keins von beidem bekommen würde.

Drinnen im Restaurant war es dunkel und stickig. Einige Deckenventilatoren rührten nur müde in der dicken Luft und verteilten die heiße Brise lediglich. Alle Tische waren an eine Wand geschoben worden, die Stühle am anderen Ende übereinandergestapelt. Ich kannte den größten Teil der Crew und erriet, dass es sich bei dem Rest der Anwesenden um Angestellte handelte, die darauf warteten, dass etwas geschah.

»Mädchen! Gott sei Dank, ihr seid hier.« Mom kam auf uns zugeeilt. Sie trug ihre Arbeitskleidung: eine

Khakihose und ein schwarzes T-Shirt. »Wir hängen dem Zeitplan hinterher«, sagte Mom mit Blick auf Annalise. »Der Besitzer ist frustriert und wir hatten heute absolut keine Messwerte.« Mom senkte die Stimme und nickte in Richtung einer dunkelhaarigen Frau, die in der Ecke stand. Sie trug eine lange Schürze, auf die »Mrs Paul« gestickt war. »Die Inhaberin behauptet, in diesem Gebäude geht eine grüne Dame umher.« Mom grinste. »Im Ernst.«

Mom glaubte nicht an Erscheinungen irgendwelcher Art. Ihre These lautete, dass Menschen, die etwas Unerklärliches gesehen hatten, es unbewusst mit etwas Vertrautem verbanden. Sie war in zwanzig Jahren Forschung kein einziges Mal auf einen echten, wiederkehrenden Geist gestoßen.

Annalise lächelte. »Ich stehe zur Verfügung, wofür auch immer ihr mich braucht.«

»Ich auch«, meldete ich mich zu Wort. »Könnte ich nur vorher schnell etwas zu Mittag essen?«

Mom sah mich an. »Keine Zeit. Aber wir werden später zum Abendessen ausgehen, okay? Wunderbar. Du weißt, wo die Tonausrüstung ist, Schätzchen.«

Ich stapfte davon, um das Galgenmikro zu suchen, während Annalise ein schwarzes T-Shirt über ihr Bikini-Top zog und sich bereit machte, als Köder des Tages zu dienen. Alle im Team trugen schwarze Hemden, weil es auf diese Weise einfacher für die Kameras war, Licht um eine Person herum aufzufangen. Ich trug einen weißen Umhang über meinem Badeanzug, aber es spielte keine allzu große Rolle – die Tonassistentin kam immer hinter allen anderen.

Dad betrat den Raum und klatschte in die Hände. »Achtung, bitte!«, rief er. »Wir ziehen ins Nebenzimmer um. Wir bauen auf und fangen an zu drehen.«

Er sah mich und winkte. Ich versuchte zurückzuwinken, aber ich hielt das Galgenmikro und traf damit versehentlich den Kopf von Shane, unserem Hauptkameramann.

»Pass doch auf«, blaffte er, aber als er sah, dass ich es war, lächelte er. »Oh, hallo, Kleine. Springst du ein?«

»Leider.« Ich seufzte.

Shane war so lange bei uns, dass er fast zur Familie gehörte. Er war dreißig, untersetzt und treuer Fan von Low-Budget-Horrorfilmen. Er hatte damals gerade versucht, seinen eigenen Slasher-Film zu drehen, als er meine Eltern kennengelernt hatte, die ihm einen regelmäßigen Gehaltsscheck und seltsame Abenteuer versprachen, daher blieb er bei uns, statt nach Hollywood abzudampfen. Shane war das einzige Mitglied der Crew, das von Anfang an bei uns gewesen war. Die meisten Leute blieben für ein oder zwei Projekte, dann ließen sie sich wie normale Menschen irgendwo nieder. Shane war wie wir – eindeutig *nicht* normal.

Wir alle bewegten uns wie eine träge, verschwitzte Herde in den angrenzenden Raum. Wie im vorderen Zimmer hatte man auch hier alle Tische und Stühle an den Wänden gestapelt und die Vorhänge zugezogen, damit es dunkler war. Ich brauchte eine Sekunde, um es zu merken, aber der Raum war viel kühler als der andere. Genau genommen war er regelrecht kalt. Binnen Minuten hatte ich eine Gänsehaut.

»Hast du ein Sweatshirt, das du mir leihen kannst?«, flüsterte ich Annalise zu.

Sie bedachte mich mit einem komischen Blick und ging in die Ecke des Raums. »In meiner Strandtasche müsste eines sein.« Nach kurzem Herumkramen kam sie mit einem rosa Pulli zurück. »Probier ihn. Er ist mir zu groß, also wird er dir vielleicht passen.«

Ich legte das schwere Gerät beiseite und zog den Pulli an. Er war ein wenig kurz, aber er passte tatsächlich, und mir wurde ein bisschen wärmer.

Dad bat alle, still zu sein und sich bereit zu machen. Dann wies er Annalise an, sich mitten in den Raum zu stellen. Nachdem er alle Kameras zweimal gecheckt hatte, gab er ihr das Signal, zu reden.

»Hallo«, begann sie. Ihre Stimme war selbstbewusst und freundlich, als stelle sie sich einfach auf einer Party den Leuten vor. »Mein Name ist Annalise, und ich frage mich, ob heute irgendjemand hier bei uns ist.«

Eine Kamera richtete sich auf Annalise, während eine auf meine Eltern und den Rest des Teams zeigte. Sie hielten ihre wärmeerfassenden Monitore und Elektromagnetfeld-Lesegeräte, genannt EMF, hoch, während ich das Mikrofon über ihren Köpfen steuerte.

»Okay, wir fangen etwas auf«, sagte Mom. »Es ist schwach, aber gestern Abend war es mit Sicherheit nicht hier.«

Meine Nase begann zu kitzeln, und ich wusste, dass ich niesen musste. Ich versuchte, den Atem anzuhalten.

»Sprich weiter«, befahl Dad. »Ich denke, es funktioniert.«

Annalise behielt ihren beiläufigen Ton bei, stellte einfache Fragen und wartete dann kurz ab, als rechne sie mit einer Antwort. Mein Niesreiz wurde stärker. Ich spürte es. Ich versuchte, ihn zu unterdrücken, aber gerade als Annalise noch einmal fragte, ob jemand da sei, passierte es. Ich nieste so laut, dass das halbe Team erschrocken zusammenzuckte und das Geräusch von den Wänden widerhallte. Dad warf mir einen missbilligenden Blick zu, während einige Leute ein Kichern zu unterdrücken versuchten.

»Entschuldigung«, sagte ich, laut genug, dass alle im Raum es hörten. »Meine Schuld.«

»Charlotte, bitte, wenn du einfach …« Mom wurde von plötzlicher Aktivität auf allen Lesegeräten unterbrochen. »Moment mal. Wir bekommen etwas.«

Ich sah die Lichter der Ausrüstung wild tanzen. Es war selten, so schnell so viel Aktivität zu bekommen. Meine Eltern lächelten und alle wirkten aufgeregt.

Alle bis auf Annalise.

»Ehm, Leute? Irgendetwas fühlt sich komisch an.« Sie schaute sich im Raum um und verzog das Gesicht.

»Was ist los, Süße?«, fragte Mom.

»Ich weiß nicht, aber irgendetwas stimmt nicht.«

»Nur noch ein paar Minuten, okay?«

Ich beobachtete meine Eltern, damit ich wusste, wohin ich das Mikro halten musste, aber ich hatte auch ein Auge auf Annalise. Ihre offene, lässige Haltung war verschwunden, und ihr geduldiges Lächeln war leichtem Zittern gewichen, als sei ihr kalt und als hätte sie Angst. Ich hatte sie noch nie ängstlich erlebt. Tatsächlich hatte ich noch nie gesehen, dass irgendjemand in meiner Familie Angst hatte. Sie waren alle rational und logisch denkende Menschen, die wussten, dass sich hinter fast jedem Phänomen eine einfache wissenschaftliche Erklärung verbarg. Irgendetwas löste eine gewaltige Aktivität im Raum aus, aber meine Eltern würden herausfinden, was es war, sobald sie alle Daten zusammenhatten. Annalise würde wissen, was zu tun war. Sie hatte dies oft genug gemacht. Aber heute geriet sie wegen irgendwas in Panik. Sie schüttelte den Kopf und senkte den Blick.

»Bitte! Ich will weg von hier.«

Dad betrachtete seinen EMF-Leser. »Noch eine Minute, Schätzchen.«

Annalise schluckte. »Ich kann nicht. Ich halte es keine Sekunde länger aus.«

Mom und Dad wechselten einen Blick. »Sicher, natürlich. Du kannst gehen. Wir haben genug«, antwortete Dad, aber er runzelte die Stirn. Ich wusste, dass er so viel wie möglich aufzeichnen wollte.

Mom kam auf mich zu. »Geh mit ihr«, flüsterte sie. »Ich kann das Mikro übernehmen.«

Ich folgte Annalise in den Hauptspeiseraum. Sie saß auf dem Boden und hielt sich beide Hände vors Gesicht. Ich setzte mich neben sie.

»Bist du okay?«

Sie schüttelte den Kopf. »Es war so seltsam, Charlotte«, flüsterte sie. »Ich meine, es ging mir gut, und dann war ich plötzlich so – so *traurig.*«

Ich rieb ihr die Schulter. »Wie fühlst du dich jetzt?«

Sie schniefte und schaute auf. Ihre Augen waren leicht gerötet. »Eigentlich etwas besser.« Sie sah mich an. »Sobald ich diesen Raum verlassen hatte, ging es mir ein wenig besser. Aber ich habe eine Gänsehaut.«

Ich zog den rosa Pulli aus, den sie mir geliehen hatte. »Hier. Ich habe ihn für dich gedehnt.«

Sie lachte. »Danke.« Dann schaute sie Richtung Nebenzimmer. »Hast du irgendetwas gespürt? Ich meine abgesehen davon, dass dir kalt war?«

»Nein. Und die Kälte, die ich verspürt habe, nun, das war einfach der Raum.«

Annalise runzelte die Stirn. »Aber es war warm im Raum. Sogar heiß.«

Ich dachte, dass meine Schwester neben der Spur war, und ich wollte nicht wegen der Temperatur mit ihr streiten. Wir wussten beide, dass ein Kältegefühl oft ein Zeichen paranormaler Energie war, aber wir wussten auch, dass es manchmal einfach nur Kälte war. Die Menschen interpretierten oft zu viel hinein.

Nach wenigen Minuten war das Team fertig, und wir halfen alle dabei, Tische und Stühle wieder dorthin zu stellen, wo sie gestanden hatten, bedankten uns bei Mrs Paul für ihre Zeit und machten uns auf den Weg zu einem späten Mittagessen. Annalise blieb während des größten Teils des Nachmittags still, und ich versuchte, sie davon zu überzeugen, dass alles in Ordnung sei.

»Stell dir nur vor«, sagte ich, »du wirst nie wieder einen Fuß in dieses Gebäude setzen müssen.«

Ich wusste damals nicht, dass ich damit so was von falsch lag …

2

Es dreht sich alles um Energie. Zumindest sagen meine Eltern das. Die Theorie, die sie antreibt, der einzige Gedanke, der ihre Karriere möglich macht, ist der, dass es keine Geister gibt – Energie hingegen schon. So, wie Dad es mir erklärt hat, als ich noch klein war, stelle ich es mir immer noch gern vor. In dem Haus, das wir damals gemietet hatten, war es schwierig für mich, einzuschlafen, weil ich draußen vor meiner Tür Schritte hören konnte. Dad kam herein und setzte sich auf mein Bett.

»Betrachte die Zeit als einen Ozean«, sagte er und strich mir übers Haar. »Und betrachte dich selbst als einen kleinen Stein, der in diesen Ozean geworfen wird. Was geschieht, wenn man einen Stein ins Wasser wirft?«

»Er sinkt?« Ich wollte, dass Dad so lange wie möglich blieb, damit ich mir die Schritte nicht allein anhören musste.

»Nun, ja. Aber er erzeugt außerdem winzige Wellen auf der Oberfläche, nicht wahr?«

»Ja.«

Nach Dads Theorie verursachten manche Menschen größere Wellen als andere. Ihre Energie, so sagte er, sei noch lange nach ihrem Tod spürbar. Zuerst hatte er geglaubt, dass nur starke oder intensive Gefühle nachwirkten, weshalb es an Orten, an denen jemand gestorben war, scheinbar spuke. Aber dann hatte Mom etwas entdeckt, das seine Meinung geändert hatte.

Mom hatte Edith kennengelernt, eine Frau, die ein paar Häuser entfernt wohnte. Edith behauptete, ein böser Geist versuche, sie aus ihrem Zuhause zu vertreiben. »Er packt jede Nacht meine Füße«, sagte sie. »Er versucht, mich aus dem Bett zu zerren.«

Edith war beinah hysterisch. Sie wohnte erst seit wenigen Monaten in dem Haus und wollte nicht umziehen, aber die paranormale Aktivität kehrte jede Woche wieder, und sie konnte es nicht mehr ertragen. Meine Eltern stellten Nachforschungen an und entdeckten seltsame Messwerte im Elternschlafzimmer. Während Dad eine Woche in dem Haus verbrachte, setzte Mom sich mit den ehemaligen Besitzern in Verbindung, die dort über dreißig Jahre gelebt hatten, bevor sie in Ruhestand gegangen und nach Florida gezogen waren. Sie hatten nie ein Problem mit etwas Seltsamem gehabt, sagten sie. Ihre Tochter, die jetzt in den Vierzigern war, lebte noch immer in der Stadt, und Mom lud sie eines Tages in das Haus ein.

»Ich habe dieses Haus geliebt«, berichtete die Frau. »Meine Familie war hier so glücklich.«

Mom sagte der Frau nicht, was geschehen war, nur, dass sie Recherchen über die Geschichte des Hauses anstelle. Als sie ins Elternschlafzimmer kamen, erzählte die Frau Mom, dass sie ihre Eltern jeden Sonntagmorgen geweckt habe, indem sie in ihr Zimmer gelaufen sei.

»Ich habe sie an den Füßen gepackt«, fuhr sie fort. »Ich habe versucht, sie aus dem Bett zu ziehen, damit sie aufstanden und mir Pfannkuchen machten.«

Diese Enthüllung veränderte den Blick meiner Eltern auf ihre Forschungsergebnisse. Sie waren von der Annahme ausgegangen, dass nur Menschen, die starben, Energie zurückließen, für gewöhnlich nach einem einzigen machtvollen Ereignis. Jetzt begriffen sie, dass vielleicht auch simple Wiederholung Spuren hinterlassen konnte. Es erklärte Türen, die sich öffneten, oder das Geräusch von Schritten. Meine Eltern setzten sich als neues Ziel herauszufinden, was solche Energie auslöste. Warum spürte Edith das Ziehen an ihren Füßen nicht jede Nacht oder warum nicht immer nur am Sonntag? Sie kamen nie ganz dahinter, aber sie stellten Edith der Frau vor und erklärten die Geschichte und ihre Theorie. Die Lösung war denkbar einfach: Edith stellte ihr Bett an eine andere Stelle und das Ziehen hörte auf. Meine Eltern vermuteten, dass der Auslöser die Position des Bettes war, denn Edith hatte es genau an dieselbe Stelle gestellt wie die Vorbesitzer.

»Die Wahrheit ist, dass das Paranormale normal ist. Es ist einfach eine Normalität, die wir noch nicht verstehen«, sagte Dad gern.

Ich dachte an Ediths Geschichte, während meine Eltern ihre Recherchen in Charleston fortsetzten. Sie verbrachten eine Woche in einem Haus und filmten sowohl tagsüber als auch nachts, um die bestmöglichen Resultate zu bekommen. Immer wieder versuchten sie, Annalise zu überreden, in das Courtyard Café zurückzukehren, aber sie weigerte sich. Mom und Dad hielten sich zurück, aber ich wusste, dass sie nur warteten und hofften, dass Annalise ihre Meinung vor dem Ende des Sommers ändern würde.

Annalise und ich verbrachten die nächsten Ferienwochen am Strand oder bummelten durch das historische Stadtzentrum. Sie sprach nicht darüber, was geschehen war, und ich fragte nicht. Aber es gefiel mir nicht, dass sie so still war. Sie war mehr als meine Schwester – sie war meine Freundin. Wir waren unser Leben lang von einem Ort zum anderen gezogen, und außer meinen Eltern und Shane war Annalise die einzige wirklich beständige Person in meinem Leben. Trotz der Tatsache, dass ich manchmal im Schatten ihrer Schönheit und der Aufmerksamkeit, die ihr zuteil wurde, stand, war ich ihr näher als irgendjemandem sonst. Ich hatte sie schrecklich vermisst, als sie ans College nach Charleston gegangen war, und ich wusste, nach dem Ende dieses Sommers würde ich sie noch mehr vermissen, wenn wir zu unserem nächsten Ziel weiterzogen, während sie hierblieb und ihr Studium fortsetzte.

»Wo geht ihr hin, wenn wir hier fertig sind?«, fragte sie mich eines Nachmittags. Wir hatten in einem kleinen

Park Halt gemacht, um zu picknicken. Ich lehnte am Stamm eines riesigen Baums und aß Nudelsalat aus einer Pappbox. Annalise saß im Schneidersitz im Gras und stocherte mit ihrer Plastikgabel in einem gemischten Salat herum.

»Keine Ahnung. Aber sie sollten sich bald etwas überlegen. Ich muss mich an der Schule anmelden.«

»Es ist dein Abschlussjahr«, erwiderte Annalise leise. »Wow. Das ist irgendwie schwer vorstellbar.« Sie verschloss ihre Salatbox mit einem Alufoliendeckel und stellte sie in den Korb, den wir mitgebracht hatten. »Auf wie vielen Highschools bist du gewesen?«

Ich rechnete schnell nach. »Fünf? Nein – sechs. Aber ich schätze, Florida zählt nicht wirklich, weil ich nur ein paar Wochen dort war.«

Annalise schüttelte den Kopf. »Ich finde es nicht fair. Dir gegenüber, meine ich. Du solltest die Chance haben, mehr als ein einziges Semester am gleichen Ort zu bleiben.«

Ich seufzte. »Das wäre schön.« Längst hatte ich gelernt, von einem Ort wegzugehen, ohne ein Stück von mir zurückzulassen, aber wichtiger noch, ich hatte mir beigebracht, mich nicht zu binden. Ich wurde niemals Mitglied in irgendwelchen Mannschaften oder Clubs, und ich bezweifelte, dass mein Bild auch nur in einem einzigen Jahrbuch auftauchte. Ich war in gewisser Weise ein Geist: Niemand konnte beweisen, dass ich je existiert hatte, sobald mein Körper einen Ort verließ.

»Du solltest etwas sagen«, fuhr Annalise fort. »Ich meine, bist du es nicht leid, dass Mom und Dad dir dein Leben vorschreiben?«

»Warum hast *du* niemals etwas gesagt? Du hast doch noch häufiger die Schule gewechselt als ich.«

»Ehrlich? Es ist mir niemals auch nur in den Sinn gekommen, dass ich eine Wahl hätte.«

»Aber du denkst, ich habe eine?« Was glaubte sie, würde ich erreichen können? Ich war mir nicht sicher. Wollte sie, dass ich einen Streit mit unseren Eltern vom Zaun brach? Wollte sie, dass wir alle auf Dauer nach Charleston zogen?

»Ich denke, wenn wir zusammen an sie herantreten würden, könnten wir etwas verändern.«

»Was verändern?« Ich war mir nicht sicher, ob ich mich Annalises Revolution anschließen wollte. Es war doch gut so. Nicht perfekt, aber gut. Damit konnte ich leben.

»Es wird Zeit, dass wir mitreden dürfen«, sagte Annalise. »Es kann nicht sein, dass sie immer alles, was sie wollen, bekommen. Sie wollen quer durchs Land ziehen – und tun es einfach. Sie wollen, dass du dich in die Mitte eines Raums stellst und zulässt, dass negative Energie dir wehtut ...« Sie beendete ihren Satz nicht.

»Was ist wirklich passiert?«, fragte ich schließlich. Sie zupfte Grashalme aus dem Boden.

»Ich weiß es nicht, Charlotte. Ich weiß es wirklich nicht. Aber ich will mich nie wieder so fühlen.«

»Wie denn?«

»Ich habe einfach diese *Traurigkeit* gefühlt. Diese schreckliche, grauenhafte Traurigkeit, und sie schien aus meinem Innern zu kommen und mich auszufüllen, bis ich kaum mehr atmen konnte.«

Ich beobachtete meine Schwester für eine Weile. Sie starrte auf das Gras und strich langsam mit den Fingern hindurch. Ich wollte ihr helfen, über das Erlebnis hinwegzukommen, und ich kannte nur eine Art, das hinzubekommen.

»Du musst noch einmal dorthin«, erklärte ich.

»Ich habe befürchtet, dass du das sagen würdest.«

»Wenn du dich dem nicht stellst – was immer es ist –, wird es dich verfolgen. Und du kannst ihm nicht entrinnen, weil du jetzt hier in dieser Stadt lebst. Was ist, wenn deine Freunde eines Tages zum Mittagessen ins Courtyard Café gehen wollen? Du kannst den Ort nicht vermeiden. Nicht für immer.«

»Ich weiß«, antwortete Annalise leise.

»Wir können tagsüber hingehen, mit der ganzen Crew und allem, damit du nicht allein bist.«

»Das hat mir beim letzten Mal auch nicht geholfen.«

»Ich werde ebenfalls bei dir sein. Ich werde direkt neben dir stehen und nicht weggehen, was auch geschieht.«

»Ich weiß, dass du nicht weggehen wirst, Charlotte. Aber du hast nicht gefühlt, was ich gefühlt habe. Du hast keine Angst, weil du nicht denkst, dass wirklich etwas passieren wird.«

Damit hatte sie mich. Annalise war die Sensible in der Familie, die wie ein Schwamm die Gefühle anderer aufsaugte. Ich war mehr wie ein Betonblock. Ich glaubte ihr, dass sie etwas gefühlt hatte, aber ich dachte nicht, dass es mehr war als ziellose Energie. Wenn sie noch einmal dorthin zurückging, würde sie das vielleicht begreifen und ihre Angst verlieren.

Wir saßen eine Weile schweigend da. Ich wusste, dass sie um eine Entscheidung rang und dass ich sie nicht bedrängen sollte. Ich schaute mich im Park um, in dem wir saßen, und stellte fest, dass wir nur einen Häuserblock vom Courtyard Café entfernt waren. Pferdekutschen klapperten pausenlos über die Straße, während glückliche Touristen Fotos machten und in die Schaufenster der Geschäfte spähten. Alles in Charleston wirkte so alt, als sei es durchtränkt von Geschichte. Ich lehnte den Kopf an den Baum und fragte mich, wie lange er schon dort stand. Mehr als ein Jahrhundert, schätzte ich. Sein Stamm war riesig und seine dicken Äste wölbten sich gen Himmel.

Endlich sah Annalise mich an. »Findest du wirklich, ich sollte das tun?«

»Ja.«

Sie stand auf. »Also schön, bringen wir es hinter uns.«

Unsere Eltern waren begeistert, dass Annalise es sich noch einmal überlegt hatte, aber es erwies sich als schwierig, erneut in das Café zu gehen. Mrs Paul, die Besitzerin des Restaurants, hatte sich vor Gästen nicht retten können, nachdem meine Eltern in den Lokalnachrichten erklärt hatten, das Courtyard Café sei »einer der Orte in dieser Stadt, an denen es am häufigsten spukt.« Wir würden warten müssen, bis weniger los war, damit wir den Nebenraum absperren könnten.

Zwei Wochen später, direkt nach dem vierten Juli, war es so weit. Wir sollten nicht länger als eine Stunde bleiben, erklärte Mrs Paul, und wir durften keins der Möbelstücke verrücken. Dad grummelte, dass sie eine Menge für das Geschäft getan hätten und dass dies keine Art sei, sich dafür zu bedanken, aber Annalise war erleichtert – was auch geschah, die ganze Sache würde bald erledigt sein.

»Bist du bereit?«, fragte ich sie. Wir saßen an einem kleinen Tisch im Hauptraum, während die Crew ihre Ausrüstung aufbaute.

Annalise nickte. »Ja. Ich meine, man kann nie bereit sein, wenn man nicht weiß, was geschehen wird, aber ich bin so bereit, wie ich es nur sein kann.«

Wir trugen schwarze T-Shirts und Khakihosen wie alle anderen. Für den Fall, dass Annalise wieder frieren würde, nahm ich ihren rosa Pullover und band ihn mir um die Taille, als wir in den Nebenraum gingen. Beide Kameras waren auf uns gerichtet, während meine Schwester und ich uns zwischen den Tischen hindurchschlängelten, bis wir in der Mitte des Raums standen. Ich ergriff ihre Hand und drückte sie. Sie lächelte mich an, bevor sie laut zu sprechen begann.

»Hallo. Mein Name ist Annalise, und ich wüsste gern, ob jemand heute bei uns ist. Wenn jemand hier ist, könnte er uns dann bitte ein Zeichen geben?«

Es wurde plötzlich kühler im Raum, und ich war

drauf und dran, die Hand meiner Schwester loszulassen, um den Pullover anzuziehen, aber sie klammerte sich fest an mich, und ich wollte mich nicht von ihr losreißen.

»Wie sind die Messwerte?«, flüsterte Mom jemandem zu.

»Bisher normal.«

»Sprich weiter«, forderte Dad.

Annalise holte tief Luft. »Hallo? Erinnerst du dich an mich? Ich war vor einigen Wochen hier. Ich habe etwas gespürt. Warst du das? Ist hier jemand?«

Nichts geschah. Zwanzig Minuten verstrichen und alle Messungen blieben gleich. Ich konnte erkennen, dass meine Schwester ruhiger wurde, denn sie begann, den Griff um meine Hand zu lockern. Wahrscheinlich war es beim ersten Mal nur ein zufälliges Aufwallen von Energie gewesen, das rein gar nichts mit ihrer Anwesenheit zu tun hatte.

»Siehst du?«, flüsterte ich. »Es ist gar nicht so schlimm.«

Ich verspürte eine eisige Brise auf der Wange und fragte mich, ob die Klimaanlage angesprungen war. Ich ließ Annalise los und zog mir schnell ihren Pullover über den Kopf.

»Charlotte.« Annalises Stimme klang angespannt. »Es passiert wieder.«

»Wir bekommen etwas!«, verkündete Dad.

Ich ergriff die Hand meiner Schwester. »Ich bin hier«, sagte ich. »Und gehe nirgendwo hin.« Annalise nickte, aber ihr Gesicht war starr vor Schreck. Ich beschloss, das Reden für sie zu übernehmen.

»Wer immer du bist, wir führen nichts Böses im Schilde«, erklärte ich laut. »Was willst du?«

Ich zögerte. Mom hatte einen Digitalrekorder in der Hand, um ESPs aufzunehmen, und sie nickte mir zu. Ich stellte noch weitere Fragen, aber zwei Dinge waren mir bewusst. Erstens, meine Schwester sah blass aus, und ihre Hand zitterte. Zweitens, irgendetwas fühlte sich komisch für mich an, als sei die Luft schwerer oder irgendwie dicker geworden. Ich sah keine seltsamen Dinge, aber ich war mir absolut sicher, dass etwas vor uns stand. Es schien näher zu kommen und ich konnte einen Hauch eisiger Luft auf der Wange spüren. Annalise wimmerte.

»Das reicht«, stellte ich fest. »Wir sind fertig.«

Ich zog meine Schwester mit mir und führte sie um die Tische und Stühle herum und an der Crew vorbei. Ich blieb erst stehen, als wir auf der Veranda des Restaurants waren, wo das frostige Gefühl in mir sofort in der schwülen Abendluft dahinschmolz.

Annalise sackte auf die Verandastufen und begann sofort zu weinen. »Hast du es auch gespürt?«, fragte sie. »Hast du gespürt, wie schrecklich es war?«

»Ich habe irgendetwas gespürt«, gab ich zu. »Aber es war nicht schrecklich. Es war einfach – ungewöhnlich, fand ich.«

Unsere Eltern kamen heraus, und ich war überrascht zu sehen, dass sie beide lächelten. »Gut gemacht, Mädchen«, sagte Dad. »Ich kann es gar nicht erwarten, mir die ESPs davon anzuhören.«

»Der Ionenmesser hat total verrückt gespielt«, fügte Mom hinzu. »Die höchsten Werte, die wir bisher hatten.«

»Wie wunderbar für euch«, stieß Annalise verbittert hervor.

Dad wirkte verwirrt. »Geht es dir gut?«

Annalise stand auf. »Nein, es geht mir nicht gut«, antwortete sie mit lauter Stimme. »Ihr habt mich in etwas Schreckliches hineingezogen und es kümmert euch nicht einmal. Nun, ich bin fertig. Ich werde dies nie wieder tun! Nie wieder!« Sie stürmte davon, bevor meine Eltern reagierten konnten.

»Was um alles in der Welt ist passiert?«, fragte Mom mich.

Ich hatte keine Antwort. Ich hatte meine Schwester noch nie bei einem der Aufnahmetermine meiner Eltern so heftig reagieren sehen. Ich wusste nicht, was geschah, aber ich hatte das unbehagliche Gefühl, dass das, was immer es war, gerade erst begonnen hatte.

3

Als ich acht war, wohnten wir in einem Haus, in dem man fast jede Nacht das stetige Quietschen eines Schaukelstuhls hörte, obwohl wir keinen Schaukelstuhl besaßen. Als ich zehn war, bezogen wir ein Haus, in dem der Fernseher so oft von allein die Sender wechselte, dass es keinen Sinn machte, sich irgendetwas anzusehen. Und als ich dreizehn war, war es eines, in dem Geigenmusik wie Rauch aus dem leeren Keller aufstieg. Ich habe an all diesen Orten gelebt, und keiner davon hat mir wirklich Angst gemacht, obwohl es manchmal unheimlich war. Ich war mir beispielsweise nie sicher, ob mich nicht etwas beobachtete, wenn ich mich vor dem Duschen auszog.

Diese Orte waren für Mom und Dad geradezu unwiderstehlich. Je älter desto besser – sie mieteten oft ein Haus, ohne jemals einen Fuß hineingesetzt zu haben. Und obwohl sie uns ständig versicherten, dass alles ziellose Energie sei und nichts davon uns wirklich etwas anhaben könne, sehnten meine Schwester und ich uns nach einem neuen Haus – nach irgendetwas ohne Vergangenheit und ohne Gerüchte und ohne plötzliche, unerwartete Todesfälle.

Genau das war auch der Grund, warum ich mich zügeln musste, nicht vor Freude zu brüllen, als Dad in diesem August den Umzugswagen in die Einfahrt des Copper Court 1227 fuhr. Es war genau so ein Haus, wie ich es mir immer gewünscht hatte, bis hin zu der beigen Aluminiumverkleidung.

»Wir sind zu Hause.« Mom seufzte. Sie war wenig begeistert und hatte die zweistündige Fahrt von Charleston hierher in Erinnerungen an all die anderen Häuser geschwelgt, in denen wir gelebt hatten. Keins davon sei weniger als hundert Jahre alt gewesen. Ich hatte während der Fahrt versucht, abzuschalten und ein Nickerchen zu machen. Ich musste kurz geschlafen haben, weil ich mich daran erinnerte, von einem dunkelhaarigen Mädchen geträumt zu haben, das ein Buch las. Sie trug ein langes, altmodisches Kleid und saß an einen Baum gelehnt, und ich hatte das deutliche Gefühl, dass es der gleiche Baum war, unter dem Annalise und ich einen Monat zuvor gepicknickt hatten. Es war nur eine kurze Vision, aber das Bild des Mädchens, das langsam die Seiten ihres Buches umblätterte, blieb in meinem Kopf, bis wir an unserem neuen Haus ankamen.

Sowohl Mom als auch Dad saßen im Wagen und starrten das Gebäude an, das in den nächsten zehn Monaten unser Zuhause sein würde. Es war so neu, dass im Vorgarten noch nichts wuchs. Wir waren die ersten Mieter. Allein dieser Gedanke entlockte mir ein Lächeln.

»Wer hat die Schlüssel?«, fragte ich. Ich konnte es gar nicht erwarten, mich umzusehen und in mein neues Zimmer einzuziehen.

Ich hüpfte beinah zur Eingangstür, während meine Eltern langsam folgten. Dad warf mir die Schlüssel zu und ich trat ein. Sonnenlicht fiel durch blanke Fenster.

»Riecht nach neuem Teppich«, verkündete ich glücklich.

»Riecht nach *billigem* Teppich«, grummelte Dad hinter mir.

Mom betrachtete die braungrauen Wände mit weißem Rand und die braunen Türen. »Dieses Haus hat überhaupt keine Persönlichkeit«, verkündete sie. »Ich wette, jedes Haus in dieser Straße sieht drinnen genauso aus.«

»Ja, bestimmt«, meinte Dad. »Von außen sehen sie jedenfalls alle gleich aus.«

Ich würde mir von ihrer mürrischen Stimmung nicht meine fröhliche verderben lassen. Ich lief nach oben und spähte in jedes der drei Schlafzimmer, bis ich mich für einen Raum mit Blick auf den Garten hinterm Haus entschied. Er war kleiner als das Elternschlafzimmer, aber er hatte mehr Fenster und einen anständigen Schrank. Ich setzte mich auf den makellosen Teppich, stützte mich auf den Armen ab und schloss die Augen.

Dies würde für mindestens ein ganzes Schuljahr mein Zimmer sein. Ich konnte mein Glück nicht fassen – beziehungsweise Annalises Ultimatum.

Nach ihrem zweiten Erlebnis im Courtyard Café hatte Annalise sich in ihre Wohnung auf dem Campus zurückgezogen und sich einige Tage lang geweigert, mit unseren Eltern zu sprechen. Die beiden waren genervt davon, aber sie waren zu sehr damit beschäftigt, Videomaterial unter die Lupe zu nehmen und ihre nächste Untersuchung zu planen, um irgendetwas dagegen zu machen. Deshalb waren sie auch völlig unvorbereitet, als Annalise in ihrem Hotelzimmer auftauchte und eine Familienzusammenkunft verlangte.

»Familienzusammenkünfte« waren selten bei uns. Für gewöhnlich bedeutete es, dass meine Eltern verkündeten, in welcher Stadt wir als nächstes leben würden. Wir trafen uns also, und mein Dad versuchte sofort, die Kontrolle zu übernehmen.

»Ich weiß, dass wir über gewisse Dinge diskutieren müssen«, begann er, »aber zuerst würde ich gern einige Grundregeln festlegen.«

Annalise stoppte ihn. »Ich habe nur eine einzige Grundregel. Ihr müsst mir fünf Minuten lang zuhören, ohne mich zu unterbrechen. Dann könnt ihr sagen, was immer ihr wollt.«

Meine Schwester war noch nie so bestimmt gewesen. Sie meinte es ernst und meine Eltern spürten das. Sie nickten und Annalise holte tief Luft. Sie sagte ihnen, dass sie immer voller Begeisterung bei ihren Projekten mitgemacht habe, es aber nicht länger tun werde, es sei denn, sie stimmten einigen neuen Bedingungen zu.

»Was für Bedingungen?«, fragte Mom misstrauisch.

Annalise erinnerte sie an die Fünf-Minuten-Regel, und Mom tat so, als verschließe sie den Mund mit einem Reißverschluss.

»Erstens, ich werde euch ein Jahr lang nicht bei irgendwelchen Forschungen helfen.«

Aus dem Augenwinkel sah ich, wie Dad sich versteifte. Ich hatte in den vergangenen Tagen genug Gespräche mit angehört, um zu wissen, dass er sich ganz auf die Messergebnisse aus dem Courtyard Café konzentrieren wollte, die jenseits aller Erwartungen lagen. Statt wie geplant eine Fernsehsondersendung über alle Spukorte in Charleston zu produzieren, wollte er allein dem Restaurant eine ganze Stunde widmen – und Annalise. Er wollte noch einmal dorthin und er brauchte sie dafür.

»Zweitens, ich werde nur in meiner Freizeit in dieses Café gehen, und nur, wenn ich das Gefühl habe, bereit dafür zu sein.« Annalise sah Dad direkt an, als sie das sagte. Er seufzte.

»Drittens, ich will, dass ihr drei dieses Jahr an einem einzigen Ort wohnt. Dieselbe Stadt, dasselbe Haus, dieselbe Schule für Charlotte.«

Ich weiß nicht, wen die dritte Bedingung mehr überraschte: mich oder meine Eltern. Seit unserem Gespräch in Charleston, von dem ich dachte, meine Schwester habe nur Dampf abgelassen, hatten Annalise und ich nicht mehr darüber gesprochen, »Dinge zu ändern«. Ich hatte ehrlich gesagt nicht damit gerechnet, dass sie etwas unternehmen würde.

Bevor irgendjemand auf ihre Forderungen reagieren konnte, hob Annalise die Hand.

»Ich weiß, das klingt vielleicht seltsam. Aber ich habe meine Gründe, also lasst mich bitte ausreden.«

Sie erklärte weiter, dass sie durch das College-Leben erfahren habe, wie wichtig es war, Stabilität im Leben zu haben. Sie hatte das Reisen geliebt, als wir Kinder gewesen waren, aber ein Teil von ihr wollte nicht länger von Ort zu Ort ziehen. Sie wollte endlich Freunde finden, in Vereine eintreten und ganz einfach ein Teil von etwas sein.

»Du *warst* ein Teil von etwas«, protestierte Dad. »Du warst ein Teil unserer Crew.«

»Willst du damit sagen, dass wir schreckliche Eltern waren?«, fragte Mom stirnrunzelnd.

»Ich will, dass Charlotte eine Chance auf ein normales Leben bekommt.« Sie lächelte mich an. »Und nein, ich finde nicht, dass ihr schreckliche Eltern seid.«

Mom und Dad waren offensichtlich perplex. Dad sagte, er habe immer gedacht, Reisen sei die beste Ausbildung, die man bekommen könne.

Mom drehte sich zu mir um. »Möchtest du das auch, Charlotte? Bist du unglücklich?«

Es war seltsam, wie schnell das Gespräch sich gedreht hatte. Ich zappelte nervös herum.

»Es wäre wirklich schön, wenn wir irgendwo ein Jahr

lang bleiben könnten«, antwortete ich. »Das würde mir gefallen.«

In den nächsten Tagen schienen meine Eltern ihre Forschungsarbeit vergessen zu haben und versuchten stattdessen, Pläne zu schmieden, die uns alle glücklich machen würden. Sie fanden eine kleine Stadt ungefähr zwei Stunden nördlich von Charleston mit einem guten Schulsystem. Sie planten Arbeitseinsätze in nahen Städten, die sie mit dem Auto leicht erreichen konnten. Zuletzt war nur noch der Hauskauf zu erledigen. An diesem Punkt mischte ich mich ein.

»Ich habe eine Bedingung«, teilte ich ihnen mit. Sie suchten online nach zum Verkauf stehenden Häusern und jedes Bild auf dem Schirm zeigte irgendeine dunkle viktorianische Fassade. Erwartungsgemäß waren sie nicht begeistert, als ich ihnen sagte, dass ich in einem Neubau leben wolle, aber am Ende stimmten sie zu.

»Wir tun das alles ja ohnehin nur für dich«, meinte Dad mit einem Achselzucken. »Da können wir auch gleich komplett neu anfangen.«

Mom lächelte. »Wir tun das für uns alle«, widersprach sie und berührte Dads Hand. »Wir wollen, dass alle in unserem Team glücklich sind.«

Und so kam es, dass ich Anfang August auf dem sauberen, brandneuen Boden meines sauberen, brandneuen Zimmers saß. Ich genoss den leeren Raum und die Sonne auf meinem Gesicht, als Mom nach oben kam.

»Ich sehe, du hast dir bereits ein Zimmer ausgesucht«, sagte sie und setzte sich neben mich.

»Ist es nicht perfekt?«, fragte ich. »Ich habe mir immer so etwas gewünscht.«

»Nun, das freut mich. Dieses Haus mag nicht viel Persönlichkeit haben, aber es hat auf alle Fälle eine Menge Licht.«

»Ich könnte mich gleich hier sonnen«, witzelte ich.

Mom tätschelte mir das Knie. »Genieß es. Und dann komm nach unten. Wir müssen jede Menge auspacken.«

Ich stöhnte. Auspacken war das Schlimmste am Umziehen, vor allem, da meine Eltern immer darauf bestanden, dass wir es selbst erledigten. Sie vertrauten niemandem ihre teure Ausrüstung an. Statt es hinauszuzögern, beschloss ich, die harte Arbeit hinter mich zu bringen, und folgte Mom die Treppe hinunter. Draußen betrachtete Dad die offene Klappe des Umzugswagens.

»Haben wir mehr Sachen als früher oder kommt es mir nur so vor?«, fragte er.

»Es kommt dir nur so vor«, sagte ich. »Gib mir einen Karton.«

In der nächsten Stunde ging ich tausendmal die Treppe hinauf und hinunter. Meine Beine schmerzten und ich brauchte eine Pause. Ich war jedoch glücklich, dass in meinem Zimmer jetzt ein Bett und eine Kommode standen, außerdem ein Dutzend verschiedener Kartons, die mit meinem Namen beschriftet waren. Ich bemerkte, dass einer der Kartons kleiner war als die anderen und mit der Handschrift meiner Schwester versehen. Ich kniete mich daneben und zog das dünne, braune Klebeband ab. Darunter lag ein einzelner Zettel.

Liebe Charlotte,
ich hoffe, du hast Spaß dabei, dich im neuen Haus einzurichten (haha – ich weiß, wie sehr du das Auspacken liebst). Ich wollte dir nur sagen, wie toll es war, den Sommer mit dir zu verbringen. Ich habe einige Sachen eingepackt, die du dieses Jahr vielleicht gebrauchen könntest. Viel Spaß in der Schule und bis bald!
Alles Liebe, Annalise.

Ich faltete den Zettel und lächelte. Es war mir schwer gefallen, mich in Charleston von Annalise zu trennen. Ich hatte sie schweigend umarmt, mich aber geweigert, aus dem Autofenster zu schauen, als sie uns nachwinkte. Obwohl sie schon einige Semester auf dem College war, hatte ich mich noch immer nicht an die Leere gewöhnt, die ihre Abwesenheit in meinem Alltag hinterließ. Und nach dem gemeinsamen Sommer mit ihr war mir klar, dass ich wieder eine Weile brauchen würde, bis ich ohne sie klarkäme.

Ich durchstöberte den Karton und fand einen neuen Wecker darin, einige Notizbücher, ein Päckchen Buntstifte und ganz unten Annalises rosa Pullover. Ich nahm ihn heraus und hielt ihn für einen Moment fest.

»Charlotte! Wir brauchen deine Hilfe!«, rief Mom von unten.

»Ich komme!«, brüllte ich zurück.

»Charlotte.«

Ich wirbelte herum. Es klang, als hätte Mom direkt hinter mir gestanden und meinen Namen geflüstert, aber es war niemand da.

»Ich muss etwas essen«, murmelte ich. Der Hunger schien mein Hirn lahmzulegen. Ich legte Annalises Pullover auf den nächstbesten Karton.

»In einem neuen Haus gibt es keine übrig gebliebene Energie«, sagte ich laut. Ich wartete, als ob ich eine Antwort bekäme. Nichts. Ich drehte mich um und ging die Treppe hinunter.

»Oh, gut.« Mom winkte mich zu dem Laster. »Sei vorsichtig damit«, sagte sie, als sie mir behutsam einen Bildschirm in die Arme drückte.

»Wohnzimmer?«, fragte ich und sackte unter der Last des Geräts zusammen.

»Neben die anderen«, bestätigte Mom.

Wir hatten in keinem unserer Häuser jemals wirklich ein Wohnzimmer gehabt. Meine Eltern hatten immer den größten Raum als Büro benutzt, was bedeutete, lange Tische gegen die Wände zu schieben und jeden Quadratzentimeter mit Ausrüstung und Computern zu füllen. Im Esszimmer standen das Sofa und der Fernseher und wir nahmen unsere Mahlzeiten in der Küche ein.

Nachdem die ganze Ausrüstung sicher im Wohnzimmer/Büro untergebracht war, ging ich wieder zu dem Laster, entschlossen, vor dem Abendessen alles auszuräumen. Als ich eine Stehlampe herausnahm, bemerkte ich ein Mädchen meines Alters auf der anderen

Straßenseite. Im ersten Moment fragte ich mich, wie sie es geschafft hatte, ein Meerschweinchen an die Leine zu nehmen, aber als ich genauer hinschaute, sah ich, dass sie mit einem sehr winzigen Hund Gassi ging. Sie winkte, daher stellte ich die Lampe auf den Gehsteig und überquerte die leere Straße, um Hallo zu sagen.

»Ihr zieht ein?«, fragte sie. Ihr mikroskopischer Hund begann wild zu kläffen. Es war mehr ein schrilles Quieken, ein Geräusch, wie es vielleicht eine tollwütige Maus von sich geben würde.

»Ja. Hallo, ich bin Charlotte.«

»Ich bin Avery. Und das ist …« Sie deutete auf ihren Hund. »… das ist Dante. Sch, sch, Dante.«

»Was für eine Rasse ist er?«

»Eine sehr unartige. Dante!« Sie lächelte entschuldigend. »Er ist normalerweise freundlich. Und still.« Sie nahm ihn hoch und wiegte ihn in den Armen. Er hörte auf zu bellen, aber sein Blick blieb auf mich gerichtet. Ich hatte noch nie einen Hund gesehen, der seinem Besitzer gegenüber einen solchen Beschützerinstinkt zeigte.

»Also, woher kommst du?«, fragte Avery. Sie hatte sich ihr hellbraunes Haar zu einem Pferdeschwanz gebunden und trug ein blaues T-Shirt mit der Aufschrift »Vikings«.

»Wir sind gerade aus Charleston gekommen«, antwortete ich.

»Oh! Ich habe Freunde, die dort unten aufs College gehen.«

»Meine Schwester studiert auch in Charleston! Vielleicht kennen sie sich.«

Avery nickte. »Vielleicht. Es ist ein kleines College.« Sie schaute sich um. »Und auch die Stadt hier ist klein. Fast die halbe Abschlussklasse vom vergangenen Jahr ist nach Charleston gegangen.« Sie runzelte die Stirn, als erinnere sie sich an etwas und wechselte das Thema.

Wir plauderten ein Weilchen. Sie zeigte auf ihr Haus am Fuß des Hügels, und wir sprachen über die Schule, in der wir beide den Abschluss machen würden.

»Treibst du irgendeinen Sport?«, fragte sie.

»Nein. Du?«

Avery zeigte auf ihr T-Shirt. »Ich bin Cheerleaderin. Go Vikings.«

Ich lächelte. »Ist es eine sportliche Stadt?«

»Irgendwie schon. Unser Footballteam ist gut. Es hat an USA-weiten Wettbewerben teilgenommen. Obwohl in diesem Jahr …« Sie verstummte und schaute auf Dante hinab, der weiter leise knurrte, während er mich anstarrte.

»Also, wo gibt es hier die beste Pizza?«, fragte ich, um das Thema zu wechseln. »Meine Eltern haben gesagt, ich dürfe mir heute Abend das Essen aussuchen.«

»Das ist einfach. Im Stadtzentrum ist ein kleines Lokal namens Giuseppe's. Die beste Pizza in der Gegend, ich schwöre.«

»Liefern sie auch ins Haus?« Nach dem vielen Auspacken hatte ich Heißhunger auf ein Stück Pizza mit Peperoni und extra Käse.

»Nein, aber ich kann dir zeigen, wo es ist, wenn du sie abholen willst«, erbot sich Avery. »Ich habe ein Auto.«

Ich war begeistert. Avery war nicht nur nett, sie wohnte auch in meiner Straße und hatte ein eigenes Auto. Wenn wir Freunde wurden, konnten wir zusammen zur Schule fahren, und ich würde nicht Bus fahren müssen. Meine Eltern besaßen zwei Autos: einen silbernen BMW, dem ich mich nicht nähern durfte, und einen großen, schwarzen Transporter, auf dem in großen, silbernen Buchstaben das Wort »Zweifel« stand. Ich konnte mir nicht vorstellen, mit dem Transporter in die Schule zu fahren, daher musste ich entweder eine Mitfahrgelegenheit finden oder den Schulbus ertragen.

Wir verabredeten uns in einer Stunde. Dante zappelte in Averys Armen, als sie nach Hause ging. Er knurrte und versuchte, einen letzten, grimmigen Blick auf mich zu erhaschen.

»Ich mag diesen Hund nicht«, murmelte ich. Sobald ich es ausgesprochen hatte, spürte ich eine scharfe, kalte Brise auf dem Gesicht. Es dauerte nur eine halbe Sekunde, aber das Gefühl war so intensiv, dass ich mir an die Wange griff. Dann brüllte Dad mir zu, dass ich die Lampe vom Gehsteig schaffen und ins Haus kommen solle.

»Ich habe ein Mädchen aus meiner neuen Schule kennengelernt«, erzählte ich ihm, nachdem ich die Lampe im Esszimmer in eine Steckdose gestöpselt hatte. Dad schob ein Sofa an die Wand. »Wir gehen später zusammen Pizza holen«, fügte ich hinzu.

Mom kam mit einem unechten Farn in den Raum. »Du hast schon eine Freundin gefunden? Das ist ja wunderbar.«

Ich zuckte die Achseln. »Sie ist noch keine Freundin. Aber wir werden gemeinsam unseren Abschluss machen, immerhin.«

»Bring mir eine mit Würstchen, Schinken und Peperoni mit«, ächzte Dad.

»Doppeltes Schwein und scharf. Kapiert.«

Mom verdrehte die Augen. »Ich möchte eine vegetarische Pizza mit einer Extraportion Pilzen.«

Ich konnte es kaum abwarten, bis Avery ankam. Ich ging nach oben, zog mein verschwitztes T-Shirt aus und überlegte, was ich anziehen sollte. Die Sonne ging unter, und es wurde kühler, daher beschloss ich, in Annalises rosa Pullover zu schlüpfen. Er war jedoch nicht auf dem Karton, wo ich ihn liegen gelassen hatte. Stattdessen lag er gefaltet auf meinem Bett. Es ärgerte mich, dass Mom in mein Zimmer gekommen war, und sei es auch nur, um einen Pullover zu falten. Es war wie ein stummer Vorwurf, nicht ordentlich genug zu sein.

Es klingelte an der Tür, und ich lief die Treppe hinunter. Mom machte auf. »Hallo, ich bin Karen Silver«, begrüßte sie Avery und ihre Stimme klang genauso wie im Fernsehen.

»Avery Macintosh. Ich wohne auch hier in der Straße.«

»Wir sind in einer Stunde zurück«, sagte ich und eilte an Mom vorbei.

»Viel Spaß. Fahrt vorsichtig!«

Ich war verlegen, aber Avery nickte ernsthaft. »Ich bin eine *sehr vorsichtige* Fahrerin, Mrs Silver. Sie brauchen sich keine Sorgen zu machen.«

Averys Wagen war ein entzückender, grüner Mini Cooper. »Ich liebe ihn!«, rief ich. »Ist er neu?«

Wir stiegen ein. »Ich habe ihn zum sechzehnten Geburtstag, zukünftigen Abschluss und den nächsten drei Weihnachtsfesten zusammen geschenkt bekommen.« Avery schaute in ihren Rückspiegel, dann zu mir. »Und ich habe ernst gemeint, was ich gesagt habe – ich bin eine vorsichtige Fahrerin, also schnall dich an.« Sie lächelte dabei, aber ich wusste, dass sie keine Witze machte.

»Alles klar«, antwortete ich und klickte den Gurt ein.

Die Fahrt dauerte länger, als ich erwartet hatte. Avery fuhr offenbar über verlassene Nebenstraßen statt über die Hauptstraße, die ins Stadtzentrum führte, aber ich kannte die Stadt und ihre Abkürzungen auch noch nicht. Als wir endlich bei Giuseppe's ankamen, hatte ich einen Bärenhunger. Wir schlüpften in eine Sitzecke und bestellten eine große Pizza mit Käse und Peperoni, und ich gab die Bestellung für meine Eltern zum Mitnehmen auf.

Ich sah mich um. »Das ist ein schönes Lokal.« Es war winzig, mit steinernen Wänden und Bögen, die einem den Eindruck vermittelten, in einer warmen, gut beleuchteten Höhle zu sitzen. Ich atmete den Duft von Knoblauch und ein leicht holziges Aroma ein.

»Sie haben einen echten Backsteinofen«, bemerkte Avery. »Deshalb ist die Pizza so gut. Ich komme ständig mit Leuten aus meiner Schule hierher.«

»Bist du gut für den Schulstart vorbereitet?«, fragte ich sie.

»Nicht wirklich. Die Stundenpläne kommen nächste Woche, und ich hoffe, dass ich es in das Jahrbuchteam geschafft habe.«

»Ich hoffe nur, dass all meine Scheine anerkannt werden – und dass ich nicht Gymnastik/Tanz belegen muss.«

Avery nippte an ihrem Getränk. »Also, warum seid ihr hierhergezogen?«

Ich gab ihr meine Standardantwort. »Wegen der Jobs meiner Eltern.«

Das schien ihr zu genügen, sie hakte nicht weiter nach. Avery erzählte von unserer Schule, der Lincoln High, und welchen Lehrern man besser aus dem Weg ging. »Ernsthaft, wenn du Abrams in Mathe kriegst, versuch, deinen Stundenplan ändern zu lassen. Der kann nur rumbrüllen.«

Unsere Pizza kam, und ich stellte glücklich fest, dass sie die absolut beste war, die ich je gegessen hatte. »Und ich war in Italien«, erzählte ich Avery mit vollem Mund, »also weiß ich, wovon ich rede.«

Avery stellte ihr Glas auf den Tisch. »Wirklich? Wie aufregend! Wann warst du da?«

Ich wünschte sofort, ich hätte nichts gesagt. Sie sollte mich nicht für eine Angeberin halten und auf keinen Fall wollte ich über den Beruf meiner Eltern reden. »Vor ein paar Jahren. Wir haben dort Urlaub gemacht.«

»Ich wollte immer schon ins Ausland«, sagte Avery. »Mein Freund ist letztes Jahr Weihnachten mit seiner Familie in Rom gewesen. Er fand es umwerfend.«

»Wie heißt dein Freund?«

»Adam. Er hat letztes Jahr seinen Abschluss gemacht.«

»Also ist er jetzt auf dem College?«

»Er wurde in Michigan angenommen.«

Ich nahm ein Stück Pizza. »Das ist weit weg. Aber du kannst ihn sehen, wenn er in den Ferien kommt und so, richtig?«

Avery zögerte. »Seine Familie ist vor einigen Monaten in einen anderen Bundesstaat gezogen.«

Sie sprach mit schwerer Stimme, und mir wurde klar, dass ihre Beziehung zu Adam ein schwieriges Thema war. Ich versuchte, mir etwas anderes einfallen zu lassen, aber sie kam mir zuvor.

»Was ist mit dir? Hast du jemanden zurückgelassen, als du umgezogen bist?«

»Schön wär's.« Durch die vielen Umzüge war mein Liebesleben völlig verkorkst. Selbst wenn ich mal mit einem Jungen ausging, hielt es nie mehr als ein paar Wochen, und ich versuchte erst gar nicht, in Verbindung zu bleiben, nachdem meine Familie einen Ort verlassen hatte. Was hätte das für einen Sinn gehabt? Irgendwann würde ich erfahren, dass er eine andere hatte, und die Vorstellung, so leicht ersetzt zu werden, ertrug ich nicht.

Avery und ich plauderten und aßen. Ich begann gerade mich richtig wohlzufühlen, als ihr Handy klingelte. Sie nahm das Telefon aus ihrer Handtasche und checkte die Nummer.

»Tut mir leid, es ist Mom«, erklärte sie. »Ich muss rangehen.«

Ich futterte noch ein Stück Pizza, während Avery den Anruf entgegennahm. Sie stellte eine Menge Fragen wie »was?« und »wann?«, und ich hatte den Eindruck, dass etwas Schlimmes passiert war. Sie beendete das Telefonat.

»Es tut mir leid, aber wir müssen fahren.«

»Stimmt irgendetwas nicht?«

Sie biss sich auf die Unterlippe. »Es geht um Dante. Meine Mom hat gesagt, er sei ernsthaft krank. Ich muss ihn zum Tierarzt-Notdienst bringen.«

»Das tut mir leid«, sagte ich. »Ich hoffe, er kommt wieder auf die Beine.« Ich bot ihr an, mit ihr zum Tierarzt zu fahren, aber Avery lehnte ab. Wir steckten den Rest unserer Pizza in Kartons und holten die Bestellung für meine Eltern ab. Auf dem Heimweg fuhr Avery über die Hauptstraße in unser Viertel zurück, was viel schneller ging. Ich fragte mich, warum wir zuvor die lange Strecke gefahren waren.

»Ich hoffe, Dante wird wieder«, sagte ich noch mal, bevor ich aus dem Wagen stieg. »Wenn ich irgendetwas tun kann, sag Bescheid.«

»Danke, Charlotte. Bis später.«

Ich brachte meinen Eltern, die im Wohnzimmer mit Shane Filmmaterial durchsprachen, ihre Pizza.

»Ich werde diesmal mit den ESPs anfangen«, sagte Shane und griff nach der Schinkenpizza. »Ich denke, wir haben da etwas aus dem Restaurant.«

»Ich würde es gern hören.« Dad wischte sich mit einer Serviette den Mund ab. »Ich will herausfinden, ob es einen Zusammenhang zwischen den Ionenmesswerten und möglichen ESPs gibt.«

Ich wollte mir ihr langweiliges Gespräch nicht anhören, daher ging ich nach oben, um Kleiderkartons auszupacken. In meinem Zimmer war es kalt, und wenn ich meine eigenen Sachen nicht bald fand, würde ich Annalises Pullover tragen, bis er auseinanderfiel. Während ich auf dem Boden saß und einige Shirts zusammenlegte, dachte ich über den seltsamen Umstand nach, dass Averys Hund krank geworden war, bald nachdem ich verkündet hatte, dass ich ihn nicht mochte. Ich hatte das Gefühl, als sei ich irgendwie verantwortlich dafür.

»Ich hasse Dante nicht«, sagte ich laut. »Ich will, dass er gesund wird und es ihm absolut gut geht.«

Ich wartete auf eine kalte Brise oder auf ein warmes, beruhigendes Gefühl, aber nichts geschah. Ich holte tief Luft. Was stimmte nicht mit mir? Glaubte ich wirklich, dass ich die Macht hatte, Hunde krank zu machen? War ich geistesgestört? Normale Menschen dachten nicht so.

Ich saß auf meinem Bett und lauschte den gedämpften Stimmen von unten. Ich hatte mir vorgenommen, in diesem Schuljahr als jemand Normales durchzukommen. Meinetwegen sogar als jemand Gewöhnliches. Es war ein guter Anfang, mich mit Avery anzufreunden, dachte ich. Wenn ich meine Eltern daran hindern konnte, im Lokalfernsehen aufzutreten, und dafür sorgte, dass ihr großer Transporter mit der Aufschrift »Zweifel« so oft wie möglich in der Garage blieb, würde es vielleicht ganz gut laufen. Zumindest nach außen. Und war das nicht das, was zählte? Man konnte so viele verrückte Gedanken haben, wie man wollte, solange man sie für sich behielt und lächelte. Die Menschen sahen nur, was man ihnen zu sehen erlaubte, und ich plante, ihnen Charlotte Silver zu zeigen, ein schlichtes, alltägliches Mädchen.

Ich hoffte, dass ich es diesmal schaffen würde.

4

Annalise rief am Abend vor dem ersten Schultag an, um sich nach mir zu erkundigen und mir Glück zu wünschen.

»Hast du schon alles ausgepackt?«, fragte sie.

Ich schaute mich im Raum um. Die Hälfte der Kartons war leer, aber ich hatte sie noch nicht nach unten gebracht. »Fast.«

Sie lachte. »Also nein.«

Ich erzählte ihr alles über Avery, ließ Dante jedoch aus, dessen Zustand sich über Nacht verbessert hatte.

»Der Tierarzt sagte, wahrscheinlich habe er was Falsches gefressen«, hatte Avery am Tag nach dem Pizzaessen erklärt. »Er ist immer noch nicht gesund, aber es geht ihm viel besser als gestern Abend.« Sie runzelte die Stirn. »Ich weiß nur nicht, was er gefressen haben könnte. Er ist zu klein, um auf die Theke zu springen oder im Müll zu stöbern.«

Ich fühlte mich erleichtert – und ziemlich töricht,

dass ich je gedacht hatte, Dantes plötzliche Krankheit habe etwas mit mir zu tun. Dass ich diese kalten Brisen gespürt hatte, war eben doch nur Zufall gewesen.

»Wie ist es in Charleston?«, fragte ich Annalise. »Und wie geht es dir?«

»Eigentlich geht es mir sehr gut. Versteh mich nicht falsch, aber seit ihr weg seid, fühle ich mich hundertmal besser, als habe jemand mir eine Last von der Brust genommen.« Sie verstummte. »Dieses schreckliche Gefühl, das ich hatte, hat sich einfach irgendwie verflüchtigt.«

»Das freut mich«, erwiderte ich und versuchte, ein Gähnen zu unterdrücken.

»Langweile ich dich?«, witzelte Annalise.

»Nein. Ich habe wohl in letzter Zeit nicht so gut geschlafen.«

»Dann lasse ich dich jetzt in Ruhe. Entspann dich, Charlotte. Und ich wünsche dir einen tollen Start.«

Nachdem wir aufgelegt hatten, gähnte ich abermals und schaute auf die Uhr. Es war erst sieben, viel zu früh, um ins Bett zu gehen, auch wenn ich müde war. Ich war nicht lange aufgeblieben, und ich schlief normalerweise bis neun oder zehn, aber ich war trotzdem erschöpft. Ich hatte in letzter Zeit viel geträumt, was selten vorkam bei mir. Beim Aufwachen konnte ich mich nicht an die Träume erinnern – sie schienen mir zu entrinnen wie Sand, aber mehr als einmal habe ich dasselbe dunkelhaarige Mädchen unter einem alten Baum lesen sehen. Ich erwachte dann immer mit dem Gefühl, als wäre ich gerade in Charleston gewesen, und der Eindruck, dass ich nach dem Aufwachen am falschen Ort war, hielt noch stundenlang an.

Ich sah mich in meinem Zimmer um und beschloss, es sei an der Zeit aufzuräumen. Ich hob stapelweise Schmutzwäsche auf, warf sie in leere Kartons und trug einen nach dem anderen nach unten, wo ich die Kleider in den Wäscheraum kippte. Dann faltete ich die Kartons zusammen und stopfte sie in die Recyclingtonne. Bei meinem dritten Gang die Treppe hinunter hielt ich inne, um zu schauen, was meine Eltern taten. Sie waren mit Shane im Wohnzimmer und alle drei hatten Kopfhörer auf. Sie hörten sich offenbar ESPs an.

»Ich habe etwas«, sagte Dad laut. Mom und Shane nahmen ihre Kopfhörer ab.

»Aus dem Courtyard Café?«, fragte Shane.

»Es ist gegen Ende.« Dad schaltete seinen Computer ein. Der Bildschirm zeigte eine Stimmenanalyse, die die Sprachstruktur sowie Klanghöhe und -dauer visualisierte. Ich ging zu ihnen, neugierig zu hören, was sie herausgefunden hatten. Mom drehte sich um und sah mich.

»Hi, Charlotte.« Ihre Stimme war ein wenig zu laut, als wolle sie, dass auch Dad und Shane wussten, dass ich da war. Sie unterbrachen ihre Arbeit und drehten sich ebenfalls um.

»Was habt ihr gefunden?«, fragte ich. »Darf ich es mir anhören?«

Mom und Dad wechselten einen Blick und Dad

räusperte sich. »Natürlich darfst du«, erwiderte Dad. »Aber jetzt noch nicht. Warten wir ab, bis wir alles zusammengestellt haben. Dann kannst du dir alles zusammen anhören.«

Mit dieser Antwort hatte ich nicht gerechnet. Normalerweise waren meine Eltern ganz wild darauf, mir ihre Entdeckungen mitzuteilen und meine Einschätzung zu hören. ESPs waren für gewöhnlich nur wenige Worte, und manchmal waren sie so leise, dass man, wenn überhaupt, kaum erkennen konnte, was gesprochen wurde. Unsere Eltern baten Annalise und mich oft, uns die Aufzeichnungen anzuhören und ihnen unseren ersten Eindruck zu sagen. Meistens war es nur ein undeutlicher Geräuschmix, und unsere Eltern versuchten zu beweisen, dass eine andere Quelle, etwa eine Funkstörung, die Ursache dafür war. Doch ab und zu zeichneten sie ein deutliches Wort auf, wie »Hilfe« oder »Hallo«. Wenn das geschah, neigten sie dazu, ihre Entdeckung sorgfältig zu hüten und jede Interpretation zurückzuhalten, bevor sie sie jemandem außerhalb des Teams präsentierten.

Genau das taten sie jetzt. Wann war ich vom »unverzichtbaren Mitglied des Teams« zur verdächtigen Außenseiterin degradiert worden?

»Na schön. Ich gehe früh ins Bett. Morgen ist Schule.«

»Viel Glück!«, sagte Shane gut gelaunt.

»Ich werde dich rechtzeitig wecken«, kam es von Mom. »Dann können wir zusammen frühstücken.«

»Gern. Also dann. Ich gehe nach oben.«

Die drei nickten, immer noch lächelnd, offensichtlich warteten sie darauf, dass ich den Raum verließ, bevor sie weiterarbeiteten. Ich ging langsam, in der Hoffnung, dass ich vielleicht etwas aufschnappen konnte. An der Tür schaute ich über meine Schulter. Sie beobachteten mich immer noch.

»Gute Nacht, Schatz«, sagte Mom.

»Schlaf schön«, fügte Dad hinzu.

»Meinetwegen«, murmelte ich und ging die Treppe hinauf. Ich wusste, dass sie horchten, um sicherzugehen, dass ich tatsächlich in mein Zimmer ging, also stampfte ich mit den Füßen und schloss meine Zimmertür mit ein wenig mehr Nachdruck als notwendig.

Ich war wütend auf meine Eltern, hatte aber keine Zeit, mich damit aufzuhalten. Kaum hatte ich meine Tür zugeschlagen, klingelte das Telefon.

»Bereit für morgen früh?« Es war Avery.

»Das fragen mich alle«, erwiderte ich und ließ mich auf den Boden fallen. Es freute mich, dass ich so viel von dem Chaos in meinem Zimmer beseitigt hatte, vor allem den Miniberg von Kleidern. Ich fühlte mich jetzt besser organisiert. Oder zumindest nicht mehr wie eine totale Chaotin.

»Ich hole dich um Punkt halb acht ab«, sagte Avery und betonte dabei das Wort *Punkt.* »Was ziehst du an?«

Wir hatten vor Kurzem eine Einkaufstour gemacht, um neue Kleidung für den Schulstart zu kaufen. Es hatte Spaß gemacht, weil Avery ein Talent dafür besaß,

Sachen zu finden, die mir gut standen, ohne dass es zu aufgebrezelt wirkte.

»Ich hatte vor, diese dunklen, engen Jeans und das blaue Tanktop zu tragen, das du ausgesucht hast.«

»Perfekt. Ich ziehe meine grüne Bluse mit diesem weißen Jeansrock an. Was hältst du davon?«

Mir war klar, dass Avery mich nur aus Höflichkeit fragte, aber ich fand es echt lieb von ihr. »Klingt toll«, sagte ich.

Avery und ich hatten im Lauf der vergangenen Woche viel Zeit miteinander verbracht. Außer auf Einkaufstour waren wir noch einmal zum Mittagessen bei Giuseppe's gewesen und hatten alle möglichen Dinge für ihre Mom erledigt. Sie hatte mir eines Nachmittags sogar geholfen, Ordnung in meinen Kleiderschrank zu bringen.

»Du könntest alles nach Farben sortieren«, schlug sie vor, als sie die Kleiderhaufen betrachtete, die in meinem Zimmer verstreut lagen.

»Oder ich könnte einfach tun, was ich immer tue«, antwortete ich und streckte die Hand aus. »Die sauberen Sachen kommen dahin und die schmutzigen dahin.«

Sie lachte. »Was ist dann auf diesem Haufen?«

»Schon mal getragen, aber sauber genug, um es noch einmal anzuziehen.«

»Du bist ein hoffnungsloser Fall.« Sie rieb sich die Arme. »Es ist kalt hier oben.«

»Ich glaube, hier kommt am meisten von der Klimaanlage an«, sagte ich. »Ich kann ein Fenster öffnen, wenn du willst.«

»Nein, ist schon gut. Ich habe Durst, gehen wir nach unten.«

Avery war zweimal bei mir gewesen, aber ich hatte ihr noch nie das komplette Haus gezeigt. Zum einen waren mir all die in den Ecken gestapelten Kartons peinlich, aber mehr Sorgen machten mir die Fragen, die sie stellen würde, wenn sie das Wohnzimmer sähe. Und tatsächlich, nachdem wir uns jeder eine Limo aus dem Kühlschrank geholt hatten, erhaschte sie einen Blick auf die Computer und Monitore und die vielen hundert grauen, verhedderten Drähte.

»Wow. Was ist das alles?«

»Oh. Meine Eltern machen, ehm, Dokumentarfilme«, stammelte ich. »Sie bearbeiten alles von zu Hause aus und schicken es dann an ihre Produktionsfirma.«

»Du machst Witze. Was für eine Art von Dokumentarfilme?«

»Nun, sie sind gerade mit einer Sendung über, ehm, historische Gebäude in Charleston fertig geworden. Ziemlich langweiliger Kram.«

Es stimmte im Wesentlichen, sagte ich mir. Ich hoffte, dass Avery mein Zögern nicht bemerkt hatte. Ich war eine lausige Lügnerin.

»Hey, vielleicht können sie uns helfen.« Wir waren ins Esszimmer gegangen, um fernzusehen. »Die Cheerleaderinnen planen nächste Woche ein umwerfendes Homecoming. Wir wollen für die Ehemaligen eine Videopostkarte machen. Vielleicht könnten deine Eltern uns helfen, das Filmmaterial zu bearbeiten?«

»Ja, vielleicht. Ich frage sie später.« Meine Eltern waren unterwegs zu einem historischen Verein, um Informationen über die örtlichen Sehenswürdigkeiten einzuholen. Mir war es sowieso lieber, wenn Avery ihnen nicht irgendwelche Fragen stellte. Sie hätten kein Problem damit, ihr alles zu erzählen, und darauf hatte ich keine Lust. Bisher sah Avery in mir ein normales, etwas unordentliches Mädchen, das sich mit Mode auskannte und Peperoni-Pizza mochte. Es war zu früh, von ihr zu erwarten, mich auch als eine Art jugendliche Geisterjägerin zu akzeptieren.

Ich schaffte es, dass Avery verschwunden war, bevor meine Eltern nach Hause kamen, aber ich wusste ebenso gut, dass ich das nicht lange würde durchhalten können. Irgendwann würde sie ihnen über den Weg laufen und die Wahrheit erfahren. Aber wir wohnten jetzt seit drei Wochen in dem Haus und bisher lief alles gut. Shane hatte den »Zweifel«-Transporter übernommen und parkte ihn immer vor seiner neuen Wohnung auf der anderen Seite der Stadt, und meine Eltern waren ganz und gar damit beschäftigt, ihr Bildmaterial aus Charleston zu schneiden.

Avery und ich unterhielten uns am Telefon noch ein bisschen über die Schule am nächsten Tag. Nachdem wir aufgelegt hatten, gähnte ich. Meine Lider waren schwer. Ein Teil von mir wollte auf dem Boden liegen bleiben und gleich dort einschlafen, aber ich wusste, dass ich aufstehen, mir das Gesicht waschen und unter die warmen Decken kriechen sollte.

»Zu kalt«, murmelte ich.

Eine Sekunde später wurde mir plötzlich warm, beinahe so, als hülle mich jemand in eine Decke.

»Charlotte.« Es war nur ein Flüstern, schwach und weit entfernt. Ich driftete in diesem dämmrigen Zustand zwischen Schlafen und Wachen, aber ich hatte den Eindruck, in den Schlaf gezogen zu werden, hatte das Gefühl, langsam zu versinken. Ich spürte kühles Gras unter mir und konnte Jasmin in der Luft riechen. Ich war wieder in dem Park in Charleston, wo Annalise und ich vor ein paar Wochen gepicknickt hatten, in der Nähe desselben Baums, an dem das dunkelhaarige Mädchen aus meinen Träumen gern las. Mir war, als wartete ich auf sie. Im Grunde war ich mir sicher, dass sie jeden Moment erscheinen würde und dass ich genau dort bleiben sollte, wo ich war.

»Charlotte?«

Ich öffnete die Augen. Mom stand über mir und schaute mich an. Ich richtete mich verwirrt auf.

»Ich bin eingeschlafen«, murmelte ich.

»Du hast geredet.« Mom bückte sich und half mir hoch.

»Was habe ich denn gesagt?«

»Ich bin mir nicht sicher. Es war mehr wie ein Flüstern.« Mom legte den Kopf schräg. »Ist alles in Ordnung mit dir?«

»Ich bin nur müde. Ich gehe jetzt ins Bett.« Ich tappte ins Badezimmer und putzte mir die Zähne. Als ich zurückkam, hatte Mom meine letzten schmutzigen Kleider aufgesammelt, darunter Annalises rosa Pullover.

»Die nehme ich mit nach unten«, sagte sie. Sie beugte sich vor und küsste mich auf die Stirn. »Schlaf gut. Wir sehen uns dann morgen früh.«

Ich stieg ins Bett und schlief fast sofort ein. Es war ein fester und traumloser Schlaf, und als ich früh am nächsten Tag erwachte, fühlte ich mich so ausgeruht wie seit Wochen nicht mehr. Ich hatte das vage Gefühl, dass irgendetwas Seltsames in der Nacht zuvor geschehen war, aber ich konnte nicht genau ausmachen, was. Hatte ich geträumt?

Während ich duschte, beschloss ich, dass alles in Ordnung war. Ich hatte irgendwelche seltsamen Gefühle gehabt, aber ich war schließlich neu hier und alles war fremd, da durfte man ein bisschen verwirrt sein. Vielleicht war ich einfach übertrieben empfindlich, was die Temperatur im Süden betraf. Was immer geschehen war, es war keine allzu große Sache gewesen. Ich würde nicht darüber grübeln. Außerdem hatte ich wichtigere Dinge, auf die ich mich konzentrieren musste.

Es war Zeit, Charlotte Silver, das durchschnittliche, normale Mädchen, dem Rest der Abschlussklasse vorzustellen.

5

Avery hatte keinen Witz gemacht, als sie Punkt halb acht gesagt hatte. Ich schälte gerade eine Banane, als es zweimal hintereinander in der Einfahrt hupte. Die Küchenuhr zeigte sieben Uhr neunundzwanzig.

»Das ist für mich«, sagte ich zu Mom. Sie trug noch ihren Morgenmantel, saß an der Küchentheke und nippte an einer Tasse Kaffee.

»Viel Glück, Schätzchen. Ich wünsche dir einen tollen Tag.«

Während ich meinen Rucksack schnappte und das Haus verließ, hupte Avery noch einmal. Ich stieg ins Auto und grinste.

»Du bist ein wenig ungeduldig, hm?«

Sie bog aus der Einfahrt ab. »Tut mir leid. Ich hasse es, zu spät zu kommen, das ist alles.«

Ich machte es mir in meinem Sitz bequem. »Wir haben noch jede Menge Zeit.«

Meine Eltern und ich waren einmal an der Schule

vorbeigefahren, sie war kaum zehn Minuten von unserem Haus entfernt. Selbst im morgendlichen Berufsverkehr dürften wir es in einer halben Stunde schaffen.

»Du musst dir aber noch deinen Stundenplan besorgen«, sagte Avery. Sie hatte ihren mit der Post bekommen, aber da ich mich so spät angemeldet hatte, musste ich meinen im Sekretariat abholen.

Avery erzählte von ihren Freundinnen. »Sie sind wirklich nett«, sagte sie. »Du wirst sie mögen.«

»Sind sie alle Cheerleaderinnen?«

Sie sah mich an. »Ja. Aber mach dir keine Sorgen. Wir sind keine eingeschworene Clique oder Snobs oder so etwas. Du passt perfekt zu uns.«

»Also werden sie nicht versuchen, mich anzuwerben? Koordination ist nicht so mein Ding. Ich kann nicht mal rhythmisch klatschen.«

Avery grinste. »Vielleicht willst du das ja ändern. Aber kein Anwerben, versprochen. Wir versuchen nicht, dich auf die dunkle Seite zu ziehen.«

Ich merkte, dass wir wieder eine Abkürzung nahmen, die alles andere als kurz war. Vielmehr sah es so aus, als fahre Avery niemals über die Hauptstraße, wenn sie es vermeiden konnte, selbst wenn dies einen Umweg von mehreren Meilen bedeutete. Ich hatte sie einmal danach gefragt, als wir die lange Strecke fuhren, um Medizin von Dantes Tierarzt abzuholen.

»Ich mag keinen dichten Verkehr«, hatte sie achselzuckend erklärt. »Und ich will vorsichtig mit meinem neuen Wagen sein.«

Wir kamen an der Schule an, und Avery bog auf den Parkplatz ab, der für die Oberstufe reserviert war. Etwa ein halbes Dutzend Mädchen standen in einer Ecke und winkte ausgelassen, als sie Averys Wagen bemerkten. Dann driftete die Gruppe geschmeidig auseinander und man sah, dass die Mädchen einen speziellen Parkplatz für Avery freigehalten hatten.

Wir stiegen aus und ein ganzer Chor von Hallos schallte uns entgegen. Einige der Mädchen umarmten Avery hastig. Sie machten ihr Komplimente über ihr Outfit und sagten, wie schön es sei, sie zu sehen. Ich hielt mich zurück und wartete darauf, vorgestellt zu werden.

»Das ist Charlotte«, sagte Avery schließlich. »Sie ist gerade aus Charleston hierhergezogen.«

Die Mädchen lächelten und musterten mich eingehend. Ich erwiderte verlegen das Lächeln. Sie schätzten ab, ob ich in ihren Kreis passen würde oder nicht. Ich war mir sicher, dass Avery ihnen von mir erzählt hatte, aber was genau?

»Bist du auch Cheerleaderin?«, fragte eine. Ich war mir nicht sicher, wer gesprochen hatte. Alle Mädchen hatten langes, helles Haar und eine perfekte Sonnenbräune.

»Ehm, nein. Tut mir leid.«

Avery lachte. »Aber wir werden über diesen kleinen Persönlichkeitsfehler hinwegsehen, nicht wahr?«, sagte sie, und die anderen Mädchen kicherten über den Scherz.

»Jede Freundin von Avery ist eine Freundin von uns«, sagte ein Mädchen links von mir, und die anderen nickten und murmelten zustimmend. Ich entspannte mich ein wenig. Avery schlug vor, schnell meinen Stundenplan im Sekretariat abzuholen, und die ganze Truppe setzte sich in Bewegung.

Wir erregten ziemlich Aufmerksamkeit, als wir im Pulk durch die breiten, überfüllten Flure gingen. Die Mädchen zeigten mir, wo die Cafeteria war, und unterhielten sich darüber, wen sie in Englisch und Mathe hatten. Im Sekretariat bauten sie sich im Halbkreis hinter mir auf, während ich darauf wartete, dass die Sekretärin meinen Stundenplan fand.

»Deine Schließfachnummer und -kombination findest du hier«, erklärte die Frau mit einem Stirnrunzeln und zeigte auf meinen Stundenplan. Dann bemerkte sie Avery und ihr Gesicht wurde weicher.

»Wie geht es dir, Liebes?«, fragte sie. In ihrer Stimme schwang Mitgefühl.

»Gut, danke«, erwiderte Avery strahlend. Dann schubste sie mich und wir verließen das Büro. Die Mädchen scharten sich um meinen Stundenplan und verglichen ihn mit ihrem eigenen. »Sie ist in der B-Gruppe fürs Mittagessen!«, rief eine.

Avery lächelte. »Das bedeutet, dass wir alle zusammen zu Mittag essen.«

Im Flur der Abschlussklasse angekommen, checkte Avery meine Schließfachnummer. »Callie, könntest du wohl Charlotte ihr Schließfach zeigen?«

Das größte Mädchen in der Gruppe schaute auf die Nummer auf meinem Stundenplan, dann zu Avery hinüber. Etwas ging zwischen ihnen vor, aber ich war mir nicht sicher, was es war. »Natürlich«, antwortete sie. »Wir treffen uns später.«

Avery und die anderen Mädchen gingen in eine Richtung, Callie und ich in die andere. »Wir haben in der ersten Stunde das gleiche Fach«, sagte Callie fröhlich. »Also können wir zusammen zum Unterricht gehen.«

Am letzten Schließfach vor dem Trinkbrunnen blieb sie stehen. »Hier ist es.«

»Danke.« Ich gab die Kombination ein, aber es funktionierte nicht.

»Lass mich mal.« Callie drehte das Schloss und die Tür sprang auf. Ich zog den Reißverschluss meines Rucksacks auf und nahm ein Notizbuch und meinen Geldbeutel heraus.

»Wir haben diesen Sommer nicht viel von Avery zu sehen bekommen«, bemerkte Callie. »Wie geht es ihr?«

Ich hängte meinen Rucksack an einen Haken. »Gut. Sie hat mir geholfen, Kisten auszupacken und mich einzuleben und alles.«

»Das ist nett.« Callie sah sich um, dann senkte sie die Stimme. »Hat sie dir was erzählt? Du weißt schon, über bestimmte Sachen?«

Ich sah sie an. »Was für Sachen?«

Callie zögerte. »Ach nichts.« Sie lehnte sich gegen das Schließfach neben meinem, aber sobald ihr Rücken es berührte, zuckte sie zusammen, als hätte sie sich verbrannt.

»Alles in Ordnung mit dir?«

Callie sah in alle Richtungen, um festzustellen, ob irgendjemand ihre seltsame Reaktion bemerkt hatte. »Alles bestens. Tut mir leid – ich habe wohl kurz das Gleichgewicht verloren. Bist du so weit?«

Ich schloss meinen Spind. »Los geht's.«

In der ersten Stunde hatten wir britische Literatur bei Dr. Larsen, einer ernst aussehenden, älteren Frau mit einer Leidenschaft für Yeats und einem strengen Verbot, mit Bleistift zu schreiben.

»Wenn es nicht mit Tinte geschrieben ist, lese ich es nicht«, verkündete sie, als sie den Lehrplan verteilte. »Und ich meine nicht lila Tinte oder rote oder glitzernde hellgrüne. Nur Schwarz oder Blau. Vorzugsweise Schwarz.«

Ich überprüfte mein Schreibzeug. Ich hatte die Stifte mitgebracht, die Annalise in mein Carepaket gelegt hatte, und sie hatten alle bunte, inakzeptable Farben. Callie saß mir gegenüber. Sie sah, wie ich meine Stifte durchging, und reichte mir einen schwarzen.

»Danke«, flüsterte ich.

»Willkommen an der Lincoln High«, flüsterte sie zurück.

Wir öffneten gerade unsere Lehrbücher, als ein Junge mit einem braunen Strubbelkopf in den Raum gehumpelt kam. Dr. Larsen hielt mitten in ihrem Vortrag – dass es schwerwiegende Konsequenzen habe, wenn wir irgendetwas in ihre Lehrbücher kritzeln würden – inne und sah ihn an.

»Mr James. Wie nett, dass Sie auch noch kommen.«

Er zuckte die Achseln und reichte ihr einen Verspätungszettel. Die ganze Klasse beobachtete, wie er nach hinten schlurfte und sich an einen leeren Tisch setzte. Ich musterte ihn kurz und befand, dass er süß war, aber zu zerzaust, als hätte er sich aus dem Bett gewälzt und wäre von da direkt in die Schule gekommen. Ich wandte mich wieder meinem Buch zu, aber aus dem Augenwinkel sah ich, dass Callie den Jungen eingehend musterte. Einige der anderen Schüler starrten ihn ebenfalls an, aber der Junge sah geradeaus und nahm niemanden zur Kenntnis.

Der Rest des Schultags war eine langsame, langweilige Wiederholung. Wir hörten uns die gleichen Vorträge über Verhalten im Klassenzimmer an, lasen die gleichen Seiten der Schulordnung, füllten immer wieder Notfallkontaktkarten und Bücherformulare aus und unterschrieben ständig den Passus: »Ich verstehe alle Regeln, da sie mir erklärt worden sind«. Ich aß mit den Mädchen zu Mittag, die Horrorgeschichten über Dr. Larsen austauschten (»zu streng«), sich über das Cafeteria-Essen beklagten (»zu salzig«) und über die Jungen tratschten (»zu unreif«).

Einmal verebbte der Lärm der Cafeteria merklich, als hätten die meisten Leute gleichzeitig aufgehört zu reden. Ich sah mich um. Der Junge aus der ersten Stunde war eingetreten und humpelte langsam an den Tischen vorbei. Das plötzliche Schweigen wurde schnell durch lautes Getuschel verdrängt.

»Wer ist das?«, fragte ich.

Die Mädchen tauschten Blicke. »Jared James«, sagte Callie schließlich. »Er ist ein Loser.«

»Ich kann nicht glauben, dass er nach der Sache im letzten Jahr überhaupt hierher zurückkommen durfte«, bemerkte ein anderes Mädchen.

Ich wollte fragen, was geschehen war, das Jared zu einem solch offensichtlichen Ausgestoßenen gemacht hatte, aber Avery räusperte sich. »Lasst uns nicht darüber reden, okay? Er ist es nicht wert.«

Callie nickte. »Du hast recht. Wir werden nicht einmal seinen Namen aussprechen.«

Alle stimmten ihr zu. Einen Moment lang war die Stimmung angespannt, dann lachte Avery. »Habe ich euch erzählt, wie Harris Abbott einmal sämtliche Füller von Dr. Larsen gestohlen und durch Bleistifte ersetzt hat?«

Das Gespräch drehte sich jetzt um leichtere, unverfänglichere Themen, und alle versuchten, mir das Gefühl zu geben, ein Teil der Gruppe zu sein. Aber ich fand es seltsam, nicht zu wissen, was die anderen wussten. Ich schaute durch den Raum. Jared saß allein an einem leeren Tisch. Kurz davor hatte dort eine lärmende Gruppe gegessen. Vermutlich hatten sie sich aus dem Staub gemacht, als Jared sich mit seinem Mittagessen hingesetzt hatte.

Ich beobachtete, wie Jared ein Sandwich auspackte. Er war keineswegs ungeschickt. Im Gegenteil, er wirkte athletisch, fast wie ein Footballspieler. Und er war durchaus attraktiv, auf eine raue, verwahrloste Art. Das Einzige, was mit ihm nicht stimmte, war das Hinken, aber ich glaubte nicht, dass er deswegen ausgegrenzt wurde. Ich hoffte, dass Avery mir später mehr erzählen würde.

Endlich kam die letzte Unterrichtsstunde, die Wahlfächern vorbehalten war. Die meisten der Mädchen hatten den Kurs *Jahrbuch*, auch Avery. Ich hatte nicht so viel Glück gehabt.

»Du bist in *Ton und Film*?« Callie runzelte die Stirn. »Es muss eine Möglichkeit geben zu wechseln.«

»*Jahrbuch* war meine erste Wahl«, erwiderte ich. »Ich schätze, der Kurs war voll.«

»Charlottes Eltern drehen Dokumentarfilme«, sagte Avery. »Also sollte für sie leicht eine Eins drin sein.« Sie drehte sich zu mir um. »*Ton und Film* ist nicht ideal, aber der Lehrer ist nett. Geh nur Bliss Reynolds aus dem Weg. Sie hat Starallüren, nicht zu knapp.«

»Und wenn sie dich zu sehr schikaniert, sag uns Bescheid«, fügte Callie hinzu.

Avery klopfte mir auf die Schulter. »Wir sehen uns nach der Schule. Denk dran – die Freiheit ist nur fünfzig Minuten entfernt.«

Ich lächelte und folgte ihrer Wegbeschreibung in den Nordflur. Der *Ton- und Film*-Kurs nutzte eine kleine, dunkle Ecke neben dem Musikraum. Das Nerdnest, hatte Callie beim Mittagessen gescherzt. Ich ging an einem Raum vorbei, wo jemand leise trommelte, öffnete die breite Tür des Filmraums und landete in völligem Chaos.

»Das Licht!«, kreischte ein Mädchen. »Noah, du musst etwas wegen dieser Scheinwerfer unternehmen!«

»Nein, Alex muss sich ums Licht kümmern. Ich soll die Kamera in Ordnung bringen.«

»Alex ist nicht da, und die Kamera braucht niemand, wenn die Scheinwerfer nicht an sind, Schlaumeier.«

Ich entdeckte einen Jungen, der sich über eine Kamera beugte und deren Anschlüsse untersuchte.

»Überprüf das Ausgangskabel«, riet ich ihm.

Er schaute auf – und ich war geflashed von seinen perfekten grünen Augen. Ich fragte mich, ob er farbige Kontaktlinsen trug.

»Ausgangskabel? Welches ist das?«

Ich suchte das richtige Kabel aus einem Wust von Leitungen heraus. »Das müsste es sein.«

Auf dem Monitor erschien ein Bild und der Junge lächelte. »Es hat funktioniert! Danke. Jetzt zum Licht.«

Wir wandten uns den Kabeln zu, die von drei Wandsteckdosen zu den Scheinwerfern führten. »Sind die Steckdosen vielleicht nicht eingeschaltet?« Das hatte ich öfter erlebt, als mir lieb war.

Noah probierte einige Schalter durch, bis er den richtigen fand. »Nochmal Danke!«

»Keine Ursache.«

Er wischte sich die Hand an seiner Hose ab und hielt sie mir hin. »Ich bin Noah.«

Ich schüttelte seine Hand. »Charlotte.«

Ich schaute mich im Raum um. Im vorderen Teil stand ein langer Tisch, dahinter hing ein weißer Vorhang, über dem grelle Scheinwerfer angebracht waren. Drei uralte Kameras waren auf den Tisch gerichtet.

»Du bist im falschen Raum, Süße.«

Ein Mädchen in lavendelfarbenen Jeans und einem dazu passenden, kurzärmligen T-Shirt stand vor mir, die Hände in die Hüften gestemmt. »Hallo? Hast du mich gehört? Ich sagte, du bist im falschen Raum.«

Ich war verwirrt. »Das ist doch *Ton und Film*, oder?«

Der Lehrer kam in den Raum, klatschte in die Hände und versuchte, Aufmerksamkeit zu bekommen. »Okay, Leute! Los geht's! Wir haben jede Menge zu tun und nicht viel Zeit!«

»Mr Morley, ich weigere mich, Komoderatorin bei den Schulnachrichten zu sein«, verkündete das Mädchen. »Ich bin in der Abschlussklasse!«

»Bliss, beruhigen Sie sich. Wer hat gesagt, dass Sie als Komoderatorin auftreten sollen?«

Eine kleine Gruppe von Schülern hatte sich um Mr Morley geschart. Es waren alles Jungen und die meisten schienen Neuntklässler zu sein. Einige sahen so jung aus, als seien sie noch in der Mittelstufe.

Bliss zeigte auf mich, und ich bemerkte, dass ihre Nägel in einem hellen Lilaton lackiert waren. »Wer ist *das?*«

»Mein Name ist Charlotte«, sagte ich, ignorierte Bliss und sah Mr Morley direkt an. »Ich bin neu hier.«

»Nun, willkommen, Charlotte. Haben Sie irgendwelche Erfahrungen mit der Kamera?«

»Ja.« Ich sah Bliss an. »Meine Eltern drehen Dokumentarfilme. Ich helfe ihnen für gewöhnlich beim Ton.«

Mr Morley strahlte. »Großartig! Genau das, was wir brauchen.«

»Solange sie hinter der Kamera bleibt«, murrte Bliss.

Wie Mr Morley erklärte, bestand das Ziel des Kurses darin, jeden Tag eine fünfminütige Nachrichtensendung zu produzieren, die am nächsten Morgen in der ersten Stunde gesendet werden würde. Auf den Punkt gebracht, ging es darum, dass Bliss als Hauptmoderatorin die Ankündigungen und Spielergebnisse für die Woche verlas. Wir hatten außerdem die Aufgabe, jedes Semester mindestens zwei Sportereignisse zu filmen. Wenn wir frühzeitig fertig wurden, bekam der Kurs eine Freistunde. Es war keine große Sache – außer anscheinend für Bliss Reynolds. Als die Stunde vorbei war, bedrängte sie mich.

»Wenn du darauf wartest, dass ich eine Stunde verpasse, damit du als Moderatorin übernehmen kannst, spar dir die Mühe«, erklärte sie. »Ich bin nie krank.«

»Auch nicht im Kopf?«, fragte ich. »Eine Entspannungskur könntest du gebrauchen.«

Ich war mir nicht sicher, was in mich gefahren war, dass ich so heftig reagierte, aber meine gesammelten Erfahrungen von sechs verschiedenen Highschools hatten mich eines gelehrt: Lass dich nur einmal ins Bockshorn jagen, und schon stehst du auf der Abschussliste. Zeig den Leuten, dass du kein Fußabtreter bist, und sie werden sich jemand anderen suchen, den sie treten können.

Ich hoffte, dass meine Erwiderung mir Bliss vom Hals halten würde.

Ihre Augen weiteten sich vor Zorn. »Wenn du denkst, dass ich irgendeinem Niemand von einem Neuling erlauben würde, hier hereinzurauschen und mir meinen Job streitig zu machen …«

»Hallo, Bliss.« Avery und Callie standen hinter mir und lächelten süß. Bliss war wie erstarrt, den Mund immer noch geöffnet.

»Charlotte? Bist du hier durch?«, fragte mich Avery und sah Bliss streng an.

»Absolut. Man sieht sich, Bliss.«

Es fühlte sich seltsam machtvoll an, Bliss den Rücken zuzukehren und mit meinen neuen Freundinnen davonzuschreiten.

»Was hatte sie für ein Problem?«, fragte Callie.

»Sie denkt, ich sei scharf auf ihren Job als Nachrichtenmoderatorin«, antwortete ich. »Ich persönlich ziehe es vor, hinter der Kamera zu stehen, von daher braucht sie sich gar nicht so aufzublasen.«

»Verrat ihr das nicht«, riet Avery mir. »Lass sie im Ungewissen.«

»Sie schien mir ein wenig eingeschüchtert zu sein von euch«, bemerkte ich vorsichtig.

Callie lachte. »Das bezweifle ich. Wir kennen sie seit einer Ewigkeit.«

Avery blieb stehen, kurz bevor wir mein Schließfach erreichten. »Bliss fühlt sich nur schuldig, das ist alles. Sie hat letztes Jahr eine Story für die Schülerzeitung geschrieben, in der sie viele Tatsachen vollkommen verdreht und eine Menge Leute aufgeregt hat.«

»Oh. Was war das für eine Story?«

»Etwas, von dem sie keine Ahnung hatte«, murmelte Callie.

Avery warf Callie einen Blick zu. »Es ging um die Cheerleaderinnen«, sagte sie. »Ich muss noch zu meinem Schließfach. Wir treffen uns gleich draußen.«

Mein Rucksack wog ungefähr hundert Pfund, nachdem ich ihn mit all den Büchern gefüllt hatte, die ich brauchte. »Ich kann nicht glauben, dass ich so viele Hausaufgaben habe«, jammerte ich.

Callie lachte. »Die Lehrer fangen immer hart an. Es wird wieder besser.«

Auf dem Weg zum Parkplatz fiel mir ein, dass ich mein Englischheft im Spind vergessen hatte.

»Sag Avery, dass ich gleich komme.« Ich warf meinen Rucksack auf den Gehsteig, wo er mit einem schweren Aufprall landete.

Ich beeilte mich, weil ich Avery nicht warten lassen wollte. Als ich um die Ecke in den Flur der Abschlussklasse einbog, bemerkte ich einen Jungen an dem Trinkbrunnen neben meinem Schließfach. Es war Jared. Als ich näher kam, schaute er auf.

»Hey.«

Ich nickte und begann das Schloss zu drehen. Ich versuchte, die Tür zu öffnen, aber sie gab keinen Zentimeter nach.

»Brauchst du Hilfe?«

Er ist ein Loser, hatten die Mädchen mich gewarnt. Aber ich fand ihn gar nicht so schrecklich. Seine Stimme war sanft und durch sein Hinken wirkte er verletzlich.

»Ich schaffe das schon«, sagte ich. »Es klemmt schon die ganze Zeit.«

Jared machte einen unbeholfenen Schritt vorwärts. »Dreh den Schlüssel zuerst ganz herum«, erklärte er. »Das scheint zu helfen.«

»Mach ich.« Ich lächelte ihm kurz zu und versuchte es abermals. Diesmal öffnete sich das Schließfach. »Es hat funktioniert«, sagte ich und nahm mein Heft heraus. »Danke.«

Als ich die Tür schloss und zum Trinkbrunnen hinüberschaute, war er fort. Ich kehrte auf den Parkplatz zurück. Avery saß in ihrem Wagen, meinen Rucksack hatte sie bereits verladen.

»Bist du so weit?«

Ich überlegte, ihr zu erzählen, dass ich Jared über den Weg gelaufen war, entschied mich dann aber dagegen. Er hatte kaum mit mir gesprochen, daher war es keine große Sache, und ich wollte sie nicht aufregen. *Wir sprechen nicht einmal seinen Namen aus,* hatte Callie beim Mittagessen gesagt. Ich hatte zwar zugestimmt, aber gleichzeitig beschlossen, dass ich mehr wissen musste.

Während Avery nach Hause fuhr, nahm ich mir vor, ihr die ganze Geschichte zu entlocken. Was immer Jared getan hatte, konnte doch nicht so schrecklich gewesen sein, oder? Er ging immer noch zur Schule, also hatte man ihn offenbar nicht rausgeschmissen oder verhaftet oder so etwas. Natürlich kamen ständig Menschen davon, die furchtbare Dinge getan hatten. Vielleicht hassten ihn deshalb alle.

»Also, was hältst du von der Lincoln High?«, fragte Avery, als sie von der Hauptstraße abbog.

»Da ist ordentlich was los«, antwortete ich.

6

Es war Abend, und ich stand im Freien an einem unbekannten Ort, über mir leuchtete eine schmale Mondsichel. Der Boden war bedeckt mit hohen Grabsteinen. Sie hatten etwas Seltsames an sich. Eine leichte Brise wehte über die Steine. Ich stellte fest, dass es keine Gräber waren, sondern selbst gebaute Zelte aus bleichen Laken. Dies war kein Friedhof – es war ein Park.

Das dunkelhaarige Mädchen trat aus einem der Zelte. Sie trug ein rosa Kleid, das ihr bis zu den Knöcheln reichte. Ihr schwarzes Haar war zu einem langen Zopf zusammengebunden, und für eine Sekunde erinnerte sie mich an Annalise, wenn sie für einen der Filme meiner Eltern ein altmodisches Kostüm anhatte. Doch dies war kein Kostüm – das Mädchen trug die Kleider ihrer Zeit und die lag schätzungsweise mindestens hundert Jahre zurück.

Ich beobachtete, wie das Mädchen an den anderen Zelten vorbeischlich. Irgendwo weinte leise ein Baby.

Das Mädchen zögerte. Sie schaute sich um und ging dann schnell weiter. Als sie den Rand des Parks erreichte, drehte sie sich um. »Lebe wohl«, flüsterte sie, und ich dachte, dass ihre Stimme genau so klang wie meine eigene. Das Mädchen verschwand in der Dunkelheit, weg vom Park, weg von den Zelten, weg von allem.

Meine Erinnerung an den Traum war noch frisch, als ich zu Avery hinüberging. Es war das erste Wochenende im September, und meine Eltern waren morgens nach Charleston gefahren, um Annalise zu besuchen. Sie würden erst nach dem Abendessen zurück sein, daher hatte Avery mich eingeladen, gemeinsam mit ihr Vorschläge für die Homecomingparty zu entwickeln.

»Ich leite das Komitee«, hatte sie mir am Abend zuvor erzählt. »Und ich möchte bei unserem großen Treffen nächste Woche ein paar super Vorschläge präsentieren.«

»Ich weiß nicht, wie ich helfen kann«, hatte ich erwidert. »Ich habe nicht viel Erfahrung mit Homecoming.«

»Perfekt«, hatte Avery entgegnet. »Du bringst frische Ideen ein.«

Ich war alles andere als frisch, als ich an ihre Tür klopfte. Ich fühlte mich seltsam schwach auf den Beinen, obwohl ich mehr als genug geschlafen hatte. Ich musste die ganze Zeit an den Traum denken. Er hatte sich so real angefühlt, als stünde ich dort neben dem Mädchen und beobachtete, wie nur wenige Schritte von mir entfernt Dinge geschahen.

Avery öffnete die Tür. Sie hielt Dante in den Armen.

Sobald der kleine Hund mich sah, wimmerte er, aber Avery schien es nicht zu bemerken. »Da bist du! Super. Gehen wir nach oben in mein Zimmer.«

Ich hatte Averys Zimmer schon mal gesehen – in einer Zeitschrift. Zartrosa Wände wurden von einer schwarzen Deckleiste und gemusterten Sofakissen betont. Alles war aufeinander abgestimmt, von den Vorhängen über die gerahmten Bilder bis zu der weißen Schale mit Rosenknospen auf ihrem Nachttisch.

»Wow«, hauchte ich. In der Luft hing der schwache Duft von Rosen. Mein schmuckloses, beigefarbenes Zimmer kam mir auf einmal vor wie ein Heizungskeller.

»Gefällt es dir? Es soll ›modern romantisch‹ sein. Das hat zumindest die Designerin meiner Mom gesagt.«

»Es ist zauberhaft«, erwiderte ich, während ich alles in mich aufnahm.

Ich kannte Avery fast einen Monat lang, und nun war ich zum ersten Mal in ihrem Haus, das hübsch und ordentlich war und ein Wohnzimmer hatte, das tatsächlich als, nun ja, als Wohnzimmer benutzt wurde.

Avery legte Dante behutsam auf ein rosa Seidenkissen und setzte sich im Schneidersitz auf ihr Bett. Ich ging zu ihrer Kommode, wo in identischen schwarzen Rahmen etliche Fotos standen.

»Ist das Adam?« Ich nahm ein Bild in die Hand, auf dem Avery dicht neben einem großen Jungen mit einem breiten Grinsen stand. Er trug einen Smoking und Avery hatte ein saphirblaues Kleid an.

»Das war auf dem Schulball letztes Jahr.«

Einige der Fotos zeigten Avery mit Dante und einige Dante allein, aber auf den meisten waren Avery und Adam zu sehen. Ich hob ein weiteres dieser Bilder hoch. Avery trug ihre Cheerleaderkleider, Adam steckte im Footballtrikot. Sie hatten die Arme umeinandergelegt und lächelten sich an. Hinter ihnen sah ich das Spielfeld und verschwommene Gestalten.

»Seit wann seid ihr zusammen?«, fragte ich.

»Wir haben uns in meinem ersten Highschooljahr beim Homecoming kennengelernt. Seitdem waren wir fast unzertrennlich.«

Ich nahm ein Bild, bei dem es sich um Adams Abschlussfoto zu handeln schien. Er hatte hellbraunes Haar und noch hellere Augen. »Er ist heiß.«

Avery kicherte. »Finde ich auch.«

Mir fiel ein, dass Callie mich gefragt hatte, ob Avery mit mir über »Sachen« geredet habe. Wahrscheinlich hatte sie das gemeint. Ihr langjähriger Freund hatte seinen Abschluss gemacht, war zum Studium weggegangen und hatte sie zurückgelassen.

»Ich wette, du vermisst ihn.«

»Das tue ich.« Ihre Stimme war leiser. »Ich spreche jeden Tag mit ihm, aber trotzdem. Es ist schwer.« Sie betrachtete ihre Hände, und ich dachte für einen Moment, dass sie weinen würde. Aber dann blickte sie wieder auf und lächelte. »Willst du meine Jahrbücher sehen?«

»Unbedingt.«

Sie ging zu einem Regal und nahm zwei schwere Bücher heraus. Wir setzten uns auf ihr Bett. Dante knurrte im Schlaf, als ich mich niederließ, blieb aber zusammengerollt auf seinem Kissen liegen. Avery begann mit ihrem ersten Jahr und zeigte mir Fotos von ihr und Adam. Es gab tonnenweise davon.

»Ich kann nicht glauben, wie jung wir aussehen!« Sie kicherte.

»Ich weiß. Es ist wie in meinem Filmkurs. Alle Jungen sehen aus wie *Jungen.*«

In der ersten Schulwoche hatte ich penibel darauf geachtet, Bliss Reynolds aus dem Weg zu gehen. Es war nicht besonders schwierig, weil sie für gewöhnlich zu Beginn des Kurses mit einem gefügigen Kameramann im Schlepptau abzog. Ich verstand nicht, warum sie mir gegenüber so feindselig war, aber ihre zornigen Blicke und ihr ungeduldiges Seufzen, wann immer sie in meine Nähe kam, verrieten mir, dass sie mich eindeutig als Feindin betrachtete. Wir waren die einzigen Mädchen im Kurs. Callie hatte mir erzählt, dass Bliss im Grunde jedem Mädchen, das ein Interesse an dem Kurs bekundet hatte, ihren ungezügelten Zorn angedroht habe. Glaubte sie wirklich, dass ich eine Bedrohung war? Und wenn ja, eine Bedrohung wofür? Der Kurs konnte unmöglich irgendjemandem so viel bedeuten. Er war einfach nur ein Wahlfach an der Highschool, kein lebensverändernder Karriereschritt.

Nachdem wir das Jahrbuch aus dem ersten Jahr durchforstet hatten, ging es mit der Ausgabe von Averys zweitem Jahr weiter. Die ersten Seiten waren vollgepackt mit Unterschriften – es schien, als hätte jeder in ihrer Schule das Buch unterschrieben. Als sie zum Sportteil kam, entdeckte ich ein Foto von Adam, auf dem er den Arm um einen anderen Jungen gelegt hatte. Es dauerte ein wenig, bis ich feststellte, dass die andere Person Jared war. Avery blätterte hastig weiter, aber ich wusste, dass sie meinen Blick bemerkt hatte. Dies war meine Chance, dachte ich. Vielleicht konnte ich endlich etwas in Erfahrung bringen.

»Also, was hat es mit Jared auf sich?«, fragte ich.

»Auf sich?« Avery konzentrierte sich auf die glänzenden schwarz-weißen Seiten des Jahrbuchs.

»Avery, bitte. Alle außer mir kennen irgendein tiefes, dunkles Geheimnis über ihn. Es ist unheimlich. Und niemand will mir irgendetwas erzählen.«

»Das liegt daran, dass ich sie darum gebeten habe, es nicht zu tun.«

Ich stutzte. »Warum?«

Sie sah mich an. »Sie denken, sie würden die ganze Geschichte kennen, aber das tun sie nicht. Ich will nicht, dass du dies und das hörst, wovon manches wahr ist und manches nicht. Wenn du es wirklich wissen musst, erzähle *ich* dir die Geschichte.« Sie klappte das Jahrbuch zu. »Aber Charlotte, ich werde es nur ein einziges Mal tun. Ich will nicht noch einmal darüber sprechen – nie mehr wieder. Okay?«

Ich nickte. Ein Teil von mir war erleichtert, endlich die Informationen zu bekommen, die ich wollte, doch ein anderer Teil hatte Angst vor dem, was Avery mir gleich erzählen würde.

»Adam und Jared waren beste Freunde«, begann sie. »Eigentlich mehr wie Brüder. Sie sind zusammen aufgewachsen.«

Avery sagte, Jared sei nicht begeistert gewesen, als sein bester Freund begann, ihr so viel Zeit zu widmen, aber er lernte, damit zu leben. Sie gingen oft zu dritt ins Kino oder hingen herum. Manchmal brachte Jared eine Freundin mit, aber er war nie sehr lange mit einem Mädchen zusammen. Avery hatte sogar versucht, ihn während ihres zweiten Highschooljahrs mit Callie zu verkuppeln, aber das hielt weniger als einen Monat. Callie beklagte sich, dass Jared niemals etwas unternehmen wolle, es sei denn, mit Avery und Adam.

Die Dinge änderten sich, als Adam in die Abschlussklasse kam. »Er war so beschäftigt mit Collegebewerbungen und der Schule und mir«, fuhr Avery fort. »Er vernachlässigte Jared. Und der wurde immer wütender.«

Adam verbrachte das Weihnachtsfest mit seiner Familie in Rom. Während er fort war, gingen Avery und Jared zusammen zu einer Party. »Kurz gesagt, er hat mich geküsst«, seufzte Avery. »Er hatte getrunken und war einsam, schätze ich. Ich habe ihm gesagt, er solle sich zusammenreißen und nüchtern werden, aber er war von Sinnen. Er hat mich vor allen immer wieder angemacht. Es war verrückt.«

Als Adam aus Rom zurückkehrte, hörte er Gerüchte, nach denen Avery und Jared etwas miteinander angefangen hätten. Er stellte sie zur Rede, die Wahrheit kam ans Licht, und Adam hatte Jared nie wieder vertraut.

»Ich denke, Jared fühlte sich verraten«, sagte Avery. »Er fand, dass Adam sich auf meine Seite gestellt habe statt auf seine, aber Adam hatte nicht wirklich eine Wahl. Jared hatte eine Grenze überschritten.«

»Was ist mit ihm passiert?«, fragte ich. »Wie kommt es, dass er humpelt? Warum will niemand in seiner Nähe sein?« Ich wusste, dass noch mehr hinter der Geschichte steckte. Eine komplette Schule wandte sich nicht gegen jemanden, nur weil er das falsche Mädchen geküsst hatte.

»Es gab einen Unfall«, antwortete Avery. »Jared hat sich nach einer Party mit Adam gestritten. Er fuhr zu schnell und landete an einem Telefonmast. Dabei hat er sich das Bein verletzt.« Sie strich mit der Hand über den Einband des Jahrbuchs. »Danach hat er aufgehört, mit irgendjemandem zu reden. Manchmal boxt er gegen ein Schließfach oder eine Wand. Er macht die Leute nervös, weil er so wirkt, als könne er jede Sekunde explodieren.«

»Ist das der Grund, warum sie ihn meiden? Sie haben Angst, dass er durchdrehen könnte?«

Avery stand auf und stellte die Jahrbücher weg. Mir wurde bewusst, dass wir uns das Buch des letzten Jahres gar nicht angeschaut hatten, und als ich einen Blick auf das gut sortierte Bücherregal warf, sah ich, dass es weder dort stand noch dass irgendwo eine Lücke dafür da war.

»Sie haben Angst, dass er durchgedreht *ist«,* entgegnete sie. »Er ist nicht mehr derselbe. Er ist gefährlich.«

»Wie gefährlich?« Sie verheimlichte mir etwas. *Ich kann nicht glauben, dass er nach letztem Jahr überhaupt wieder zurückkommen durfte,* hatte jemand am ersten Schultag gesagt. Was hatte Jared getan?

Avery stand mit dem Rücken zu mir vor ihrem Bücherregal. »Er ist gefährlich, weil er unberechenbar ist.« Sie drehte sich um, und ich sah, dass ihre Augen gerötet waren. »Ich kann nicht mehr darüber sprechen.«

Ich nickte. »Es tut mir leid, wenn das schmerzhaft für dich ist. Ich wollte nicht neugierig sein.«

Sie wischte sich über die Augen. »Es liegt nicht an dir. Ich versuche einfach, die schlechten Dinge zu vergessen und an den guten festzuhalten, verstehst du? Und manchmal fällt es mir schwer, wenn ich Jared sehe.«

Ich vermutete, dass sie Details wegließ, Dinge, die ihr ein schlechtes Gewissen machten. Vielleicht war der Zwischenfall mit Jared weitergegangen als nur ein trunkener Kuss auf einer Party. Was immer sie verschwieg, ich ließ es auf sich beruhen. Avery hatte mir genug erzählt und ich vertraute ihrem Urteil. Sie war meine Freundin, und das war alles, was zählte.

Wir verbrachten den Rest des Tages damit, an den Plänen für Homecoming zu feilen. Wir hatten einige gute Ideen. Avery favorisierte einen »Maskenball«, weil Homecoming auf den Tag nach Halloween fiel und sie etwas Fröhliches und doch Elegantes wollte.

»Nicht wie im letzten Jahr«, sagte sie. »Da gab es eine 80er-Jahre-Retroparty. Im Grunde war es einfach eine Ausrede für alle, sich anzuziehen wie die Statisten in einem Madonna-Video. Das möchte ich dieses Jahr toppen.«

Ich rief an diesem Abend gegen acht zu Hause an, um festzustellen, ob meine Eltern schon aus Charleston zurück waren, aber es ging niemand an den Apparat.

»Du kannst bleiben, so lange du magst«, bot Avery an.

»Danke. Ich probiere es später noch einmal.«

Wir sprachen eine Weile über die Schule, und Avery erzählte mir, dass sie bald mehr Zeit für das Cheerleadertraining brauchen würde. »Dann kann ich dich an einigen Tagen nach der Schule nicht mit nach Hause nehmen«, sagte sie.

»Kein Problem«, versicherte ich ihr. »Dann fahre ich mit dem Bus.«

»Mit dem Bus?« Sie tat so, als schaudere sie. »Oder geh doch in die Bibliothek oder so, dann kannst du nach dem Training mitfahren.«

»Vielleicht mache ich das. Mal abwarten.« Ich wollte nicht, dass Avery sich verpflichtet fühlte, meine Chauffeurin zu sein, oder schlimmer noch, dass der Eindruck entstand, ich hätte nichts Besseres zu tun, als in der Bibliothek zu sitzen und zu lesen, während sie trainierte.

Eine Stunde später beschloss ich, mich auf den Heimweg zu machen. Ich musste Averys Mom versprechen anzurufen, sobald ich da war, was ich seltsam fand, weil ich gleich den Hügel hinauf wohnte. Ich wusste, dass Avery mich aus dem Fenster beobachtete, während ich den kurzen Weg nach Hause zurücklegte. Als ich die Haustür erreichte, schaltete ich das Verandalicht ein. Und tatsächlich, bei Avery ging das Licht aus.

In unserem Haus war es vollkommen dunkel. Auf der Suche nach dem Lichtschalter ließ ich die Hände über die Wand gleiten. Aber gerade als ich Licht machen wollte, hörte ich oben ein Geräusch.

Schritte.

Ich erstarrte mit der Hand auf der Wand und lauschte. Es war eindeutig jemand oben. Ich suchte mein Handy in meiner Tasche und trat einen Schritt zurück in Richtung Haustür. Ich hielt den Blick auf die Treppe gerichtet und mein Handy in der Hand. Ein Licht blitzte durch den Flur.

»Hier drüben«, sagte eine Stimme. »Ich bekomme etwas.«

Es war Shane. Ich hatte den Atem angehalten und stieß ihn erleichtert aus, dann lief ich die Treppe hinauf. Die Tür zu meinem Zimmer war geöffnet, und als ich eintrat, standen Shane und meine Eltern in der Nähe meines Bettes und schauten auf etwas hinab.

»Was ist hier los?«, fragte ich scharf. Alle zuckten zusammen.

»Charlotte, du hast uns erschreckt!«, rief Mom.

Ich machte das Licht in meinem Zimmer an und schnappte nach Luft. Meine Eltern hatten ihre ganze Ausrüstung hier – die Ionenmesser und Aufnahmegeräte und sogar die Wärmebildkamera. Die Wärmebildkamera nahmen sie nur mit, wenn sie zuversichtlich waren, dass sie etwas auf dem Bildschirm auffangen würde. Etwas Paranormales.

»Im Ernst«, sagte ich. »Was geht hier vor?«

Shane hüstelte. Meine Eltern sahen einander an. Dad legte den Wärmemesser auf mein Bett.

»Wir müssen reden«, antwortete er.

Mom kam auf mich zu. »Lass uns nach unten gehen.«

Sie legte mir einen Arm um die Schultern und führte mich aus meinem Zimmer. Dad war direkt hinter uns. »Es wird Zeit, dass wir dir etwas zeigen.«

Als wir ins Wohnzimmer gingen, befiel mich ein Gefühl des Grauens. Es war, als würde ich zu meiner eigenen Enthauptung geführt.

Dad setzte sich an einen der langen Tische und schaltete einen Videobildschirm ein. Ich erkannte sofort das Courtyard Café in Charleston. Annalise und ich standen mitten im Raum und sie sprach. »Hallo? Erinnerst du dich an mich? Ich war vor einigen Wochen hier. Ich habe etwas gespürt. Warst du das? Ist hier jemand?« Dad ließ das Band vorspulen. Ich sah mich selbst, wie ich mich an Annalise lehnte und ihr etwas ins Ohr flüsterte. Eine Sekunde später geschah etwas. Dad hielt das Bild an.

»Siehst du diese weißen Gestalten?«, fragte er.

Ich schnappte nach Luft. »Was ist das?«

Mom schüttelte den Kopf. »Wir sind uns noch nicht sicher. Aber Charlotte, was immer es ist, es scheint uns hierher gefolgt zu sein.«

»Wie meinst du das? Wovon redest du?«

Shane kam die Treppe herunter. »Ich habe etwas!«

Dad drehte sich zu mir um. »Wir denken, dass in Charleston etwas Mächtiges ausgelöst wurde. Wir bekommen Messergebnisse, die stärker sind als alles, was wir jemals aufgezeichnet haben.«

Meine Beine fühlten sich zittrig an und ich hielt mich an der Rückenlehne von Dads Stuhl fest. Die stillen Bilder auf dem Bildschirm starrten mich an. »Wisst ihr, was es verursacht hat?«, fragte ich. Niemand sagte etwas. Ich sah Mom an. »Was hat es ausgelöst?«

»Du warst das«, antwortete sie sanft. »Wir denken, dass du der Auslöser warst.«

7

Ich hatte mich noch nie so fern der Normalität gefühlt. Als ich das blasse Standbild auf dem Bildschirm betrachtete, überkam mich der Gedanke, dass Normalität ein Raum war, in dem andere Menschen lebten, den ich aber niemals auch nur besucht hatte.

»Was ist das?«, fragte ich zum dritten Mal.

Shane schaltete die Messungen der elektronischen Stimmenphänomene ein. Mom und Dad saßen links und rechts von mir. »Wir denken, wir haben hier zwei deutliche Energien«, erklärte Dad. Er zeigte auf eine große, weiße Masse auf dem Bildschirm. »Wir haben diese da mit einer männlichen Stimme in Verbindung gebracht und die kleinere dort mit einer weiblichen.«

Die Gestalten auf dem Bildschirm sahen nicht direkt aus wie Menschen, aber sie waren groß und dünn wie Säulen, und sie schwebten dreißig Zentimeter über dem Boden und blieben in mehreren Aufnahmen dicht an meiner Seite.

»Ihr wollt also sagen, dass ich irgendetwas getan habe, das zwei Geister heraufbeschworen hat, und dass diese Geister mir jetzt folgen?«

»Keine Geister, Schätzchen. Energie«, korrigierte Dad mich.

»Weiße, zerbrechliche Gestalten, die umherschweben, sind Geister«, gab ich ärgerlich zurück. »Ich will nichts über harmlose Energie hören.«

Dad runzelte die Stirn, sagte jedoch nichts.

Shane öffnete den Bildschirm für die ESPs. »Los geht's«, sagte er und drehte die Lautstärke hoch. Zuerst konnte ich nur Rauschen hören. Aber der Monitor zeigte Steigerungen auf der Lautstärkeskala, und als die Aufnahme diese Spitzenwerte erreichte, war da ein hörbares Wispern.

»Isoliere es«, wies Dad Shane an, und dieser klickte nur auf den Ton.

»Ich sehe sie«, flüsterte eine Männerstimme.

Mich durchfuhr ein Schauer. Shane spielte die Stelle noch einmal ab. Niemals hatten drei kleine Worte mir solche Angst gemacht.

Ich sehe sie.

Ich fühlte mich benommen. »Wann wurde das aufgezeichnet?«

»Vor ein paar Minuten, als du im Eingang gestanden hast«, antwortete Shane. Er wirkte aufgeregt, als hätte er den Jackpot für Paranormales geknackt. Er lebte für diesen Kram, aber er konnte in seine sichere kleine Wohnung zurückkehren, nachdem er etwas Verrücktes gefunden hatte. Ich hatte nicht so viel Glück. Wie sollte ich in meinem Zimmer schlafen, wenn ich wusste, dass ich es mit körperlosen Stalkern teilte?

»Was hast du erlebt, seit wir hier wohnen?«, wollte Mom wissen. »Ich erinnere mich, dass du einmal einen eigenartigen Traum erwähnt hast. War das direkt nach unserem Umzug?«

Ich hörte, dass sie ihre professionelle Stimme einsetzte, die der Befragung von »Kunden« diente. Ärger durchzuckte mich – ich war keine Kundin, ich war ihre Tochter.

»Ja, ich hatte einige seltsame Träume. Und ich habe einige kalte Stellen gefühlt. Manchmal denke ich, dass ich Flüstern höre.« Ich sprach ruhig und sachlich. Ich wusste, dass meine Eltern übertrieben emotionalen Menschen nicht trauten.

»An was aus deinen Träumen erinnerst du dich?«

»In ihnen ist immer dasselbe Mädchen«, antwortete ich. »Und die Ereignisse liegen ungefähr hundert Jahre zurück. Vielleicht mehr als hundert Jahre.«

Dad und Shane starrten immer noch auf den Computerbildschirm und tuschelten miteinander. Ich stand auf.

»Ich kann nicht hierbleiben«, verkündete ich. »Ich gehe zu Avery.«

Mom folgte mir in mein Zimmer. Ich öffnete meine Kommode und zog einige Kleider hinaus, die ich dann auf das Bett warf.

»Wie lange wisst ihr es schon?«, fragte ich sie.

Sie setzte sich aufs Bett und begann, meine zerknitterten Blusen zu falten. »Wir sind heute erst dahintergekommen. Zuerst dachten wir, es sei mit Annalise verbunden. Die ESPs, die wir aufgefangen haben, deuteten auf eine weibliche Person hin. Wir haben einfach angenommen …«

Ich schlug mit einem Knall eine Schublade zu. »Ihr habt was angenommen?«

Mom runzelte die Stirn. »Du weißt, dass Annalise immer empfindlicher auf Energie reagiert hat als du. Sie hat ein großartiges Gespür und die Fähigkeit, eine Reaktion hervorzurufen. Du bist anders.«

»Anders? Ist das deine Art zu sagen, dass ich für eure Forschungen im Grunde nutzlos bin?«

Mom zuckte zusammen und selbst ich war überrascht über die Bitterkeit in meiner Stimme. Ich war mir nicht sicher, ob das meine wahren Gefühle waren, die ich da offenbarte, oder ob ich lediglich etwas von meinem Zorn und meiner Furcht herausließ.

Mom griff nach meiner Hand. »Dein Vater und ich haben dich nie, niemals als etwas anderes betrachtet als einen wichtigen, unverzichtbaren Teil unserer Familie und unseres Teams.«

Ich ließ mich in ihre Arme sinken. »Ich weiß.« Nach einem Moment zog ich mich zurück. »Also seid ihr euch sicher, dass diese Dinge sich auf mich konzentrieren?«

»Bedauerlicherweise ja.« Mom türmte meine Kleider zu einem kleinen Haufen auf. »Als wir heute Annalise besucht haben, ging es ihr gut. Sie hat seit unserer Abreise nichts Seltsames mehr gefühlt. Also sind wir noch einmal unser Bildmaterial durchgegangen und haben begriffen, dass wir es vollkommen falsch betrachtet hatten.«

Ich holte eine Reisetasche aus meinem Schrank. »Ich dachte, es spuke angeblich nur in Gebäuden. Ich dachte, Geister blieben, wo sie sind, statt Menschen zu folgen.«

Ich wusste, dass Mom das Wort »Geister« hasste, aber es war mir egal. Schließlich war das, was passiert war, ihre Schuld. Ihre und Dads. Sie setzten mich etwas Seltsamem und Unheimlichem aus, und jetzt mussten sie einen Weg finden, es zu stoppen.

»Wir werden das Problem schon lösen«, versicherte Mom mir. »Charlotte, ich verspreche es dir. Sobald wir den Auslöser ausfindig machen, können wir es stoppen.«

»Ihr habt gesagt, ich sei der Auslöser.«

Mom legte meine Kleider in die Reisetasche. »Ja, aber es könnte etwas Konkreteres sein. Es könnte etwas sein, das du getan hast, etwas, das du gesagt hast. Wir sehen uns alle Bänder noch mal an.«

Mir fiel ein, wie sie vor ein paar Tagen im Wohnzimmer hatten verhindern wollen, dass ich etwas hörte. »Da war noch ein ESP, nicht wahr? Eins aus Charleston?«

»Ja.« Mom wich dem Blickkontakt zu mir aus. Stattdessen konzentrierte sie sich darauf, die Kleider in meiner Tasche zu sortieren.

»Ich will es hören.«

»Okay.«

Ich hatte mehr Widerstand von ihr erwartet, aber die Entschlossenheit in meiner Stimme hatte sie wohl überzeugt. Wir gingen nach unten, und Mom bat Shane, die Datei zu laden. Ich setzte einen Kopfhörer auf. Shane drückte auf einen Knopf und ich hörte das vertraute Summen von statischem Rauschen.

»Sie«, flüsterte eine leise, männliche Stimme.

»Tochter«, antwortete eine weibliche Stimme. Die Stimme der Frau war eine Spur klarer und lauter.

Ich nahm den Kopfhörer ab. »Sie denken, ich sei ihre Tochter?«

»Wir haben Annalise gebeten, Nachforschungen in dem Restaurant anzustellen«, erwiderte Dad. »Sie versucht herauszufinden, wer das Paar sein könnte, ob sie eine Tochter hatten, wann sie gestorben sind und solche Dinge.«

Shane klopfte mit einem Bleistift auf den Tisch, etwas, das er immer tat, wenn er nachdachte. »Ich versuche, eine Verbindung zwischen deinen beiden Besuchen zu finden«, sagte er. »Etwas, was beide Male gleich war.« Er blinzelte auf den Bildschirm, und ich folgte seinem Blick. Ich hatte das nagende Gefühl, die Antwort zu kennen.

»Ich denke darüber nach«, antwortete ich ihnen. »Aber erst einmal gehe ich zu Avery. Ich komme morgen zurück.« Ich hielt inne. »Ihr glaubt doch nicht, dass sie mir aus meinem Schlafzimmer folgen, oder?«

»Das passiert nie«, entgegnete Dad. »Energie manifestiert sich immer nur an einem Ort gleichzeitig.« Er klang zuversichtlich, aber ich fragte mich, ob er das nur sagte, damit ich mir keine allzu großen Sorgen machte. Ich beschloss, ihm zu glauben, hauptsächlich, weil ich ihm glauben wollte. Er umarmte mich, und Mom begleitete mich aus dem Haus. Sie stand auf der Veranda und beobachtete mich, um sicherzugehen, dass ich es heil die Straße hinunterschaffte. An Averys Haustür drehte ich mich um und winkte. Ich sah meine Mom, beleuchtet vom Verandalicht, und ein unerklärlicher Kummer erfüllte mich. Es war, als winke ich ihr zum Abschied zu, und die Regung war so stark und schwer und real, dass ich, als Avery die Tür öffnete, in Tränen ausbrach.

»Ist etwas nicht in Ordnung?«, fragte sie und zog mich hinein.

»Nichts ist in Ordnung«, schluchzte ich.

Meine Ausrede, um bei Avery zu bleiben, war, dass ich »zu Hause Probleme« hätte, was im Grunde der Wahrheit entsprach. Geister (ich weigerte mich, sie »Energien« zu nennen) im eigenen Schlafzimmer zu haben, ist tatsächlich ein Problem, aber eben keines, das sich leicht erklären ließe. Avery und ihre Mom belästigten mich nicht mit Fragen, was ich zu schätzen wusste.

»Du sollst wissen, dass ich für dich da bin, solltest du jemals das Bedürfnis haben, darüber zu reden«, sagte Avery zu mir, während sie einen Schlafsack auf ihren Boden legte. »Kein Druck, aber wenn du jemanden brauchst, der dir zuhört, Tag oder Nacht, bin ich für dich da.«

Es war ein solch aufrichtiges und aufmerksames Angebot, dass ich mein Geheimnis beinah an Ort und

Stelle ausgeplaudert hätte. Zumal das niederschmetternde Gefühl der Einsamkeit, das mich vorhin überkommen hatte, noch nicht verschwunden war. Aber ich hielt mich lieber zurück. Ich wusste nicht, wie sie reagieren würde, und ich wollte nicht ihre Freundschaft aufs Spiel setzen.

»Du hilfst mir mehr, als du weißt«, sagte ich ihr. »Danke, dass ich hierbleiben darf.«

»Jederzeit«, erwiderte sie. Ich denke, Avery nahm an, dass die Probleme mit meinen Eltern womöglich darin beständen, dass sie sich vielleicht trennen würden oder so etwas. Ich wusste, dass Averys Eltern sich hatten scheiden lassen, als sie drei gewesen war, und dass ihr Dad am anderen Ende des Bundesstaats lebte.

»Ich sehe ihn an Feiertagen und eine Woche im Sommer«, hatte sie mir erzählt. »Es ist keine große Sache. Es ist immer so gewesen, daher vermisse ich auch nichts.«

Ich erinnerte mich daran, dass mir in der sechsten Klasse eines Tages klar geworden war, dass von allen Schülern in meiner Klasse ich die einzige mit immer noch verheirateten Eltern war. Damals dachte ich, Scheidung sei der natürliche Lauf der Dinge. Ich wartete die ganze Zeit über darauf, dass meine Eltern verkündeten, dass sie sich trennen würden. Eine Zeit lang fühlte ich mich deswegen ein klein wenig ausgeschlossen, als hätten alle anderen Kinder einen wichtigen Schritt Richtung Erwachsenwerden durchlaufen, den ich versäumt hatte. Es dauerte lange, bis ich dahinterkam, dass ich die Glückliche war.

Die nächsten drei Nächte schlief ich auf Averys Boden. Sie bot mir ihr Bett an, aber ich fühlte mich mies genug, weil ich ihr halbes Zimmer übernommen hatte, daher beharrte ich darauf, dass der Schlafsack bequem sei und es mir gefallen würde.

In der zweiten Nacht stöberte ich in Averys Bücherregal, während sie Songs auf ihren MP3-Player herunterlud. Sie besaß hauptsächlich die Bücher, die sie irgendwann mal im Unterricht hatte lesen müssen, aber ein Buch erregte meine Aufmerksamkeit, und ich zog es aus dem Regal. *Grüße aus dem Jenseits* lautete der in Gold gedruckte Titel. Ich kannte den Autor, weil mein Dad einer seiner lautstärksten Kritiker war. Er sagte, August Zelden sei ein Betrüger, jemand, der trauernde Menschen ausbeute, indem er ihnen die falsche Hoffnung machte, dass ihre geliebten Verstorbenen versuchten, ihnen nach dem Tod Botschaften zu schicken.

»Es war ein Geschenk.«

Ich schaute auf. Avery lächelte mich an. »Irgendjemand hat es mir gegeben. Ich weiß nicht, warum ich es behalten habe.«

»Ich habe Zelden im Fernsehen gesehen«, erwiderte ich und drehte das Buch um. Auf der Rückseite war ein Foto von dem Autor abgebildet, einem Mann in mittleren Jahren mit einem heiteren Lächeln. »Er ist sehr überzeugend.«

»Glaubst du daran?«

»Daran? Nein.«

Avery setzte sich neben mich auf den Boden. »Nicht einmal ein kleines bisschen?«

Ich zuckte die Achseln. »Ich habe mich immer gefragt, warum jemand, wenn er mit Geistern reden kann, ihnen niemals die wirklich naheliegenden Fragen gestellt hat. Also beispielsweise, was dort draußen los ist oder was genau geschieht, nachdem man stirbt? Stattdessen lässt man die Geister nur den Menschen Gutes wünschen und gibt ihnen die Gelegenheit, ihre Lieben an die nächste Vorsorgeuntersuchung zu erinnern.«

»Aber an Geister glaubst du?«

»Geister sind etwas anderes. Man kann sie auf irgendeine Weise sehen oder hören oder aufspüren. Und ja, ich glaube, dass sie existieren.«

Avery nickte. »Das glaube ich auch. Aber ich habe noch nie einen gesehen.«

Ich schon, das erzählte ich ihr aber nicht. Stattdessen fragte ich, warum sie etwas glaube, das sie nie gesehen hat. Sie dachte einen Moment nach, bevor sie antwortete.

»Ich schätze, es liegt daran, dass so viele Menschen schwören, sie hätten einen gesehen. Ich meine, es gibt seit Jahrtausenden Geistergeschichten, richtig? Sie müssen doch auf *irgendetwas* basieren.«

»Du hast recht«, bestätigte ich. »Sie müssen auf irgendetwas basieren.«

Ich hatte oft gedacht, dass meine Eltern einige ihrer Entdeckungen zu leicht abtaten. Sie wollten greifbare Beweise, die sie untersuchen konnten, und ich verstand das, aber ihre Theorien über Energie ließen nicht viel Raum für die Dinge, die sich nicht mit ihren Hightechgeräten auffangen ließen. Wie die unheimlichen Gefühle, die einen leeren Raum erfüllen konnten, der Eindruck, dass *irgendetwas* einen beobachtete. Ich hatte jahrelange Erfahrung damit, durch verlassene Irrenanstalten, leere Gefängnisse und unbewohnte Häuser zu laufen. Durch diese Erfahrungen hatte ich gelernt, zwischen einem Ort, der unheimlich, aber harmlos war, und einem, der etwas mehr enthielt, zu unterscheiden. Ich konnte innerhalb von zehn Sekunden, nachdem ich einen Ort betreten hatte, sagen, ob es uns gelingen würde, etwas aufzuzeichnen, aber ich war nicht so sensibel wie Annalise. Sie wusste, sobald wir vor einem Gebäude hielten, ob dort Energie vorhanden war.

Jetzt war Energie in meinem neuen Zimmer vorhanden, in meinem neuen Haus. Der Gedanke machte es mir schwer einzuschlafen. Ich schloss die Augen und lauschte auf die Geräusche um mich herum, den langsamen Rhythmus von Averys Atem. Dantes seltsames, leichtes Schnarchen und das stetige Ticken der Uhr auf der Kommode. Manchmal konnte ich ferne Verkehrsgeräusche hören oder Ochsenfrösche, die draußen quakten. Ich versuchte, meinen Kopf freizubekommen, indem ich mir eine gewaltige Fläche purer, endloser Schwärze vorstellte, aber meine Gedanken drehten sich immer wieder um das, was ich auf dem Monitor gesehen hatte, die geisterhaften Gestalten, die neben mir schwebten.

Meine Eltern hatten es immer amüsant gefunden, dass Menschen Spuk persönlich nahmen, als seien sie dazu auserwählt worden, etwas zu erleben. Sie glaubten, dass manche Menschen einfach sensibler auf Energie reagierten als andere und dass die einzige Frage war, zur richtigen Zeit am richtigen Ort zu sein. Oder zur falschen Zeit am falschen Ort, je nachdem, wie man es betrachtete. Sie interviewten Menschen, die ausflippten, weil sie dachten, ein Geist sei aus irgendeinem Grund hinter ihnen her. »Nichts ist hinter Ihnen her«, sagten Mom und Dad dann. »Es hat wirklich nichts mit Ihnen zu tun.«

Ich wiederholte mir diese Zeilen, während ich versuchte einzuschlafen. *Nichts ist hinter dir her. Es hat wirklich nichts mit dir zu tun.* Aber ich denke, dass nicht einmal meine Eltern das glaubten. Was immer dies war, es hatte alles mit mir zu tun.

8

Die Zeit steht nicht still, nur weil man von Geistern gestalkt wird. Sie vergeht nicht einmal langsamer. Und wenn ich auch nur eine Sekunde lang geglaubt hatte, meine Eltern würden mir gegenüber etwas großzügiger sein und mich vielleicht ihren Wagen fahren lassen oder mir erlauben, länger wegzugehen, irrte ich mich gewaltig.

Nachdem ich drei Nächte bei Avery verbracht hatte, beschlossen meine Eltern, dass es an der Zeit sei, nach Hause zu kommen. Sie behaupteten, »die Dinge im Griff zu haben«. Ich glaubte, sie machten sich einfach Sorgen, dass Avery und ihre Mom denken könnten, die Probleme zu Hause seien schlimmer, als sie es tatsächlich waren, und dass sie als schlechte Eltern abgestempelt würden. Ich war einverstanden zurückzukehren, aber ich wollte nicht in meinem Zimmer schlafen. Stattdessen schlief ich auf der Couch in unserem Esszimmer. Dort fühlte ich mich wohler, aber ich wurde das Gefühl nicht los, beobachtet zu werden. Ich zog mir die Decke über den Kopf und redete mir ein, dass paranormale Energie nicht durch Flanell sehen könne, aber ich brauchte von Nacht zu Nacht länger, um einzuschlafen. Mein einziger Trost war, dass ich seit einer ganzen Weile nicht mehr von dem dunkelhaarigen Mädchen geträumt hatte. Diese Träume waren nicht direkt Albträume gewesen, sondern einfach seltsam, und ich hatte in der vergangenen Woche genug Seltsames für ein ganzes Leben erfahren.

»Wir werden schon dahinterkommen«, versicherte Dad mir. »Wir arbeiten daran.«

Die Tage vergingen, und als der September kam, ertappte ich mich dabei, wie ich mich jeden Tag auf die Schule freute. Es hatte sich alles so schön eingespielt: Avery holte mich um sieben Uhr dreißig ab, und wir trafen uns mit den anderen Mädchen auf dem Parkplatz, bevor wir zu unseren Schließfächern gingen. Beim Mittagessen war ich Mitglied einer großen quirligen Gruppe, und nach der Schule blieb ich noch für eine weitere Stunde da, während Avery zum Cheerleadertraining ging. Für gewöhnlich machte ich meine Hausaufgaben in der Bibliothek, aber manchmal bat Mr Morley mich auch, Bildmaterial für die Schulnachrichten zu bearbeiten. Das bedeutete, dass ich die Stunde damit verbrachte, mir Bliss Reynolds auf einem Bildschirm anzusehen, wie sie mit einer forschen, aber bemüht ernsten Stimme, die mich nach ungefähr fünf Minuten nervte, Leute interviewte.

»Sie ist wirklich nervig«, murmelte ich einmal, als ich mir mit Noah das Bildmaterial des Tages ansah. Auf dem Bildschirm stand Bliss vor einem kleinen Baum und hielt eine besonders leidenschaftliche Ansprache darüber, dass die Schule mehr Umweltbewusstsein brauche.

»So schlimm ist sie gar nicht«, meinte Noah. »Sie nimmt das Ganze wirklich sehr ernst. Glaub mir, sie ist erheblich besser als das Mädchen, das wir letztes Jahr hatten.«

»Also war Bliss im letzten Jahr gar nicht das einzige Mädchen im Kurs?«

Noah schüttelte den Kopf. »Nein, aber sie wäre es gern gewesen.« Er sah mich an. »Ich persönlich bin froh, dass hier noch ein anderes Mädchen ist. Aber erzähl das nicht Bliss.«

Er zwinkerte mir zu, eine alberne Geste, die mir seine grünen Augen noch mal vorführte, aber auch zeigte, wie nett Noah sein konnte. Wir arbeiteten seit Wochen zusammen und ich löcherte ihn mit allen möglichen Fragen zur Schule oder zu unserem Kurs. Obwohl ich fast täglich mit ihm redete und zusammenarbeitete, wusste ich immer noch nicht viel über ihn. Er war ein Jahrgang unter mir, ging also in die elfte. Er war zu allen freundlich, auch zu den Neuntklässlern, die unentwegt mit Fragen zu ihm kamen. Er kaute manchmal Zimt-Pfefferminz-Bonbons und trug meistens ausgebeulte, karierte Shorts.

Abgesehen von diesen oberflächlichen Details hatte ich nicht viel über meinen Produktionspartner in Erfahrung gebracht. Er interessierte sich sehr für alles, was die Videoausrüstung betraf, daher stellte er mir häufig technische Fragen, die ich nur allzu gern beantwortete. Mr Morley sagte, wir gäben ein gutes Team ab.

Ich wechselte das Thema und kam wieder auf die vor uns liegende Arbeit zu sprechen. »Wir müssen aus dieser Sendung einige Minuten herausschneiden. Vielleicht können wir das herausgeschnittene Material für ein andermal aufheben?«

Er nickte. »Sicher, aber du musst es Bliss sagen. Sie wird sauer sein, wenn wir ihren Part über den neuen Getränkeautomaten wegschneiden.«

Ich verdrehte die Augen. »Richtig. Was hat sie gesagt? ›Es mag für dich nicht viel bedeuten, aber es zählt für Hunderte anderer Schüler.‹ Sie nimmt sich selbst zu wichtig.«

»Wir sollten alle die Nachrichten wichtig nehmen«, meinte Noah mit ernster Stimme. Es war eine nahezu perfekte Imitation von Bliss und ich lachte laut auf.

»Aber wirklich, was ist ihr Problem?« Ich lehnte mich auf meinem Stuhl zurück. »Sie hasst mich, sie schikaniert die Neuntklässler und sie zieht sich immer an, als hätte sie später noch ein Bewerbungsgespräch.«

Noah schloss das Computerprogramm, bevor er antwortete. »Ich denke, sie versucht, etwas zu beweisen.« Er drehte sich auf seinem Stuhl zu mir um. Seine grünen Augen hauten mich immer wieder um. Ich musste mich beherrschen, nicht hineinzustarren.

»Sie hat mir einmal erzählt, dass sie die erste Person

in ihrer Familie sein wird, die aufs College geht«, fuhr Noah fort. »Das erklärt vielleicht ihren Übereifer. Die Moderatorin vom vergangenen Jahr hat ihr hart zugesetzt und sie wiederholt das vielleicht.«

»Sie leidet unter den rauen Sitten und setzt diese dann fort?«, fragte ich. »Wie edel.«

Noah zuckte die Achseln. »Oder vielleicht ist sie einfach ein gemeiner, verbitterter Mensch, ich weiß es nicht. Aber ich würde gern glauben, dass mehr in ihr steckt als das.«

»Also bist du einer dieser nervigen Leute, die glauben, dass in jedem Menschen etwas Gutes steckt?«, neckte ich ihn.

Er lächelte. »Ich bin sogar eher einer dieser hoffnungslosen Fälle, die denken, es stecke etwas *Großartiges* in jedem.«

Ich schwöre, dass seine Augen ein wenig funkelten, als er es sagte. Nicht dass ich darauf geachtet hätte oder so.

Meine behagliche Routine wurde an einem Mittwochnachmittag gestört, als die Cheerleader frühzeitig zu einem Auswärtsspiel aufbrachen und ich mit dem Bus nach Hause fahren musste. Ich stieg als Letzte ein und fühlte mich befangen, als ich durch den Gang trottete und meine Sandale an irgendetwas auf dem Boden kleben blieb. Ich setzte mich auf einen leeren Platz im hinteren Teil des Busses und betrachtete meine Schuhsohle in der Hoffnung, dass es ein Essensrest war, der dort klebte, und nicht wie befürchtet irgendeine Körperflüssigkeit.

»Eklig«, murmelte ich und rieb mit dem Schuh über den Boden.

»Du machst es nur noch schlimmer«, bemerkte jemand hinter mir.

Ich drehte mich erschrocken um. Es war Jared, der das Gesicht verzog, als er meine Sandale sah.

»Wie bitte?« Es reichte mir schon, dass ich den Bus nehmen musste. Ich war nicht in Stimmung für schlaue Sprüche.

»Du machst es noch schlimmer«, wiederholte Jared. »Die Sandale wird nur noch schmutziger, wenn du sie auf dem Boden reibst.«

»Ich versuche, etwas davon abzukratzen«, entgegnete ich.

»Vergebliche Mühe.«

»Danke für die Belehrung. Das nächste Mal frage ich dich um Rat, wenn ich in etwas Klebriges trete.«

Jared kicherte. »Schlechten Tag gehabt?«

»So was Ähnliches.« Ich gab die Sandale auf und machte es mir bequem, während ich versuchte, den Gestank von Neuntklässlerschweiß und Plastik nicht zu tief einzuatmen. Der Bus fuhr sehr langsam von dem überfüllten Parkplatz.

»Du bist mit Avery Macintosh befreundet.«

»Ja.« Ich drehte mich nicht um. Wenn Jared weiterreden wollte, war das okay, aber ich hatte nicht die Absicht, das Gespräch am Laufen zu halten.

»Aber du bist keine Cheerleaderin.«

»Und?« Es fühlte sich eigenartig an, dass Jared mit meinem Hinterkopf redete.

»Das ist interessant.«

Ich gab auf und drehte mich um. Jared lehnte sich zurück und verschränkte die Arme vor der Brust.

»Wieso ist das interessant?«

Er zuckte die Achseln. »Das ist es einfach.«

Der Bus fuhr in ein Schlagloch und alle hüpften auf ihren Sitzen hoch. Jared bewegte die Beine, und ich schaute hin. Er bemerkte es.

»Ich schätze, du hast alles über den Crash gehört.« Er sprach leise, doch ich vernahm die Resignation in seiner Stimme und hatte ein bisschen Mitleid. Er sah so athletisch aus, so stark. Vielleicht hatte er gehofft, irgendwann ein Sportstipendium zu bekommen für ein College seiner Wahl, wo er Football oder Basketball spielen konnte. Ich wusste nichts über das Ausmaß seiner Verletzung, aber sein deutliches Humpeln zeigte, dass der Traum, auf Collegeniveau zu spielen – oder auf irgendeinem anderen hohen Niveau –, bei dem Autounfall zerschmettert worden war.

»Avery hat gesagt, du hättest letztes Jahr einen Unfall gehabt.«

Jared richtete sich höher auf. »Das hat sie gesagt? Sie hat gesagt, es sei ein Unfall gewesen?«

Seine betont gleichgültige Haltung war verschwunden und er sah mich eindringlich an. Ich versuchte, mich an mein Gespräch mit Avery zu erinnern. Hatte sie gesagt, es sei ein Unfall gewesen? Sie hatte es so beschrieben.

Er fuhr zu schnell und landete an einem Telefonmast.

»Ich weiß nicht, ob sie tatsächlich das Wort *Unfall* benutzt hat«, gab ich zu. »Aber vielleicht hat sie es getan. Ich denke, sie hat es getan.«

»Du denkst, sie hat es getan, oder du weißt, sie hat es getan? Bitte, Charlotte. Es ist wichtig.«

Es war eigenartig, Jared meinen Namen sagen zu hören, als kenne er mich. Er wirkte so verzweifelt. Es war tatsächlich wichtig für ihn.

»Sie hat gesagt, es sei ein Unfall gewesen.« Ich war mir dessen sicher. Avery hatte gewiss nicht gesagt, es sei mit Absicht geschehen. Er war zu der Zeit wütend gewesen, unvorsichtig.

Er ist nicht mehr derselbe. Er ist gefährlich.

Als ich Jared jetzt ansah, fragte ich mich, ob das wirklich die Wahrheit war. Er kam mir einfach nicht wie ein gefährlicher Typ vor. Ein Einzelgänger vielleicht. Hätte Avery ihn nicht so entschieden abgelehnt, hätte ich mich vielleicht ein klein wenig in ihn verknallen können. Aber weil meine neuen Freundinnen so negativ auf seinen Namen reagierten, war mir klar, dass ich ihm aus dem Weg gehen musste. Es kam mir komisch vor, auch nur mit ihm zu reden.

Er schaute mit großen Augen aus dem Fenster. »Ein Unfall«, murmelte er. Ich hatte keine Ahnung, was gerade geschehen war, aber ich wusste, dass sich irgendetwas verändert hatte. Und ich wusste, dass ich es Avery erzählen musste.

Jared stieg an der ersten Haltestelle aus, ohne noch irgendetwas sonst zu mir zu sagen. Ich beobachtete aus dem Fenster, wie er eine von Bäumen gesäumte Straße entlanghumpelte. Nachdem der Bus wieder losgefahren war, geriet ich in Panik. Was hatte ich getan? Avery würde wütend auf mich sein, wenn sie erfuhr, dass ich mit ihm gesprochen hatte. Sie käme erst spät von dem Auswärtsspiel zurück, und ich wusste nicht, ob ich vor dem nächsten Tag noch mit ihr reden konnte.

Der Bus bog in mein Viertel ein. Ich war die Einzige, die ausstieg, und während ich nach Hause ging, dachte ich nach. »Ich hasse es wirklich, Bus zu fahren«, brummelte ich. Ich schaute in unsere leere Einfahrt und nahm meinen Hausschlüssel heraus, denn ich wusste, dass meine Eltern wahrscheinlich auf einem Forschungstrip durch die nähere Umgebung waren. Bevor ich den Schlüssel ins Schloss stecken konnte, schwang die Tür auf.

»Charlotte!«

Ich zuckte ein wenig zusammen, dann lächelte ich. »Annalise?«

Meine Schwester umarmte mich stürmisch. »Es ist so schön, dich zu sehen!«

Sie sah braun gebrannt und fröhlich aus. Bevor wir zusammen in die Küche gingen, schleuderte ich noch meine klebrigen Sandalen von den Füßen. »Was machst du hier?«

Sie setzte sich auf einen Barhocker an der Küchentheke, während ich mir etwas zu trinken nahm. »Ich bin natürlich hier, um dir zu helfen.« Sie stellte ihren Laptop auf die Theke und begann zu tippen. »Ich habe Nachforschungen angestellt«, erklärte sie. »Ich habe einige Dinge über das Courtyard Café herausgefunden.«

Ich schenkte mir eine Limo ein und setzte mich neben sie. »Was hast du herausgefunden?«

»Also, es wurde 1883 als Familienwohnhaus gebaut. Aber das Erdbeben 1886 hat es zerstört.«

Von den Bustouren, die ich durch die Stadt gemacht hatte, wusste ich alles über das berühmte Erdbeben. Charleston wäre beinahe dem Erdboden gleichgemacht worden.

»Wer hat nach dem Erdbeben dort gewohnt?«

»Eine Zeit lang niemand. Es hat Jahre gedauert, bis das Haus wiederaufgebaut wurde.«

Annalise klickte auf einen Link und lud ein vergilbtes Foto hoch, das eine Gruppe von Zelten zeigte, die im Freien standen. Es sah aus wie ein Lager.

Ein sehr vertrautes Lager.

»Das habe ich schon einmal gesehen«, murmelte ich.

»Ich habe Recherchen über das Erdbeben angestellt«, erwiderte Annalise. »Solange sie mit dem Wiederaufbau beschäftigt waren, wohnten die Menschen in Zelten, die sie aus Tischtüchern oder Vorhängen gemacht hatten. In den naheliegenden Parks entstanden kleine Siedlungen.«

Genau dieses Bild hatte ich in einem meiner Träume gesehen. Das dunkelhaarige Mädchen war mitten in der Nacht aus einem dieser Zelte geschlüpft. Ich wollte Annalise gerade alles über die Träume erzählen, als sie auf eine neue Seite klickte und ein körniges Schwarz-Weiß-Foto hochlud. Es zeigte das Gebäude des Courtyard Cafés. Zwei Personen standen auf der Veranda, doch sie waren verschwommen.

»Edward und Elisabeth Pickens«, sagte Annalise. »Sie hatten eine Tochter.«

»Lass mich raten. Ihr Name war Charlotte.«

»Richtig. Nur dass sie nach dem Erdbeben verschwand.«

»Du meinst, sie war verschüttet?«

»Nein. Sie lebte, und man wusste, wo sie war. Aber am Tag danach verschwand sie. Sie war sechzehn.« Annalise klickte einige weitere Seiten an. »Charlotte Pickens verschwand aus dem Zelt ihrer Familie und wurde nie wieder gesehen.«

»Was ist mit ihr passiert?«

Annalise schüttelte den Kopf. »Das weiß niemand. Ihre Eltern haben sie gesucht, aber ich glaube, sie haben sie nie gefunden.« Sie tippte weiter auf dem Computer. »Ich versuche, ihre Gräber ausfindig zu machen, aber bisher hatte ich noch kein Glück. Sie sind in keiner der Datenbanken des Friedhofs aufgeführt. Aber ich versuche es weiter.«

Ich saß eine Weile da und ließ das erst einmal sacken. Was war Charlotte Pickens zugestoßen? Und warum sah ich sie in meinen Träumen? Wir brauchten mehr Informationen. Ihre *Eltern* brauchten mehr Informationen. Ich war mir plötzlich sicher, dass die beiden geisterhaften Gestalten, die ich auf dem Bildschirm gesehen hatte, diejenigen, die jetzt anscheinend in meinem Schlafzimmer residierten, Edward und Elisabeth Pickens waren. Ich war mir auch sicher, dass sie mich in Ruhe lassen würden, wenn wir herausfänden, was mit ihrer Tochter passiert war. Ich konnte es spüren.

»Also, wie finden wir ein Mädchen, das seit mehr als hundert Jahren vermisst wird?«, fragte ich.

Annalise schloss ihren Laptop. »Ich denke, dass du die Antwort darauf vielleicht schon kennst, liebe Schwester.«

9

Wieder stand ich nachts im Freien. Das dunkelhaarige Mädchen ging schnell, weg von dem Park in Richtung der schwach beleuchteten Straßen. Ihr helles Kleid flatterte ihr um die Knöchel. Sie hielt den Kopf gesenkt, während sie an einer Reihe zerstörter Gebäude vorbeiging. Zwar waren Steinbrocken an den Straßenrand geschoben worden, aber auf dem Weg lagen noch viele Trümmer, und Charlotte stieg vorsichtig über die scharfen Bruchstücke. Sie bog rechts in eine Nebenstraße ab und hielt sich dicht an die dunklen Ruinen der Häuser.

»Bist du es?«, flüsterte jemand.

Das Mädchen blieb stehen und spähte in eine düstere Gasse. »Ja.«

Ein hochgewachsener Junge kam hinter der Ruine einer Mauer hervor. »Ich habe dich an deinen Schritten erkannt.«

Das Mädchen ging zu ihm und die beiden umarmten sich. Er hatte schwarzes Haar und dunkle Augen, und seine Stimme war sanft, als er ihr eine Hand auf den Bauch legte.

»Geht es dir gut?« Er sprach mit einem leichten Akzent, aber ich konnte nicht erkennen, welcher Art. Spanisch? Italienisch?

Sie küsste ihn auf die Wange. »Ja. Es geht mir gut.«

Er führte sie die schmale Straße entlang. »Wir gehen nach Norden«, sagte er, während er ihr half, über Trümmer zu steigen. »Ich habe einen Freund. Morgen um diese Zeit können wir schon verheiratet sein.«

Arm in Arm gingen sie eine Weile schweigend nebeneinander her, bis sie zu einem Stall kamen. Der Junge drehte sich zu ihr um. »Bist du bereit?«

Sie strich mit der Hand über die Mähne eines der Pferde. »Ist man jemals für einen solchen Abschied bereit?«

Er umfasste ihr Kinn mit einer Hand. »Es ist die einzige Möglichkeit.«

»Ich weiß. Aber ich werde sie vermissen.«

»Wir können eines Tages zurückkehren, wenn wir uns niedergelassen haben.«

Das Mädchen schloss die Augen. »Versprich mir, dass ich sie wiedersehen werde.«

Er zog sie in die Arme. »Ich verspreche dir, dass wir eines Tages zurückkehren werden«, flüsterte er in ihr Haar.

»Charlotte?«

Ich erwachte auf dem Sofa im Esszimmer. Mom stand über mir.

»Zeit für die Schule, Schätzchen.«

Ich schirmte die Augen gegen das Sonnenlicht ab und versuchte, mich an meinen Traum zu erinnern. Etwas daran kam mir bekannt vor, doch gleichzeitig war es so fremd. Es war, als hätte ich einen Kurzfilm angesehen.

Ich rappelte mich von dem Sofa hoch, faltete meine Decke und trottete die Treppe hinauf, um mich fertig zu machen. Als ich wieder herunterkam, saßen Mom und Annalise an der Theke und tranken Kaffee.

»Averys Mom hat angerufen«, sagte Annalise. »Die Cheerleader hatten gestern Abend auf dem Heimweg einen Platten. Avery wird sich heute verspäten, daher werde ich dich zur Schule fahren.«

»Danke«, murmelte ich.

Der Duft von Kaffee half für gewöhnlich, mich aufzuwecken, aber heute nicht. Meine Lider waren schwer, mein Kopf fühlte sich benommen an, und ein Teil von mir wollte sich zu Mom und Annalise setzen und ihnen jedes noch so kleine Detail aus meinem Traum erzählen. Insgeheim hoffte ich, dass sie das Rätsel für mich lösen würden, dass sie die wahre Bedeutung des Traums entdecken und darauf bestehen würden, dass ich zu Hause blieb, um auszuschlafen. Ich wollte mir gerade einen Hocker von der Theke heranziehen, als Mom aufstand.

»Seht euch an, wie spät es ist. Ich treffe mich mit einer Frau am anderen Ende der Stadt. Mögliche paranormale Aktivität in einem alten Schulgebäude.« Sie küsste mich auf die Stirn und ging.

»Wir sollten ebenfalls aufbrechen«, meinte Annalise.

Es kam mir vor, als hätte meine Schwester erst vor einigen Stunden erzählt, dass ich Charlotte Pickens finden könne, eine Aufgabe, die mir unmöglich erschien.

»Wie soll ich sie finden, wenn ihre eigenen Eltern es nicht geschafft haben?«, hatte ich gefragt und gewusst, dass es nicht das Mädchen war, nach dem ich suchen würde, sondern ihr Grab. Sie musste vor Jahrzehnten gestorben sein, wahrscheinlich sogar vor hundert Jahren.

Annalise hatte eine Theorie. Sie sagte, die Eltern des Mädchens dächten nicht, ich sei ihre Tochter, aber aus irgendeinem Grund glaubten sie, ich könne ihre Ruhestätte ausfindig machen.

»Du weißt es vielleicht noch nicht, aber irgendetwas an dir hat dich mit ihnen verbunden, und zwar mehr als nur dein Name. Du bist der Schlüssel, Charlotte. Du kannst sie finden.«

Ich wollte nicht der Schlüssel zu irgendetwas sein. Die Geister hatten die Falsche gewählt. Sie hatten den Namen ihrer Tochter laut ausgesprochen gehört und sich auf mich konzentriert, und es war alles ein einziger großer, übernatürlicher Fehler.

»Alles in Ordnung?«, fragte Annalise, als wir zur Schule fuhren. »Du wirkst so weggetreten.«

Ich lehnte den Kopf an den Sitz. »Ich hatte einen seltsamen Traum. Er schien so real. Ich kann ihn nicht abschütteln.«

»Hmm. Denkst du, er hängt damit zusammen, was zu Hause los ist?«

»Ja, aber ich weiß nicht, wie.«

»Woran genau kannst du dich erinnern? Lass keine Details aus.«

Ich beschrieb das Mädchen in dem rosa Kleid, das sich nachts mit einem Jungen traf, und dass ich dachte, Charlotte Pickens sei mit ihm davongelaufen. Bestimmte Einzelheiten liefen immer wieder in meinem Kopf ab: die Stimme des Jungen, mit deutlich ausländischem Akzent; das Flehen des Mädchens, eines Tages zurückzukehren; die offensichtliche Zärtlichkeit zwischen ihnen. Während ich erzählte, runzelte Annalise die Stirn.

»Klingt nach einer Szene direkt nach dem Erdbeben in Charleston«, sagte sie. »Darüber haben wir gestern gesprochen. Vielleicht hat dein Unterbewusstsein einfach die neuen Informationen zu Traumbildern verarbeitet.« Es war eine logische Erklärung, aber sie befriedigte mich nicht. Während ich die Bilder in meinem Kopf abspulte, fiel mir etwas auf. Ich erinnerte mich, dass Shane sagte, er werde sich das Bildmaterial aus dem Courtyard Café ansehen. Er wollte eine Verbindung zwischen den beiden Besuchen finden.

Irgendetwas, das gleich ist.

»Der Pullover!«, rief ich aus. »Ich habe beide Male im Café deinen rosa Pullover getragen. Und das Mädchen in meinen Träumen trug rosa!«

Annalise sah mich an. »Und?«

»Als ihre Eltern sie das letzte Mal gesehen haben, trug Charlotte Pickens rosa. Dein Pullover war der Auslöser. Wenn wir ihn loswerden, hört das alles vielleicht auf.«

Wir kamen an der Schule an. Annalise machte den Motor aus und sah mich an.

»Ich denke, der Zeitpunkt, irgendetwas loszuwerden, ist vorbei«, meinte sie. »Etwas ist in Gang gekommen, und es wird nicht plötzlich aufhören, wenn wir einen Pullover wegwerfen. Wir müssen das Mädchen finden.«

»Nein, müssen wir nicht. Dad sagt, dies sei einfach eine stärkere Art von Energie, als wir gewohnt sind. Es sind keine intelligenten Wesen, Annalise. Wir schulden ihnen gar nichts.«

»Starke Energie? Wenn du das wirklich glauben würdest, würdest du sie nicht als Geister bezeichnen, wie du es die ganze Zeit tust.«

»Das habe ich nur getan, um Mom und Dad zu ärgern.«

Annalise zog eine Augenbraue hoch. »Klar. Hör mal, sie mögen all das auf das Konto von Energie schreiben, aber ich kenne dich. Du denkst, es sei mehr, und ich glaube, du hast recht. Also lass uns etwas dagegen unternehmen.«

Ein hilfloser Zorn baute sich in mir auf. Warum bedrängte meine Schwester mich so heftig? Erst vor wenigen Monaten hatte sie erklärt, sie wolle nichts mit paranormaler Forschung zu tun haben, doch jetzt steckte sie tiefer drin, als ich es je bei ihr erlebt hatte. Was erwartete sie von mir? Ich würde nicht zu einem verrückten Abenteuer aufbrechen, nur um einen alten Grabstein zu finden. Die Geister mochten mich erwählt haben, aber ich hatte sie nicht erwählt. Ich wollte nur, dass alles wieder normal wurde – oder zumindest so normal wie möglich.

»Hör mal, wenn du und Mom und Dad ein Team zusammenstellen und auf Geisterjagd gehen wollt, bitte schön. Aber ich bin es leid, beobachtet zu werden, Geflüster zu hören und von toten Menschen zu träumen. Tut, was immer ihr wollt, aber haltet mich da raus.«

»Wir können dich nicht da raushalten.«

Ich funkelte sie an. »Wirklich nicht? Die ganzen Jahre habt ihr genau das getan.«

»Das ist nicht wahr.« Ihre Stimme war ruhig und leise. »Wir sind ein Team. Wir sind immer ein Team gewesen.«

»Ich habe es so satt, dass alle dieses Wort benutzen! Wir sind *kein* Team. Wir sind eine Familie. Eine seltsame, anormale Familie.«

»Charlotte, wir müssen …«

»Nein! Stopp, okay? Ich muss gar nichts tun, außer zum Unterricht zu gehen.«

Ich stieg aus dem Auto, schlug die Tür zu und marschierte in die Schule, ohne zurückzuschauen. Ich sagte mir, dass nicht ich diejenige war, die die Geister wollten. Sie waren nicht einmal Geister. Es war geballte Energie, die von der rosa Farbe und dem Klang meines Namens auf den Plan gerufen worden war. Es war nicht meine Aufgabe, etwas dagegen zu unternehmen. Meine Eltern hatten damit angefangen, und sie konnten es beenden. Ich war keine Problemlöserin fürs Paranormale. Ich war einfach ein Mädchen, das versuchte, einigermaßen reibungslos durchs letzte Schuljahr zu kommen.

Ich war gerade dabei, mein Schließfach zu öffnen, als etwas Scharfes mich in die Schulter stach.

»Au.«

»Würdest du mir bitte erklären, warum du meine Reportage über die Baumpflanzfeier des Ökoclubs herausgeschnitten hast?«

Ich drehte mich zu Bliss Reynolds um, die einen hellrosa Blazer trug, einen Khakirock und eine säuerliche Miene. »Hast du mich gerade gepikst?«

Bliss stemmte die Hände in die Hüften. »Diese Feier war wichtig, und du hattest kein Recht, sie aus den Morgennachrichten herauszuschneiden. Wenn du denkst, du kannst hier hereinrauschen und meine Karriere sabotieren …«

»Ich sabotiere gar nichts! Mr Morley hat mich gebeten, vier Minuten aus der Sendung zu schneiden, und genau so lang war deine Baumsache!«

»Es war keine ›Baumsache‹. Es war eine wichtige Stellungnahme über die Umwelt, viel bedeutsamer als die beiden Minuten über Avery und die Cheerleader, die in der Sendung geblieben sind.«

»Bliss, es war nicht meine Entscheidung, okay? Morley hat das letzte Wort. Das weißt du.« Ich schlug mein Schließfach zu und versuchte, mich an ihr vorbeizuschieben, aber sie vertrat mir den Weg.

»Nein, das weiß ich nicht. Allerdings weiß ich, dass du ständig versuchst, aus irgendeiner falschen Loyalität deinen Freundinnen gegenüber meine Arbeit zu zerstören. Aber heute Nachmittag werde ich dem Direktor deine Pläne enthüllen, dann wird er dich, Charlotte Silver, aus dem Kurs werfen.«

Bliss ließ ein siegesgewisses Lächeln aufblitzen. Etwas an ihrem selbstgerechten Grinsen machte mich rasend. Sie hatte meinen schlimmen Morgen noch schlimmer gemacht, und ich hatte es satt.

»Bist du immer so paranoid?«, fragte ich laut. Leute sahen uns an, aber es war mir egal.

»Ich bin nicht paranoid. Ich bin im Recht. Du bist diejenige, die …«

»Halt die Klappe, Bliss! Halt einfach die Klappe! Ich will nichts mehr von deinen wahnsinnigen Theorien hören, okay? Lass mich einfach in Ruhe!«

Bliss öffnete den Mund, um etwas zu erwidern, aber es kam nichts heraus. Ihre Augen weiteten sich, und sie griff sich an die Kehle. Für einen Sekundenbruchteil dachte ich, sie würde ersticken.

»Bist du okay?« Ich merkte, dass sich eine kleine Menschenmenge um uns herum gebildet hatte. Alle tuschelten und sahen Bliss an, deren wilde Augen und offener Mund die Vermutung nahelegten, dass irgendetwas ganz und gar nicht stimmte. Ich streckte die Hand nach ihr aus, aber sie wich vor mir zurück und lief den Flur hinunter. Jetzt sahen mich alle an und warteten auf eine Erklärung.

»Ich weiß nicht, was passiert«, stammelte ich. »Ich meine, wir haben nur geredet, und plötzlich hat sie …«

Ich wusste nicht, wie ich meinen Satz beenden sollte. Plötzlich hat sie was? Ihre Fähigkeit zu sprechen verloren? Wurde von meinen Stalkergeistern zum Schweigen gebracht? Ich zwängte mich an der Menge vorbei und rannte in die nächste Toilette, wo ich mich in einer Kabine einschloss. Ich lehnte mich gegen die Wand und versuchte, mich zusammenzureißen. Was hatte ich getan?

Es läutete zur ersten Stunde, aber ich blieb, wo ich war. Nachdem ich mir sicher war, dass sich niemand mehr auf dem Flur aufhielt, ging ich ins Sekretariat. Ich hatte vor, eine Migräne vorzutäuschen und nach Hause zu fahren. Ich konnte die Schule heute einfach nicht ertragen.

Als ich ankam, sah ich hektisches Treiben hinter den hohen Fenstern. Zwei Sekretärinnen brachten Bliss ins Krankenzimmer. Auf keinen Fall würde ich dort hineingehen, also kehrte ich wieder um und machte mich auf den Weg zur Bibliothek, wo ich zwischen den Bücherregalen ein ruhiges Fleckchen finden konnte. Und tatsächlich, sie war fast leer, und die Bibliothekarin bemerkte mich nicht einmal, als ich in die Abteilung mit den Nachschlagewerken schlich und mich zu Boden gleiten ließ.

Ich wusste nicht, was ich tun sollte. Ich konnte mich nicht für den Rest des Tages zwischen den Bücherstapeln verstecken, aber ich konnte auch noch nicht ins Sekretariat gehen oder gar nach Hause laufen. Also beschloss ich, eine Weile zu warten. Ich brauchte ein wenig Zeit für mich, etwas Ruhe, um meine angespannten Nerven zu beruhigen. Sechzig Minuten später hörte ich es zur zweiten Unterrichtsstunde läuten. Ich war immer noch nicht bereit, mein abgeschiedenes Fleckchen zu verlassen, also blieb ich, wo ich war.

»Geht es dir gut?«

Noah stand am Ende des Gangs. Als ich den Kopf schüttelte, kam er näher und hockte sich neben mich.

»Ich habe gehört, dass du und Bliss eine kleine Auseinandersetzung hattet.«

»Mit Sicherheit hat das inzwischen jeder gehört.« Ich seufzte. »Nur würde ich es nicht klein nennen.«

»Es wird schon Gras über die Sache wachsen. Sie ist harmlos. Anstrengend, aber harmlos.«

»Ich offensichtlich nicht.«

Noah warf mir einen komischen Blick zu. »Was meinst du damit?«

»Nichts. Ist Bliss immer noch im Krankenzimmer? Ist alles in Ordnung mit ihr?« In Wirklichkeit wollte ich wissen, ob sie sprechen konnte, aber mir war klar, dass diese Frage total schwachsinnig klingen würde.

»Es geht ihr gut. Ich habe sie gerade im Flur auf dem Weg zum Unterricht gesehen.«

»Hat sie irgendetwas gesagt?«

Er kicherte. »Sie hat mir befohlen, ihr Bildmaterial in Zukunft besser zu bearbeiten.«

Sofort war ich erleichtert. Ich hatte Bliss keinen bleibenden Schaden zugefügt. Ich hatte irgendetwas ausgelöst, aber es war vorüber, vielleicht würde alles wieder gut werden.

Noah, der die ganze Zeit neben mir gehockt hatte,

setzte sich jetzt hin. »Hat dein, ehm, Problem mit Bliss etwas mit diesem Artikel zu tun, den sie letztes Jahr geschrieben hat?«

»Welcher Artikel? Ich war letztes Jahr gar nicht hier.«

»Ja, ich weiß, aber ich dachte, da du mit Avery befreundet bist, hätte sie dir vielleicht davon erzählt.«

So viele Dinge schienen sich auf meine Freundschaft mit Avery zu beziehen. Irgendwie war diese Freundschaft zu einer charakteristischen Eigenschaft geworden. Jared hatte sie im Bus erwähnt, Bliss hatte sie während unseres Streits zur Sprache gebracht, und jetzt Noah. Es war merkwürdig, zuerst vor allem als Averys Freundin identifiziert zu werden. Nichts sonst schien den anderen so wichtig zu sein.

»Avery hat mir erzählt, dass Bliss einen negativen Artikel über die Cheerleader geschrieben habe«, erwiderte ich. »Aber sie ist nicht näher darauf eingegangen.«

»Die Cheerleader?« Noah war verwirrt. »Der muss mir entgangen sein. Nein, ich rede von dem großen Artikel, den über den Unfall.«

Jetzt war ich verwirrt. »Jareds Unfall?«

»Nun, ja, aber es steckte noch mehr dahinter.«

»Wie meinst du das?«

Noah sah mich einen Moment lang an. »Du musst ihn lesen. Ich suche dir im Archiv ein Exemplar.« Er schaute sich um. »Ich muss wieder zum Unterricht. Ich sollte nur schnell ein Buch für meinen Biologielehrer zurückbringen. Kommst du später zum Filmkurs?«

»Ich gehe heute früher nach Hause.«

Noah stand auf. »Also schön. Wir sehen uns morgen. Mach dir nichts draus, Charlotte.«

Nach dem nächsten Läuten ging ich ins Sekretariat und sagte, ich habe Migräne. Ich rief zu Hause an, doch es ging niemand an den Apparat, daher verbrachte ich die nächsten Unterrichtsstunden auf einer Pritsche im Krankenzimmer, wo ich für eine Weile einschlief. Glücklicherweise hatte ich keine weiteren unheimlichen Träume.

Als ich aufwachte, wusste ich zunächst nicht, wo ich war. Ich hörte ein Telefon klingeln und das Klappern einer Tastatur. Die Krankenschwester kam herein.

»Oh, gut. Sie sind wach. Wie fühlen Sie sich?«

»Besser. Wie spät ist es?«

Sie sah auf ihre Armbanduhr. »Bald ist Schulschluss. Haben Sie eine Mitfahrgelegenheit nach Hause?«

Ich hatte weder Avery noch Callie oder eines der anderen Mädchen gesehen, aber sie waren sicher schon von ihrem unerwartet langen Auswärtsspiel zurückgekehrt.

»Ja, habe ich«, antwortete ich. »Danke.«

Ich ging durch die leeren Flure zu meinem Schließfach. Ich wusste, dass ich Massen von Hausaufgaben nachholen musste, und hoffte, dass Callie oder eine der anderen Cheerleaderinnen mir die Aufgaben mitgebracht hätten, daher stopfte ich fast jedes Buch aus meinem Schließfach in meinen Rucksack und schleppte ihn zum Ausgang. Es läutete und Schüler stürmten in die Flure. Ich stand an einer Wand und wartete darauf,

Avery zu entdecken. Die Zeit verging, und ich fürchtete, dass ich sie verpasst hatte, oder schlimmer noch, dass sie dachte, ich sei überhaupt nicht in die Schule gekommen. Ich ging zum Parkplatz und lief Callie über den Weg.

»Hier bist du!«, rief sie. »Wir haben dich beim Mittagessen vermisst.«

»Ich war mit Kopfschmerzen im Krankenzimmer. Ich habe gehört, dass ihr einen verrückten Abend hattet.«

Wir gingen zusammen zum Parkplatz. »Der Bus hatte einen Platten«, erklärte Callie. »Wir waren erst um drei Uhr morgens zu Hause, daher hat der Direktor erlaubt, dass wir später kommen durften.«

»Ihr hättet ganz freibekommen sollen.«

Callie lachte. »Das habe ich auch gesagt! Aber wir mussten hier sein, um ein gutes Beispiel zu geben oder so etwas. Es soll nicht der Anschein entstehen, wir würden eine Sonderbehandlung bekommen oder …«

Sie hielt inne, einen seltsamen Ausdruck auf dem Gesicht. Ich folgte ihrem Blick und sah Avery neben ihrem Wagen stehen. Ein Junge war bei ihr und er hatte uns den Rücken zugewandt. Ich konnte nicht hören, was sie sprachen, aber Avery war sichtlich erregt. Als Callie und ich näherkamen, schlug Avery sich beide Hände vors Gesicht und schluchzte.

»Geh weg von ihr!«, brüllte Callie und rannte los.

Der Junge drehte sich um. Es war Jared. »Ich wollte nur mit ihr reden«, sagte er und trat einen Schritt zurück. Ich nahm Menschen wahr, die auf uns zeigten und uns anstarrten. Callie öffnete die Fahrertür für Avery und stieß sie praktisch hinein. Jared stand einfach nur da und schaute zu.

»Ich muss mit ihr reden«, sagte er. »Fünf Minuten. Das ist alles. Ich brauche nur fünf Minuten.«

»Steig ein«, wies Callie mich an. Ich nickte und setzte mich auf den Beifahrersitz.

Callie drehte sich zu Jared um. »Du darfst nicht in ihre Nähe kommen, klar?« Sie zeigte mit einem Finger auf ihn. »Sieh sie nicht einmal an. Niemals.«

Callie klopfte an mein Fenster und kurbelte es herunter.

»Sorg dafür, dass sie gut nach Hause findet«, sagte sie zu mir. »Avery? Ich komme mit zu dir nach Hause. Ich fahre hinter dir her.« Sie lief zu ihrem Wagen.

Avery weinte leise.

»Soll ich fahren?«, fragte ich.

Sie schüttelte den Kopf. »Ich komme schon klar«, murmelte sie und holte tief Luft. »Tut mir leid, dass ich so ein Wrack bin.«

»Mach dir darüber keine Sorgen. Ehrlich. Ich will nur, dass es dir gut geht.« Ich reichte Avery ein sauberes Papiertaschentuch.

Sie wischte sich damit über die Augen. Dann schaute sie auf. Durch das Fenster konnten wir Jared sehen, der zurück zur Schule humpelte. Die Leute machten ihm Platz und wichen zurück, als sei er verseucht.

»Was hat er getan?«, fragte ich und erinnerte mich daran, dass ich ihr von meinem Gespräch mit Jared am Tag zuvor hatte erzählen wollen.

Ich war mir nicht sicher, ob sie mich überhaupt hörte. Sie starrte nur aus dem Fenster, als wolle sie sich davon überzeugen, dass er wirklich wegging. Einige Sekunden später antwortete sie und ihre Stimme war kalt und hart.

»Er hat meinen Freund getötet.«

10

»Ich konnte es dir einfach nicht erzählen«, sagte Avery. Wir saßen im Wohnzimmer auf dem Boden, der mit zerknüllten Papiertaschentüchern bedeckt war. Averys Augen waren rot vom Heulen, aber die Tränen waren versiegt. Die anderen Mädchen waren nach einer Stunde gegangen, nachdem sie alle beteuert hatten, dass sie Jared nicht erlauben würden, jemals wieder in ihre Nähe zu kommen.

Bevor sie gingen, nahm Callie mich beiseite. »Kannst du bleiben, bis ihre Mom von der Arbeit nach Hause kommt?«

»Natürlich.« Ich musste bleiben. Ich musste die ganze Geschichte direkt von Avery hören, und als alle fort waren, erzählte sie – erklärte alles, jedes Detail, das sie vor mir geheim gehalten hatte –, bis ich verstand.

Die Uhr auf der Kommode tickte und die untergehende Sonne hüllte den Raum in goldenes Licht. Ich dachte über alles nach, was Avery mir über Adam erzählt hatte, seit wir uns kennen. *Er war letztes Jahr in der Abschlussklasse,* hatte sie gesagt. *Er wurde in Michigan angenommen.* Sie hatte nie gesagt, dass er jetzt dort sei, nur dass er im College aufgenommen worden sei. *Ich rede jeden Tag mit ihm, aber es ist trotzdem hart.* Ich hatte angenommen, dass sie miteinander telefonierten. Sie redete wahrscheinlich tatsächlich jeden Tag mit ihm. Er war nur nicht in der Lage, zu antworten.

»Seit es passiert ist, behandeln mich alle, als sei ich ein Opfer«, berichtete Avery, als wir in ihrem Zimmer saßen. »Viele Menschen können nicht damit umgehen, sodass sie einfach aufgehört haben, mit mir zu reden, aber ich kann es ihnen ansehen – sie bemitleiden mich.« Sie holte tief Luft. »Bei dir dachte ich, endlich jemand, der nichts davon weiß, jemand, der mich nicht wie eine wandelnde Tragödie behandeln würde.«

Ich sagte ihr, dass ich das verstünde, und in gewisser Weise tat ich das auch. Mich hatte man nie bemitleidet, aber sobald die Leute wussten, womit meine Eltern sich ihren Lebensunterhalt verdienten, begannen sie sich mir gegenüber zu verändern. Zuerst dachten sie, mein merkwürdiges Anderssein sei toll, und ich wurde unweigerlich zu Halloween-Partys eingeladen, wo alle um mich herumstanden, als könne ich tote Menschen heraufbeschwören. Wenn sich der anfängliche Coolness-Faktor legte, begannen die Gerüchte. Über Séancen, die angeblich spät nachts bei mir zu Hause stattfanden, oder dass meine Eltern eigentlich Vampire jagten oder Leichen im Keller hatten. Je verschrobener, desto besser – die Leute schienen nur die verrücktesten Gerüchte zu glauben, und statt Einladungen zu Partys bekam ich eigenartige Blicke bzw. die kalte Schulter.

»Erzähl mir von dieser Nacht«, bat ich. »Was ist passiert?«

Avery schaute zu ihrer Kommode hinüber, wo die gerahmten Fotos von Adam im Halbkreis standen. »Wir waren auf einer Party, um den ersten Tag der Frühlingsferien zu feiern«, begann sie. »Nur dass ich nicht hingehen wollte. Dante war weggelaufen. Er war verschwunden, und ich wollte zu Hause bleiben, falls er zurückkam.«

Der winzige Hund hörte seinen Namen und streckte den Kopf durch die Tür. Avery klopfte auf den Teppich, und Dante kam herbeigetrabt und rollte sich neben ihr zusammen, aber vorher knurrte er mich an.

»Adam hat darauf bestanden. Er sagte, es würde mir guttun, aus dem Haus und auf andere Gedanken zu kommen.« Sie hielt inne, um Dante am Bauch zu kraulen.

»Es war eine typische Party«, fuhr Avery fort. »Laut. Zu voll. Normalerweise hätte sie mir gefallen. Aber ich machte mir Sorgen und Adam hing mehr mit seinen Freunden rum als mit mir.

Ich sagte ihm, dass ich nach Hause gehen müsse, und fragte, ob er mir seinen Wagen leihe. Wir haben uns nicht gestritten oder so, aber wir haben uns auch nicht zum Abschied geküsst. Er meinte, er würde mich am nächsten Tag anrufen, und ich bin gegangen. Das war das letzte Mal, dass ich ihn lebend gesehen habe.«

Avery streichelte Dante langsam und schon bald fielen seine kleinen Knopfaugen zu.

»Seine Mom hat spät in jener Nacht angerufen. Sie sagte, es habe einen Unfall gegeben. Sie sagte, es sei schlimm. Sehr, sehr schlimm.« Avery hielt den Blick auf ihren Hund gerichtet, der inzwischen eingeschlafen war. »Ihre Stimme klang so gebrochen, so hohl. Und ich wusste Bescheid. Ich wusste, dass Adam tot war.«

»Was hat Jared mit alldem zu tun?«, hakte ich nach.

Beim Klang seines Namens zuckte Avery zusammen. »Er ist bei der Party aufgetaucht, nachdem ich schon gegangen war. Callie hat die beiden miteinander reden hören. Sie sagte, Jared sei wegen irgendetwas aufgeregt gewesen und habe erklärt, er müsse allein mit Adam reden. Sie sind zusammen aufgebrochen, in Jareds Wagen.

Sie waren auf der Hauptstraße. Ein Zeuge sah den Wagen plötzlich nach links ausbrechen, dann ist er gegen einen Telefonmast gekracht.«

Sie sah mich an. »Es war kein Unfall. Jared ist absichtlich gegen diesen Mast gefahren.«

Ich runzelte die Stirn. »Warum glaubst du das?«

»Ich habe ihn im Krankenhaus besucht. Er hat mir von dem Streit erzählt. Er hat zugegeben, dass er gefahren und der Unfall seine Schuld war.« Sie schaute auf ihre Hände hinab. »Jared hatte Todessehnsucht. Das Problem ist, dass die falsche Person gestorben ist.«

»Das tut mir wirklich leid«, murmelte ich. »Was kann ich tun?«

»Mir tut es leid. Ich hätte es dir erzählen sollen, Charlotte.«

»Ist schon gut. Ich verstehe, warum du es nicht getan hast.«

Avery nickte. »Behandle mich nur nicht anders als früher, okay? Kein Erbarmen, kein Mitleid. Versprich es mir.«

»Ich verspreche es.«

Mein Handy klingelte und ich griff in meinen Rucksack. »Es ist meine Mom. Ich habe vergessen ihr zu sagen, wohin ich nach der Schule gegangen bin.« Ich nahm den Anruf entgegen.

»Charlotte, Gott sei Dank! Wo bist du? Die Schule hat angerufen und gesagt, du seiest heute nicht im Unterricht gewesen!«

»Es geht mir gut, Mom. Ich bin bei Avery. Ich komme bald nach Hause.«

»Ist etwas passiert? Was ist los?«

»Ich erzähle es dir später. Es ist alles in Ordnung. Wirklich.«

Wie sollte ich ihr diesen Tag erklären? Nichts war gut. Ich hatte mich mit meiner Schwester gestritten, die Geister, die mich verfolgten, hatten Bliss angegriffen, und meine neue beste Freundin war vor meinen Augen zusammengebrochen. Avery versuchte so zu tun, als werde sie mit dem Tod ihres Freundes fertig, aber ihr Kummer lauerte trotzdem stets unter der Oberfläche. Ich verstand jetzt, warum sie immer einen Bogen um die Hauptstraße machte und warum sie eine so vorsichtige

Fahrerin war. Sie entwickelte eine Vermeidungsstrategie, indem sie versuchte, sich von allem fernzuhalten, das schmerzhafte Erinnerungen wecken könnte.

Ich legte auf und sagte Avery, dass ich bald nach Hause gehen müsse. »Kommst du klar?«

Avery lächelte traurig. »Sicher. Die Zeit heilt doch alle Wunden.«

»Das denke ich nicht.«

Sie wirkte überrascht. Ich fuhr fort: »Die Zeit lehrt einen, wie man mit seinen Wunden leben kann. Sie beseitigt sie nicht völlig.«

Avery umarmte mich. »Danke. Du bist die erste Person, die nicht gesagt hat, dass ich all dies eines Tages vergessen würde.«

»Das wirst du nicht. Aber es wird besser werden, ich weiß es.«

Auf dem Heimweg hoffte ich, dass ich recht behielt. Ich hatte nicht viele persönliche Erfahrungen mit Trauer, aber in der Branche meiner Eltern hatte ich beobachtet, wie Menschen mit dem Verlust eines anderen fertig wurden. Es gab jene, die den Rest ihres Lebens damit verbrachten zu trauern, und jene, die weiterlebten. Ich hoffte wirklich, dass Avery zur zweiten Gruppe gehörte, aber noch war sie nicht so weit. Kein Wunder, rief ich mir ins Gedächtnis, Adams Tod lag weniger als ein Jahr zurück. Niemand konnte von ihr erwarten, dass sie einfach so wieder auf die Beine kam. Sie brauchte Zeit und Unterstützung.

Und irgendwann musste sie sich Jared stellen.

Es gab so vieles, was Avery nicht wusste. Was war in jener Nacht in diesem Wagen geschehen? Warum war Jared direkt in den Telefonmast gefahren? Ich hatte nur zweimal mit ihm gesprochen, aber er kam mir nicht vor wie jemand mit Todessehnsucht, wie Avery behauptet hatte. Nur Jared kannte die Antworten. Mir fiel der Zeitungsartikel ein, über den Noah gesprochen hatte. Was hatte Bliss geschrieben, das Avery so sehr erzürnt hatte? Ich hoffte, dass Noah mir bald ein Exemplar geben würde.

Als ich durch unsere Haustür trat, sah ich meine wartenden Eltern. Noch nie hatte die Schule meinetwegen zu Hause anrufen müssen, und die beiden wussten nicht recht, ob sie ärgerlich oder besorgt sein sollten. Shane hielt sich im Wohnzimmer auf, daher brüllten sie nicht allzu laut herum. Ich sagte ihnen immer wieder, dass alles in Ordnung sei, aber sie kauften es mir nicht ab, daher machte ich reinen Tisch und berichtete, was mit Bliss geschehen war.

»Was meinst du damit, sie hat ihre Stimme verloren?«, hakte Dad nach.

»Es war, als könnte sie nicht reden. Später ging es ihr wieder gut. Aber es war beängstigend.«

Shane rief uns aus dem Wohnzimmer etwas zu. Er hatte das Bildmaterial aus dem Courtyard Café auf seinem Monitor. »Ich denke, Charlotte hat recht, dass der Auslöser die Farbe Rosa war«, sagte er. »Aber es steckt noch mehr dahinter. Seht euch das an.«

Ich betrachtete das Bildmaterial von mir und Annalise, aber mir fiel nichts Neues auf. Als der Kurzfilm endete, drehte Shane sich zu uns um. »Habt ihr es bemerkt?«

Mom runzelte die Stirn. »Nein. Wonach suchen wir?«

»Drei Dinge geschehen, unmittelbar bevor die weißen Gestalten erscheinen. Seht euch den zweiten Kurzfilm an.«

Nach dem zweiten Kurzfilm verstand ich. »Es ist die Farbe Rosa, mein Name und der Klang meiner Stimme. Diese drei Dinge zusammen bilden den Auslöser?«

Shane klatschte in die Hände. »Genau!«

Ich setzte mich neben ihn. »Klasse. Also werde ich die Leute bitten, mich Charly zu nennen, statt Charlotte. Problem gelöst.«

»Nicht ganz.« Shane drehte sich zu meinen Eltern um. »Da ist Energie, wenn auch nur einer der Auslöser vorhanden ist. Aber nur wenn alle drei gleichzeitig vorkommen, tritt die Energie auch zutage.« Er sah mich an. »Also, selbst wenn du deinen Namen änderst, aufhörst zu reden und niemals in der Nähe von etwas Rosafarbenem bist, wird die Energie in irgendeiner Form verbleiben, auch wenn sie schwächer ist.«

»Okay, Plan B. Wir verspritzen etwas Weihwasser, sprechen einige Gebete und schicken diese Leute zurück nach Charleston.«

Mom seufzte. »Charlotte, ich wünschte, es wäre so einfach. Wenn eine solche Energie einmal freigesetzt ist, hört sie nicht einfach wieder auf.«

Dad sprach in professionellem Ton: »Betrachte es

einmal so – ein Felsbrocken rollt einen Hügel hinab. Dieser Felsbrocken wird in Bewegung bleiben und weiterrollen, bis er auf etwas trifft, das größer ist als er selbst, etwas, das fest genug ist, um ihn zu bremsen. Ich fürchte, es reicht nicht, einen Auslöser auszuschalten, um diese Art von Energie zu stoppen.«

»Was ist mit mir? Dieses Ding, was immer es ist, muss mich in Ruhe lassen!« Tränen brannten in meinen Augen. Ich wollte nichts über große Steinbrocken hören. Meine Eltern waren die Experten fürs Paranormale. Warum konnten sie sich nicht ohne mich um diese Sache kümmern? Es sollte nicht die Aufgabe einer Jugendlichen sein, rastlose Geister ins Jenseits zu führen. Ich hatte genug eigene Probleme und brauchte nicht noch die von Toten.

Mom rieb mir die Schulter. »Wir werden dieses Problem schon lösen, Schätzchen. Wir werden dir helfen.«

Ich stellte fest, dass jemand bei unserer kleinen Versammlung fehlte. »Wo ist Annalise?«

Mom ließ meine Schulter los. »Sie ist heute Nachmittag abgereist.«

»Abgereist – wohin?«

Dad setzte einen Kopfhörer auf. »Zurück zum College.«

»Oh.« Ich konnte nicht glauben, dass Annalise aufgebrochen war, ohne mir Auf Wiedersehen zu sagen. Das hatte sie noch nie getan. Natürlich hatten wir uns auch noch nie so heftig gestritten, dass ich davongestürmt und sie weggefahren war. »Wann kommt sie zurück?«

Mom schaute über meine Schultern auf die Monitore. »Sie kommt an Thanksgiving«, murmelte sie. Bis Thanksgiving waren es noch fast zwei Monate. Ich musste vorher mit Annalise sprechen. So lange hielt ich es nicht aus, Streit mit meiner Schwester zu haben. Aber ich überlegte, dass ich ihr ein paar Tage Zeit zum Abregen geben sollte.

Mom war abgelenkt, daher stand ich auf und ging nach oben.

Ich hatte in den letzten Wochen mein Zimmer gemieden, unten geschlafen und mir meine sauberen Kleider direkt aus der Waschküche geholt. Jetzt stand ich für einen Moment in der Tür zu meinem Zimmer und fühlte mich wie eine Fremde. Ich ging durch den Raum und setzte mich auf mein unberührtes Bett.

»Ich weiß nicht, wie ich euch helfen kann«, sagte ich leise, beinahe flüsternd. Es kam mir töricht vor, Selbstgespräche zu führen. Doch Annalise hatte recht gehabt – ich war davon überzeugt, dass wir es mit etwas zu tun hatten, das mehr war als bloße Energie. Was immer es war, ich hatte das Gefühl, dass es auf irgendeine Art intelligent war, obwohl ich nicht erklären konnte, warum.

»Könnt ihr mich hören? Ich bin es, Charlotte. Ich weiß nicht, was ich für euch tun soll.«

Ich wartete auf eine Reaktion. Ein Geräusch oder ein Gefühl. Irgendetwas. Nach einigen Minuten stand ich auf und suchte nach etwas Rosafarbenem. Ich fand Annalises Pullover zusammengeknüllt auf dem Boden, schnappte ihn mir und setzte mich dann wieder auf mein Bett.

»Okay, noch einmal. Hier ist Charlotte. Ich weiß, dass ihr da seid.«

Aus dem Augenwinkel meinte ich, einen Schatten zu sehen. Ich holte tief Luft.

»So. Ihr könnt mich also hören. Ich weiß, dass ihr nach eurer Tochter sucht, aber ich habe keine Ahnung, wie ich sie finden kann.«

Ich wünschte, ich hätte den ESP-Rekorder mit nach oben genommen. Vielleicht redeten sie mit mir, aber ich konnte sie nicht hören. Ich wollte gerade nach unten gehen, als es geschah.

Jemand setzte sich neben mich.

Ich spürte den Druck auf der Matratze, und als ich hinsah, war eine Delle auf meiner Tagesdecke. Ich bewegte langsam die Hand über die Stelle. Sie fühlte sich eiskalt an. Ich zog die Hand zurück. Mir sträubten sich die Nackenhaare.

Irgendjemand saß neben mir. Jemand, den ich nicht sehen oder hören konnte, aber ich *spürte* ihn, so sicher, wie ich es gespürt hätte, wenn Mom oder Dad sich neben mich gesetzt hätten. Ich erstarrte und wünschte, ich hätte sie nicht hervorgerufen, während ich allein war. Sie wurden stärker, so stark, dass ich sie spüren konnte, und das machte mir Angst.

»Ich kann das nicht«, flüsterte ich. »Ich kann sie nicht für euch finden.«

Was immer neben mir gesessen hatte, stand sofort

auf. Ich geriet in Panik. Hatte ich es jetzt wütend gemacht?

»Es tut mir leid, wirklich, aber ich kann einfach nicht. Ich weiß nicht, wie.«

Ich erhob mich, um den Raum zu verlassen, aber in diesem Moment hörte ich ein Kratzen von meinem Nachttisch. Ich blieb stehen. Ich wollte mich nicht umdrehen und nachsehen. Irgendetwas geschah direkt hinter mir und ich wollte nicht hinsehen. Mein Herz hämmerte und meine Beine waren wie angeklebt. Meine Schlafzimmertür stand offen, aber ich war davon überzeugt, dass sie mir vor der Nase zuschlagen würde und ich in der Falle säße, wenn ich versuchte wegzulaufen. Ich öffnete den Mund.

»Mom!«, schrie ich, so laut ich konnte. »Dad!«

Sie hörten die Angst in meiner Stimme und rannten die Treppe herauf. Shane rief noch, dass sie eine Kamera mitnehmen sollten. Meine Eltern stürmten in mein Zimmer. Dad schaute überall hin und versuchte herauszufinden, was los war, aber Mom kam sofort zu mir.

»Was ist passiert? Geht es dir gut?«

»Irgendetwas war hier drin bei mir. Ich habe ein Kratzen gehört. Auf dem Nachttisch.«

Dad ging zu dem kleinen Tisch hinüber und betrachtete ihn. »Karen, du solltest dir das ansehen.«

Mom stand auf. »Ach herrje.«

Ich konnte immer noch nicht hinsehen. »Was ist es?«

»Eine Nachricht. Es sieht aus, als sei sie in das Holz gekratzt worden.«

Dad ging in die Hocke und hob etwas vom Boden auf. »Ein Bilderhaken«, sagte er und hielt den Haken hoch. Ich sah ein kleines Loch in der Wand, wo der Haken gewesen war.

»Wie lautet die Nachricht?«, fragte ich mit zittriger Stimme.

Als sie mir nicht sofort antworteten, drehte ich mich um und näherte mich langsam dem Nachttisch. Dort standen in krakeligen Buchstaben genau zwei Worte. *Du wirst.*

11

Am nächsten Tag gab Noah mir im *Ton- und Film*-Kurs den Zeitungsartikel über Adams und Jareds Unfall.

»Zeig es niemandem sonst«, flüsterte er, als er mir die gefaltete Seite reichte. »Sie könnten ein wenig ausflippen.«

Ich nickte und stopfte das Papier in meinen Rucksack. »Kein Problem. Ich werde den Artikel zu Hause lesen.«

Ich hatte genug von Leuten, die ausflippten. In der Schule waren Gerüchte über Jareds und Averys Konfrontation auf dem Parkplatz im Umlauf. Glücklicherweise erschien Jared an diesem Morgen nicht im Unterricht, aber die Cheerleaderinnen waren in höchster Alarmbereitschaft. Wenn sie hörten, wie jemand über das Ereignis sprach, stellten sie diese Person zur Rede oder brachten sie mit Blicken zum Schweigen. Sie waren eine Macht, mit der man rechnen musste, vor allem, wenn es um Avery ging.

Es war seltsam, aber ich hatte endlich das Gefühl, zu den anderen Mädchen dazuzugehören. Ich kannte das große Geheimnis, das nicht wirklich ein Geheimnis war, und setzte mich ebenso engagiert wie die anderen dafür ein, Avery vor boshaftem Gerede zu schützen. Ich fühlte mich auch Avery näher. Wir hatten eine Gemeinsamkeit, obwohl sie es nicht wusste: Wir wollten beide vollkommen normal behandelt werden. Natürlich *war* Avery normal, aber sie schlug sich mit einer Tragödie herum, während ich mit Geistern zu tun hatte, die jeden Tag stärker wurden und eine aktivere Rolle in meinem Leben spielten.

Du wirst. Die beiden Worte, die in meinen Nachttisch eingeritzt worden waren, schienen gleichzeitig auf mein Hirn tätowiert worden zu sein. Du wirst was? Du wirst uns helfen, ganz gleich wie sehr du dagegen ankämpfst? Oder du wirst wissen, *wie* du uns helfen kannst? Ich konnte nicht entscheiden, ob es eine Drohung oder eine Prophezeiung war.

Oder beides.

»Charlotte, bist du da?«

Ich blinzelte. Noah beobachtete mich.

»Tut mir leid. Ich habe geträumt.«

»Stimmt.« Er deutete auf den Computerbildschirm. »Findest du, dass wir mit der Baumfeier oder mit den Fußball-Highlights anfangen sollen?«

Meine Antwort kam automatisch. »Die Baumfeier.«

Ich hatte Bliss seit unserer seltsamen Begegnung nicht mehr gesehen. Sie ging mir aus dem Weg und das war in

Ordnung für mich. Ich gab mir größere Mühe, eine ausgewogene Mischung aus Sportberichten und anderen Nachrichten zu planen, und die Baumfeier war mein Versuch, mich zu entschuldigen. Bliss hatte keine Manieren, aber sie mundtot zu machen, verursachte mir Schuldgefühle.

Ich versuchte, mich auf die Bildbearbeitung zu konzentrieren, aber meine Gedanken wanderten immer wieder zu meinem paranormalen Problem. Die Hauptfrage, die ich beantworten musste, war, was mit Charlotte Pickens geschehen war. Wenn ich das herausfände, würde ich vielleicht ihre letzte Ruhestätte finden und ihre Eltern dort hinführen können.

Ich stieß Noah an. »Ich habe eine Frage.«

Er schaute stirnrunzelnd auf den Bildschirm. »Willst du wissen, warum Bliss Lila und Grün trägt? Das sollte sie nicht tun. Sie sieht irgendwie wie eine Aubergine aus.«

Ich lachte. »Kein Kommentar. Aber ernsthaft, darf ich dich etwas fragen?«

Er drehte seinen Stuhl zu mir um. »Schieß los.«

»Hast du jemals jemanden gekannt, der von zu Hause weggelaufen ist?«

Er zog eine Augenbraue hoch. »Muss ich mir Sorgen machen?«

»Nein, es geht nicht um mich. Ehrlich. Es geht um diesen, ehm, Dokumentarfilm, an dem meine Eltern arbeiten.«

»Nun, wenn es darum geht, einen Dokumentarfilm

voranzubringen, ja, ich kenne tatsächlich jemanden, der von zu Hause weggelaufen ist. Meine Mom.«

»Du machst Witze.«

»Nein. Sie ist mit siebzehn von zu Hause fortgegangen.«

»Wow.« Ich zögerte, bevor ich meine nächste Frage stellte, unsicher, ob ich zu persönlich wurde. »Darf ich fragen, warum?«

»Sie und mein Dad sind irgendwie ... durchgebrannt.«

»Wie romantisch!«

Noah errötete. Er war süß, wenn er rot wurde, fand ich. Wenn er nur ein Jahr älter gewesen wäre, hätte ich ihn als festen Freund in Erwägung gezogen. Jetzt wurde ich rot, da war ich mir sicher. Ich bezweifelte, dass Noah sich etwas aus mir machte. Wie arbeiteten gut zusammen und führten interessante Gespräche, aber er hatte niemals durchblicken lassen, dass er in mir etwas anderes sah als eine gute Freundin, und das war mir recht so. Callie hatte mehrfach angedeutet, dass sie mich mit Harris Abbott verkuppeln wolle, einem Zwölftklässler aus dem Footballteam. Ich war mir nicht sicher, ob ich in dem Chaos, das mein Leben war, noch einen festen Freund gebrauchen konnte. Auf keinen Fall wollte ich ein Blind Date, aber die Vorstellung, durch mein ganzes Abschlussjahr zu stolpern, ohne geküsst zu werden, war ziemlich deprimierend.

Noah riss mich aus meinen Gedanken. »Ich würde die Situation meiner Eltern nicht romantisch nennen.«

Er fuhr sich mit einer Hand durchs Haar. »Meine Mom war mit meinem älteren Bruder schwanger und meine Großeltern waren nicht einverstanden mit Dad.«

»Oh.«

»Eine Zeit lang ging es anscheinend ganz gut. Aber dann wurde es hart. Mom war verheiratet und hatte drei Kinder, bevor sie einundzwanzig wurde. Und mein Dad hat sich von ihr getrennt, als ich vier war.«

»Das tut mir leid.«

Noah zuckte die Achseln. »Es ist, wie es ist. Wie dem auch sei, ich hoffe, das hilft für den Film deiner Eltern.«

»Das tut es sogar. Danke.«

Noahs Szenario ergab Sinn. Wenn Charlotte Pickens verliebt gewesen war und ihre Eltern die Verbindung nicht gutgeheißen hatten, könnte das ein Grund gewesen sein fortzugehen. In meinem Traum war das Mädchen traurig gewesen wegzugehen. Sie flüsterte ein Lebewohl und wandte den Kopf, um ein letztes Mal zu dem Zelt ihrer Familie hinüberzuschauen. Sie wusste, dass sie vielleicht nie wieder zurückkommen würde. War es möglich, dass auch sie schwanger gewesen war? Zu Beginn des neunzehnten Jahrhunderts wäre das ein triftiger Grund für ein Mädchen gewesen, zu verschwinden. Vielleicht wollte sie ihren Eltern die öffentliche Schmach ersparen.

Ich brauchte Annalise für weitere Nachforschungen. Wenn wir den Namen eines Jungen finden konnten, der ebenfalls um die Zeit des Erdbebens herum verschwunden war, hätten wir vielleicht einen Anhaltspunkt.

Als ich von der Schule nach Hause kam, nahm ich mir den Artikel vor, den Noah mir gegeben hatte. Er war vom vergangenen März. »Abschlussklasse trauert um einen der ihren«, lautete der Titel. Bliss Reynolds war die Verfasserin.

Während die Frühlingsferien für gewöhnlich eine Zeit zum Feiern sind, wird man die Ferien dieses Jahr als eine Zeit der Trauer im Gedächtnis behalten. Adam Roth, Abschlussschüler der Lincoln High, kam in der Nacht bei einem Unfall ums Leben. Roth saß auf dem Beifahrersitz in einem Wagen, der von Jared James gefahren wurde, einem Elftklässler. James befindet sich gesundheitlich nach wie vor in einem kritischen Zustand. Er liegt im Mercy South Hospital.

Sowohl Roth als auch James waren abends auf einer Party. Kurz nach Mitternacht brachen sie zusammen auf und fuhren auf der Hauptstraße nach Süden, als James die Kontrolle über den Wagen verlor und gegen einen Telefonmast prallte. Roth starb noch am Unfallort. James trug ein Schleudertrauma und mehrere Knochenbrüche davon. Seine Mutter Evelyn James mutmaßte, es sei unwahrscheinlich, dass ihr Sohn wieder völlig gesund werde.

»Bitte, betet für meinen Sohn«, sagte sie.

Zeugen berichteten, dass James' Wagen einen Moment schlingerte, bevor er gegen den Telefonmast prallte. Die Polizei hat den Einfluss von Alkohol als Unfallursache ausgeschlossen, weiß aber nicht, warum James die Kontrolle über den Wagen verloren hat.

»Der Unfall wird weiter untersucht werden«, sagte Officer Lettrick, der als Erster am Unglücksort war. James war nur kurz bei Bewusstsein und erzählte seiner Mutter, dass Roth ihm ins Lenkrad gegriffen habe, worauf es zu dem Unfall gekommen sei.

Roth, 18, war erst kürzlich von der University of Michigan mit einem Vollstipendium für Football angenommen worden. Mannschaftskamerad Harris Abbott sagte, er werde Roth als einen starken Sportler, loyalen Freund, einen »rundherum tollen Typen« in Erinnerung behalten.

»Wir haben einen wunderbaren jungen Mann verloren, der ein ungeheures Potenzial hatte«, sagte Coach Roberts. »Wir werden Adam zutiefst vermissen und uns voller Zuneigung an ihn erinnern.«

Die Beerdigung fand letzte Woche statt. Ein Gedenkgottesdienst für die ganze Schule wird morgen Nachmittag in der Turnhalle abgehalten werden.

Ich las den Artikel zweimal durch und eines sprang mir sofort ins Auge. Hatte Adam tatsächlich ins Lenkrad gegriffen und so den Autounfall verursacht? Oder versuchte Jared nur, alle Schuld von sich zu weisen? Der Bericht war nicht so skandalös, wie ich erwartet hatte. Averys Zorn hatte wohl seine Wurzeln in der Andeutung, dass der Unfall Adams Schuld war. Der Artikel machte mir allerdings eines klar – es steckte mehr hinter der Geschichte, als Avery erzählte.

Meine Eltern hatten ihre Zeit zwischen der Untersuchung des zu Hause aufgenommenen Bildmaterials und dem Filmen von historischen Stätten in der Umgebung aufgeteilt. Sie kamen jedoch bei keinem der beiden Projekte voran. Der größte Teil des einheimischen »Spuks« ließ sich leicht entlarven, und um bei der Suche nach Charlotte Pickens weiterzukommen, brauchten wir mehr Fakten. Als sie abends nach Hause kamen, erzählte ich ihnen meine Theorie über Charlottes Gründe wegzulaufen.

»Annalise hat Zugang zu vielen historischen Unterlagen in Charleston«, meinte Mom. »Sie wird uns auf dem Laufenden halten.«

Ich wusste, dass ich meine Schwester anrufen sollte, aber ich hatte keine Lust, mich von ihr anschreien zu lassen. Ich wollte lieber noch eine Weile abwarten, damit ich mir die perfekte Entschuldigung zurechtlegen konnte.

Die nächste Woche verlief glatt. Jared kam nicht zur Schule, und es gab Gerüchte, dass er endgültig abgegangen sei. Glücklicherweise fieberten alle dem Homecomingfest entgegen. Ich half den Cheerleaderinnen, Papiermasken zu gestalten, die wir dann in den Fluren aufhängten. Mir gefiel das Motto Maskerade. So würde ich mich verkleiden, eine Maske aufsetzen und mich unter die Menge mischen können.

Ich setzte meine angenehme Routine fort, in den Unterricht zu gehen, mit den Cheerleadern zu Mittag zu essen und mit Noah Bildmaterial zu bearbeiten. Noah, auf den ich mich jeden Tag freute. Es gefiel mir, dass er seine Arbeit ernst nahm und vorhatte, am College Filmproduktion zu studieren.

»Was ist mit dir?«, fragte er am Freitagnachmittag. Wir saßen vor dem Monitor, an dem wir immer arbeiteten, während Mr Morley einer kleinen Gruppe von Neuntklässlern erklärte, wie man Filmszenen montierte.

»Was soll mit mir sein?«, fragte ich.

»Du bist bald mit der Schule fertig. Weißt du schon, wo du studieren willst?«

»Charleston wahrscheinlich.«

In Wahrheit hatte ich längst nicht so viele Gedanken an ein Studium verschwendet wie die anderen künftigen Absolventen. Ich sah sie vor dem Unterricht über Hochglanzbroschüren brüten oder Bewerbungsaufsätze diskutieren. Ich hatte mich in Charleston beworben, bevor wir umgezogen waren, einfach weil Annalise dort war, denn ich hatte Angst, dass wir uns nie sehen würden, wenn ich in einem anderen Bundesstaat studierte. Es gab kein Elternhaus, Mom und Dad waren immer auf Reisen, und ich wollte Weihnachten nicht in einem Hotelzimmer verbringen, um meine Eltern zu besuchen. Wenn Annalise und ich in das gleiche College gingen, konnten unsere Eltern zu uns kommen, und so würden wir wenigsten ein paar Mal im Jahr alle zusammen sein.

Aber ein Teil von mir wollte woanders studieren. Ich war mir nicht sicher, wo genau, aber ich hatte einige Bewerbungen an andere Colleges geschickt, damit ich eine Alternative hatte. Der September war bald zu Ende, und ich wusste, dass mir die Zeit davonlief.

Mir ging immer noch das Studium durch den Kopf, als ich nach Hause kam, und ich freute mich, dass mehrere Informationspäckchen von Colleges im Briefkasten steckten. Doch als ich sie herauszog, weckte eine andere Post meine Aufmerksamkeit, und ich stöhnte.

»Oh nein.«

Ich schnappte mir alles und eilte ins Haus, wo ich die Rechnungen und Prospekte auf die Küchentheke fallen ließ. Nichts zählte außer dieser einen schrecklichen Postsendung, die ich in Händen hielt.

Meine Zeit war abgelaufen.

Montag ist alles vorbei.

12

Meine Eltern lächelten nicht, sondern sahen mich mit ernster Miene an, einer Miene, die sie aufsetzten, wenn sie etwas Ungewöhnliches erforschten. Hinter ihnen schwebte Annalise, in neongrünen Nebel gehüllt.

An jedem Monatsende erhielten wir eine Fernsehzeitschrift. Es war ein sperriges Magazin mit Hunderten Seiten Programm. Außerdem gab es jeden Monat die Rubrik »Was jemand am besten kann«. Jeder in der Stadt bekam ein Exemplar, es sei denn, in dem Haushalt gab es eine Satellitenschüssel. Für gewöhnlich landete sie einfach beim Altpapier, aber mir war klar, dass das bei dieser Ausgabe anders sein würde. Diese würden meine Eltern ihrer Sammlung von Erinnerungsstücken hinzufügen.

Sie waren auf dem Titelblatt.

»*Was jemand am besten kann* im Oktober: Ein Silver-Spirits-Marathon«, lautete die Schlagzeile. Ich blätterte zu dem Artikel weiter, einem vierseitigen Beitrag mit weiteren Fotos und einem Special mit »interessanten Fakten« über meine Familie.

- *Patrick und Karen Silver sind seit dreiundzwanzig Jahren verheiratet und erforschen seit über fünfundzwanzig Jahren zusammen das Übernatürliche!*
- *Sie haben zwei Töchter, Annalise, 20, und Charlotte, 17.*
- *Die erste »Silver Spirits«-Dokumentation wurde am Tag von Annalises Geburt ausgestrahlt.*
- *Die Silvers haben sechzig einstündige Dokumentarsendungen produziert und zusammen vier Bücher veröffentlicht.*
- *Die Familie Silver wohnt derzeit in South Carolina.*

Ich seufzte. Obwohl ich auf keinem der Fotos zu sehen war – das waren größtenteils meine Eltern und auf einigen Shane –, war mein Name genannt worden. Und der Marathon würde den ganzen Monat lang laufen. Jeden Abend würden zwei Episoden ausgestrahlt werden. Ich war in einigen davon zu sehen, oft im Hintergrund, aber manchmal auch im Abspann.

»Das ist nicht gut«, murmelte ich.

»Das ist toll!«, rief Mom hinter mir. Ich zuckte zusammen. »Ich wollte dich nicht erschrecken«, sagte sie und griff nach der Zeitschrift. »Ist die heute gekommen?«

»Ja.«

»Dein Dad wird begeistert sein. Die kommt in unsere Sammlung.«

Die Sammlung bestand aus jeder Zeitung und jedem Magazin, in dem sie jemals erwähnt worden waren, alle nach Datum sortiert in zwanzig leuchtend bunten Plastikkisten. Als wir in unser neues Haus einzogen, fürchtete ich, dass meine Eltern dort vielleicht einige gerahmte Titelblätter aufhängen würden, aber sie wollten keine Nägel in die Wände schlagen.

»Wir ziehen in einem Jahr um«, hatte Dad gesagt. »Versuchen wir, das Haus nicht so abzunutzen.«

Ich war erleichtert. Ich hätte niemals jemanden einladen können, wenn wir wie in einer Galerie Erinnerungsstücke gehabt hätten, die die bizarre Karriere meiner Eltern zeigten. Die Plastikkisten standen als Staubfänger in der Garage.

»Ich freue mich nicht darüber«, erklärte ich Mom. Ich folgte ihr ins Esszimmer. Sie schob mein Kissen auf dem Sofa beiseite und setzte sich, um den Artikel zu lesen.

»Worüber freust du dich nicht?«

»Über die Fernsehzeitung. Jetzt wissen alle, dass wir Freaks sind.«

»Stopp, Charlotte. Wir sind keine Freaks.«

Ich warf mich neben Mom auf das Sofa. »Aber wir sind nicht normal. Und wenn meine Mitschüler dies sehen, wird man mich zur Königin der Sonderbaren krönen.«

Sie lächelte. »Die Prinzessin des Paranormalen.«

Es war ein alter Scherz. Die Widmung in ihrem dritten Buch lautete: »Für Charlotte, unsere paranormale Prinzessin.« Ich war fünf gewesen und hatte allen erzählt, dass ich Prinzessin werden wolle, wenn ich groß war. Zuerst war ich begeistert über die Widmung gewesen, aber dann begannen andere Kinder mich deswegen aufzuziehen. Es war vor langer Zeit, aber ab und zu machten auch später noch manche eine Bemerkung darüber.

»Ich meine es ernst, Mom. Du hast ja keine Ahnung, wie verrückt es werden kann.«

Sie klappte die Zeitschrift zu und sah mich an. »Doch, das habe ich. Und ich weiß auch, wie verrückt du werden kannst, wenn du denkst, dass alle über dich reden. Glaub mir, Charlotte, die meisten Menschen sind mehr mit sich selbst beschäftigt als damit, womit die Eltern einer anderen Person ihren Lebensunterhalt verdienen. Deinen Freunden ist es ja offenbar auch egal.«

»Das liegt daran, dass meine Freunde es nicht wissen.«

»Wir wohnen jetzt seit über drei Monaten hier und du hast es niemandem erzählt?«

Ich schüttelte den Kopf. »Nein.«

Mom seufzte. »Nun, es muss von dir kommen. Sonst denken sie, du würdest wirklich etwas Seltsames verbergen.«

Ich wollte sagen, dass ich das *tat,* aber Mom hob die Hand. »Sprich es nicht aus. Schätzchen, ich habe dich lieb, aber ich mache mir Sorgen. Du neigst dazu, deinen Problemen auszuweichen, statt dich ihnen zu stellen. Vielleicht wird es Zeit, das zu ändern.«

Sie stand auf und verließ den Raum und ich schäumte vor Wut. Ich wich meinen Problemen nicht aus. Ich hatte nur einfach nicht das Bedürfnis, mich den ganzen Tag damit zu beschäftigen. Und den Leuten von gewissen Seiten meines Lebens zu erzählen, würde nur Ärger bringen. Wenn ich mir irgendetwas hatte zuschulden kommen lassen, dann war es der Versuch, keine neuen Probleme in mein Leben zu bringen. Das war keine Verdrängung. Das war logisches Denken.

Es gab nur eine Person, mit der ich reden konnte, eine, die genau verstehen würde, was ich durchmachte. Ich griff nach dem Telefon und wählte ihre Nummer.

»Hallo?«

»Annalise? Ich bin's.«

»Hi.« Sie war still, und ich vermutete, dass sie immer noch sauer auf mich war.

»Hör mal, es tut mir wirklich leid, dass ich dich angebrüllt habe und so aus dem Haus gestürmt bin. Ich war außer mir, aber ich hätte es nicht an dir auslassen sollen.«

»Nein, hättest du nicht. Aber ich verstehe schon. Du hattest in der letzten Zeit viel um die Ohren.«

»Du hast ja keine Ahnung.«

Ich beschrieb Annalise alles, was geschehen war, seit sie ins College zurückgekehrt war, angefangen mit meiner seltsamen Begegnung mit Bliss. Ich erzählte ihr von

Averys Geheimnis, den Kratzern in meinem Nachttisch und meiner Theorie, dass Charlotte Pickens von zu Hause weggelaufen war, weil sie schwanger war. Schließlich erzählte ich von der Fernsehzeitung und dass mein Geheimnis jetzt gelüftet würde.

»Du weißt ja, wie es ist«, fügte ich hinzu. »Es war eine Katastrophe, als es beim letzten Mal alle erfahren haben. Nach ungefähr zwei Wochen war die halbe Schule davon überzeugt, dass ich irgendeiner Art von Kult angehöre. Eva Lanon hat mir gesagt, dass sie jeden Morgen für meine Seele bete.«

»Und wie hast du darauf reagiert?«, fragte Annalise.

»Wir sind nach Thanksgiving umgezogen, daher brauchte ich nichts zu unternehmen.«

»Nun, zumindest bist du dem Problem nicht ausgewichen.«

»Sehr witzig. Es war nicht meine Schuld, dass wir umgezogen sind.«

»Nein, aber Mom hat nicht ganz unrecht. Du stellst dich den Dingen nicht gern.« Ich konnte hören, dass Annalise Dinge auf ihrem Schreibtisch hin und her schob. »Ich meine, du gehst deine Probleme nicht an. Du versuchst einfach, sie hinter dir zu lassen. Das Problem ist, diesmal sitzt du fest. Mom und Dad werden vor dem nächsten Sommer nicht wieder umziehen.«

»Danke für die psychologische Einschätzung«, murmelte ich.

»Charlotte, ich versuche zu helfen. Sei nicht so abweisend.«

»Schön. Hilf mir. Was mache ich jetzt?«

»Wie ich schon sagte, es wird Zeit, dich mit deinen Problemen auseinanderzusetzen. Das bedeutet, dass du mit Bliss reden, mit Avery reinen Tisch machen und mit deinen Geistern fertigwerden musst. Keine Ausrede mehr.«

Ich wusste, dass sie recht hatte, aber nichts von alledem würde einfach sein. Ich hatte so viel zu verlieren. Was, wenn Bliss mich wütend machte und noch mehr passierte? Es wäre meine Schuld. Was, wenn Avery und Callie und die anderen Mädchen meinetwegen ausflippten? Ich würde mir wieder neue Freunde suchen müssen. Was, wenn die Geister stärker wurden und es mir nicht gelang, ihre Tochter zu finden? Ich würde mächtige, hartnäckige Geister am Hals haben, die mich verfolgten.

»Hast du irgendetwas Neues über die Pickens erfahren?«, fragte ich.

Annalise seufzte. »Nein, was eigentlich ziemlich eigenartig ist. Sie hatten ein Haus in Charleston, das lange Zeit auf ihren Namen eingetragen gewesen war, aber ich kann weder ihre Sterbeurkunden noch sonst irgendetwas finden. Sie müssen umgezogen sein, aber ich habe keine Ahnung, wohin.«

»Toll. Also suchen wir nach drei Gräbern, nicht nur nach einem.«

Annalise versprach mir, weiter in Charleston zu recherchieren, und ich versprach, mehr zu tun, um mit meiner Situation zu Hause klarzukommen. Nachdem wir aufgelegt hatten, ging ich in die Küche, wo Shane sich an der Theke ein Sandwich machte. Er trug ein verwaschenes, schwarzes Konzert-T-Shirt und hatte einen Kopfhörer um den Hals baumeln.

»Hey, Kleine, wie geht es dir?«

»Gut.« Ich nahm einen Krug mit Eistee aus dem Kühlschrank und schenkte mir ein Glas ein. »Ich habe mit Annalise gesprochen.« Ich nippte an meinem Getränk.

Shane setzte sich. »Ach ja? Gut. Ich habe gehört, dass ihr eine kleine Auseinandersetzung hattet, bevor sie fortgegangen ist.«

»Ich habe mich entschuldigt. Jetzt ist alles wieder gut.«

»Freut mich zu hören.« Shane beobachtete, wie ich meinen Tee trank, und ich dachte, dass er wie ein Onkel für mich war. Er hatte mir beigebracht, wie man Fahrrad fährt, wie man eine Videokamera hält und Omelettes macht. Als ich klein war, hatte ich Angst, dass er eine Frau kennenlernen, heiraten und uns allein lassen würde. Jetzt fürchtete ich, dass er nicht heiraten würde und für den Rest seines Lebens Single und einsam blieb.

»Das muss alles echt hart für dich sein«, sagte er. »Ich meine, ich habe im Laufe der Jahre einige verrückte Dinge gesehen, aber dieses schlägt alles bisher Dagewesene.«

Ich stellte mein Glas ab. »Ja.«

»Ich habe deine Eltern noch nie so besorgt erlebt.« Er senkte die Stimme. »Deine Mom hat mit Hellsehern geredet. Aber erzähl ihr nicht, dass ich dir das verraten habe.«

Ich verschluckte mich beinah an meinem Tee. »Hellseher? Mom glaubt nicht an Hellseher!«

Shane lachte. »Ich weiß. Aber sie denkt, es gibt vielleicht jemanden, der helfen könnte. Sobald wir dieses Mädchen finden, müssen wir etwas tun, damit ihre Eltern einen Schlussstrich ziehen können, verstehst du? Deine Mom denkt, es gebe vielleicht eine Art von Zeremonie oder Gebet oder so etwas, das wir gebrauchen könnten.«

So weit hatte ich noch gar nicht gedacht. Wenn wir tatsächlich die letzte Ruhestätte von Charlotte Pickens fänden, was dann? Ich war wohl davon ausgegangen, dass ihre Eltern mir folgen würden. Sie würden den Grabstein sehen und damit wäre die Angelegenheit erledigt. Aber irgendwie fühlte sich diese Vorstellung unvollständig an. Es konnte nicht so einfach sein.

Ich deutete auf Shanes Kopfhörer. »Woran arbeitest du heute?«

»An dem Bildmaterial aus Charleston. Wir versuchen, genug für eine einstündige Sondersendung zusammenzubekommen.«

»Ich dachte, ihr würdet die Sachen aus dem Courtyard Café verwenden. Davon ist mehr als genug auf Band.«

Shane schüttelte den Kopf. »Nein. Wir werden nicht verwenden, was mit dir geschieht. Das ist eine Familienangelegenheit.«

Ich war überrascht. Ich war die ganze Zeit davon ausgegangen, meine Eltern würden in der Sache recherchieren, damit sie eine weitere Fernsehfolge produzieren konnten.

»Übrigens, ich habe dein Zimmer mit allem ausgestattet, was wir haben. Wärmebildkamera, Digitalrekorder – das volle Programm. Falls etwas geschieht, werden wir es auf Band haben.«

Shane kehrte an seine Arbeit zurück und ich ging wieder ins Esszimmer. Wenn alle anderen sich um meine Probleme kümmerten, wurde es Zeit, dass ich es auch tat.

Ich rief Avery an.

»Kannst du rüberkommen?«, fragte ich. »Ich muss mit dir über etwas reden.«

»Ich bin gerade auf dem Sprung. Meine Mom hat Probleme mit ihrem Wagen. Ich muss sie von der Arbeit abholen.«

Ich schaute auf die Uhr. Es war fast sechs. »Kannst du danach rüberkommen?«

»Sicher. Ich müsste in einer knappen Stunde zurück sein. Ist alles in Ordnung?«

»Ja. Ich muss nur – nun, ich muss es dir persönlich erzählen.«

»Kapiert. Ich werde später rüberkommen.«

Nachdem ich aufgelegt hatte, fühlte ich mich besser. Ich war nervös, aber froh darüber, dass ich mit Avery reinen Tisch machen würde. Keine Geheimnisse mehr, keine Verdrängungsstrategie mehr.

Ich schaltete den Fernseher ein und zappte durch die Kanäle auf der Suche nach einer geistlosen Unterhaltungssendung, damit ich nicht darüber nachzudenken brauchte, was ich Avery sagen würde. Ich hatte mich gerade für eine Spielshow entschieden, als es an der Tür klingelte.

»Ich mache auf!«, rief ich Shane zu. Vielleicht hatte Avery doch nicht ihre Mutter abholen müssen, dachte ich. Zeit, reinen Tisch zu machen. Ich holte tief Luft und öffnete die Tür.

Es war nicht Avery, die auf meiner Veranda stand.

Es war Jared.

»Was …«

»Ich brauche deine Hilfe«, unterbrach er mich. Sein Gesicht war gerötet, und er war außer Atem, als sei er von da, wo er wohnte, den ganzen Weg bis zu meinem Haus gelaufen, was nicht sein konnte.

»Wovon sprichst du?«

Jared trat ungeschickt einen Schritt vor. »Bitte, Charlotte. Hilf mir. Ich bin verzweifelt.«

13

Jared trat in die Diele, bevor ich ihn aufhalten konnte.

»Du kannst nicht hierbleiben«, sagte ich. »Avery kommt bald, und sie wird durchdrehen, wenn sie dich sieht.«

»Ich bleibe nicht lange. Zehn Minuten.« Er griff nach meinem Arm. »Bitte. Ich muss mit dir reden.«

Ich schaute an ihm vorbei. Auf der Straße war niemand, aber jeden Moment konnte Avery vorüberfahren. Ich schloss die Haustür.

»Zehn Minuten. Dann musst du gehen.«

Er nickte. »Ich muss mich setzen. Ich bin zu Fuß hergekommen.«

Weil ich wusste, wo der Schulbus ihn abgesetzt hatte, wusste ich auch, dass er mindestens zwei Meilen entfernt wohnte. Mit seinem Hinken dürfte Jared eine ganze Weile gebraucht haben. Ich führte ihn ins Esszimmer, wo er aufs Sofa plumpste.

»Ich verstehe nicht, warum du hier bist«, sagte ich.

Er versuchte, zu Atem zu kommen. Er tat mir leid, daher ging ich in die Küche und holte ihm ein Glas Wasser. Er leerte es in einem Zug.

»Danke«, sagte er, als er fertig war. Ich stand ihm mit vor der Brust verschränkten Armen gegenüber und wartete. Schließlich fing er an zu reden.

»Ich habe Adam nicht getötet.«

»Das habe ich auch nie behauptet.«

Er sah mich an. »Eine Menge Leute glauben, ich hätte es getan.«

»Warum glauben sie das?«, fragte ich. Es ergab keinen Sinn für mich. Selbst nachdem ich Averys Version der Ereignisse gehört hatte, kam ich nicht dahinter, warum alle in der Schule Jared hassten. Selbst wenn der Unfall seine Schuld gewesen war, hatte er offensichtlich auch gelitten. Doch niemand schien mit ihm Mitleid zu haben.

»Sie denken, ich hätte Adam getötet, weil ich es ihnen erzählt habe.«

Ich setzte mich. »Okay, du wirst dich schon ein wenig klarer ausdrücken müssen. Warum hast du ihnen das erzählt?«

Er lehnte den Kopf gegen das Sofa und schloss die Augen. »Ich musste es tun. Avery wollte es einfach nicht auf sich beruhen lassen. Sie ist immer wieder zu mir ins Krankenhaus gekommen und hat Fragen gestellt.«

»Und du hast gesagt, du hättest deinen besten Freund getötet?«

»Es war meine Schuld. Ich habe Strafe verdient.«

Ich hatte Mühe, alles zu verdauen. »Du hast gerade gesagt, du hättest Adam nicht getötet. Jetzt sagst du, du hättest Strafe verdient. Hilf mir auf die Sprünge, Jared.«

Jared öffnete die Augen. »Adam ist meinetwegen tot, aber es war ein Unfall. Doch nachdem es geschehen war, habe ich Avery eine andere Geschichte erzählt.«

»Warum?«

Seine Stimme war leise. »Ich kann es dir auch nicht erzählen.«

»Kannst du oder willst du nicht?«

»Ich kann nicht. Ich habe es Adam versprochen. Und jetzt brauche ich seine Erlaubnis, allen die Wahrheit zu sagen.«

»Was?« Ich war schockiert. »Jared, das musst du mir erklären …«

»Nein.« Er richtete sich auf. »Hör mal, ich habe den Artikel in der Fernsehzeitschrift gesehen, und ich weiß, wer du bist. Ich muss mit Adam in Kontakt treten und du kannst mir helfen. Es ist die einzige Möglichkeit zu beweisen, dass ich meinen besten Freund nicht getötet habe. Es ist die einzige Möglichkeit für mich weiterzuleben, und die einzige Möglichkeit, die ich kenne, um Avery zu helfen, das Gleiche zu tun.«

»Oha! Ich weiß nicht, was du denkst, das ich tun kann, aber eins kann ich dir gleich sagen: Ich kann nicht mit Toten reden. So ist das nicht.«

Jared stand auf. »Ich habe die Sendung gesehen. Ich weiß, dass du es tun kannst.«

»Es ist nicht so, als hätten wir ein Geistertelefon«,

protestierte ich. »Wir rufen nicht einfach auf der anderen Seite an und bitten darum, mit einer bestimmten Person zu sprechen.«

»Adam ist zu früh gestorben. Er ist immer noch hier. Ich spüre ihn. Wir müssen einfach zum Ort des Unfalls zurückkehren …«

»Nein! Jared, ich schwöre, er ist nicht dort.«

Der am weitesten verbreitete Irrglauben war, dass Geister sich dort herumtrieben, wo sie gestorben waren. Aber der Erfahrung meiner Eltern nach traf das nur zu, wenn die Person an dem Ort starb, an dem sie gelebt hatte. Ihre Energie klang in der Gegend nach, zu der sie zu Lebzeiten die größte emotionale Verbindung gehabt hatte.

Meine Eltern hatten noch eine andere Theorie, die zu erklären versuchte, warum manche Energie jahrelang nachklang. Sie fanden heraus, dass die Standorte mit der größten Aktivität häufig Orte waren, an denen Menschen vor ihrem Tod eine Menge Zeit verbracht hatten. Zum Beispiel waren alte Gefängnisse und Irrenanstalten für gewöhnlich unglaublich aktiv, beinah überfüllt mit Energie. Mom und Dad glaubten, dass manche Menschen bewusst entschieden, Energie zu hinterlassen. In der Regel, weil es eine unerledigte Angelegenheit gab, der sie leidenschaftlich verbunden waren. Ihre intensiven Emotionen blieben zurück, bis etwas die übrig gebliebene Energie freisetzte und erlöste. Meine Eltern waren sich nicht sicher, wie das geschah, aber sie erforschten es intensiv.

Am Unfallort mit einem Auto blieb meist nur ein klein wenig Restenergie zurück. Der Geist der Person trieb sich nicht dort herum und wartete darauf, dass seine Freunde auftauchten.

»Okay«, sagte Jared, als ich ihm all das erklärt hatte. »Wir brauchen einen Ort, mit dem Adam emotional verbunden war. Wir werden zu ihm nach Hause gehen.«

»Ich dachte, Avery hätte gesagt, seine Familie sei weggezogen?«

»Das stimmt. Wir warten, bis die neuen Besitzer das Haus verlassen, dann steigen wir durch ein Fenster oder so etwas ein und ...«

»Nein! Ich breche nicht in das Haus von jemand ein!«

Jared sah mir direkt in die Augen. Mir waren seine Augen noch nie aufgefallen. Sie waren von einem trüben Blau, aber irgendwie hohl.

»Du weißt nicht, wie es gewesen ist«, sagte er leise. »Seit dem Unfall ist mein Leben ein wahrer Albtraum. Es ist, als sei ich an diesem Tag ebenfalls gestorben. Ich kann mein Leben nicht in Ordnung bringen, aber mit deiner Hilfe kann ich es verbessern.«

Es war eine solch herzzerreißende, flehentliche Bitte. Ich konnte die Verzweiflung in seiner Stimme hören, die Last seiner Trauer. Ich wollte ihm helfen, aber ich wusste, dass es wahrscheinlich sinnlos war. Ich wollte ihm keine Hoffnungen machen, nur um dann nichts zu finden. Es wäre schlimmer, zu glauben, dass man so nah dran war, aber dann die Antworten doch nicht zu finden, nach denen man gesucht hatte, dachte ich. Ich hatte erlebt, dass Menschen sich darauf fixierten, ihre geliebten Toten zu erreichen. Sie verbrachten jeden Tag Stunden damit, mit ihren Digitalrekordern ESPs aufzufangen. Es war eine gefährliche Besessenheit, eine, die manchmal seltsame und mächtige Energie auslöste, die schnell außer Kontrolle geraten konnte.

»Ich wünschte, ich könnte dir helfen«, sagte ich und erwiderte Jareds Blick. »Ich wünschte es wirklich. Aber es ist nicht so klar oder so einfach. Adam ist fort, und es gibt keinen Grund, etwas anderes zu denken.«

»Du irrst dich, Charlotte. Und ich werde nicht gehen, bis du mir versprichst, mir zu helfen.«

Wir kamen nicht weiter, und ich wusste nicht, was ich tun sollte. Ich dachte über eine Lösung nach, während Jared dastand und mich anstarrte. Dann klingelte es an der Tür.

»Es ist Avery!«, zischte ich. »Du musst hier weg.«

Es klingelte abermals. »Komm mit«, flüsterte ich. Jared nickte, und ich wusste, dass er genau solche Angst hatte, dass Avery ihn hier sah, wie ich.

Shane arbeitete immer noch im Wohnzimmer. Er hatte seinen Kopfhörer auf, daher bezweifelte ich, dass er mitbekommen hatte, dass Jared im Haus war. Ich tippte ihm auf die Schulter, und er nahm seinen Kopfhörer ab.

»Hey, Kleine? Wer ist dein Freund?«

»Das ist Jared. Kannst du ihn nach Hause fahren? Es ist eine lange Geschichte, ich erkläre dir später alles.

Geht durch die Hintertür!«, fügte ich hinzu, während ich in die Diele lief.

Ich wartete, bis Shane und Jared das Haus verließen. Es klingelte zum dritten Mal, und ich öffnete die Tür.

»Endlich!«, sagte Avery und trat ein. »Was hast du gemacht?«

»Toilette«, sagte ich und hoffte, dass die Antwort genügen würde. So war es. Avery ging ins Esszimmer und setzte sich genau auf den Stuhl, auf dem Jared gerade gesessen hatte.

»Also, was ist los? Du hast gesagt, du müsstest etwas mit mir besprechen. Klang wichtig.«

»Das ist es auch. Irgendwie.« Ich entspannte mich ein wenig, als ich Shanes Van aus der Einfahrt fahren hörte. Ich schnappte mir die Fernsehzeitung, die Mom auf dem Beistelltisch liegen gelassen hatte, und reichte sie Avery.

»Hey! Ich habe diese Sendung gesehen.« Sie kicherte. »Sie sehen aus wie deine Eltern.«

»Das liegt daran, dass es meine Eltern *sind.*«

Avery runzelte die Stirn. »Oh.«

Ich entschuldigte mich dafür, dass ich es ihr nicht früher erzählt hatte, nannte ihr meine Begründung – dass ich nicht gewollt hatte, dass sie mich für merkwürdig hielt – und sagte, ich hoffe, dass sie es verstehen würde.

»Auf den Schulen, die ich bisher besucht habe, hatten manche Leute ein Problem damit«, erklärte ich. »Ich hatte Angst, wie du mich sehen könntest.«

Ich setzte mich und wartete darauf, dass sie etwas sagte. Sie starrte nur auf die Fernsehzeitung. »Ich wusste doch, dass sie mir bekannt vorkamen«, murmelte sie. Schließlich warf sie die Zeitschrift beiseite und sah mich an.

»Gibt es sonst noch etwas? Irgendwelche weiteren tiefen, dunklen Geheimnisse, von denen ich wissen sollte?«

Ihr Ton überraschte mich. Ich konnte nicht sagen, ob sie ironisch war oder nicht.

»Nein. Das ist so ziemlich alles.«

»Also schön. Wir sind quitt. Ich habe dir etwas nicht erzählt, du hast mir etwas nicht erzählt, und das war's. Ich muss jetzt nach Hause.«

Sie stand auf und ging in die Diele. Ich folgte ihr. Mein Magen krampfte sich zusammen. Ich wollte nicht, dass sie so fortging. Ich wollte sicher sein, dass sie zurückkommen würde.

»Avery, bitte, sei mir nicht böse.«

Sie legte eine Hand auf den Türknauf. »Ich bin dir nicht böse«, sagte sie und öffnete die Tür. »Es ist keine große Sache, okay? Wir sehen uns Montagmorgen.« Sie lächelte ein wenig zu strahlend und verschwand. Ich beobachtete, wie sie die Straße entlang nach Hause ging, und hoffte, dass sie sich umdrehen und winken würde oder irgendetwas, aber sie tat es nicht.

Kurze Zeit später kam Shane, der Jared nach Hause gebracht hatte, zurück. Er ging in die Küche und ich folgte ihm.

»Armer Kerl«, sagte er und nahm sich ein Bier aus dem Kühlschrank.

»Was hat er dir erzählt?«

Shane öffnete die Dose und setzte sich an die Theke. »Alles. Von seinem Unfall. Seinem Leben. Worum er dich gebeten hat.«

Ich seufzte. »Ich kann keinen Kontakt zu Adam aufnehmen. Du weißt das.«

»Ja, ich weiß. Aber du brauchst seinen Freund nicht zu finden. Du musst es nur versuchen.«

»Warum sollte ich es versuchen, wenn ich weiß, dass es nicht wirklich helfen wird?«

Shane faltete die Hände. »Weil der Versuch helfen *würde,* Charlotte. Dieser Junge braucht das Gefühl, dass er alles getan hat, was er nur tun konnte. Natürlich machen wir so etwas für gewöhnlich nicht, aber nach dem Gespräch denke ich, dass es einen Versuch wert ist.«

Ich zog eine Augenbraue hoch. »Ich denke, meine Eltern wären anderer Meinung.«

»Vielleicht.« Shane zuckte die Achseln. »Vielleicht auch nicht. Hör mal, deine Eltern verbringen eine Menge Zeit mit dem Versuch, Energie freizusetzen, damit sie weiterzieht. Findest du nicht, es ist wichtiger, Menschen zu helfen, das Gleiche zu tun?«

»Mom und Dad betrachten das nicht als etwas, das weiterzieht. Sie sehen es als ein Ausgleichen der Energiefelder des Universums.«

»Schön. Dann lass uns sagen, dass Jareds Energie ausgeglichen werden muss.«

Shane erläuterte mir seinen Plan. Er sagte, ich solle die Wärmebildkamera und den Digitalrekorder aus meinem Zimmer holen, einige Stunden mit Jared verbringen und ihm grundlegend das Verfahren erklären.

»Zeig ihm, dass du es versucht hast, dass es aber nicht funktioniert. Sag ihm, er müsse einen anderen Weg finden, damit fertig zu werden. Schlag eine Therapie vor. Besser noch, versuch, ihn dazu zu bringen, mit deiner Freundin Avery zu sprechen.«

»Ha. Das hat er in der Schule versucht und Avery hätte ihn beinah verhaften lassen.«

»Das ist ein Jammer. Sie könnten einander wahrscheinlich helfen.« Shane stand auf. »Deine Eltern kommen heute erst spät nach Hause. Sie haben noch ein weiteres Treffen.« Er zwinkerte mir zu.

»Mit einer Hellseherin?«

»Sie bevorzugt, glaube ich, den Ausdruck ›Expertin für Okkultes‹.« Er schob ein Blatt Papier über die Theke. »Nur für den Fall«, sagte er, und dann ging er mit seinem Bier ins Wohnzimmer zu seinem Computer.

Ich griff nach dem Zettel. Darauf standen in Shanes krakeliger Handschrift eine Telefonnummer und die Worte: *Ruf ihn an!*

Jareds Telefonnummer.

Ich steckte den Zettel in meine Hosentasche und verzog mich ins Esszimmer. Vielleicht sollte ich ihn anrufen, aber nicht heute Abend. Ich hatte für eine Weile genug von Gesprächen über den Kontakt zu Toten. Stattdessen warf ich mich aufs Sofa und griff nach der

Fernbedienung. Es gab nie etwas Interessantes zu sehen, erst recht nicht an einem Freitagabend, wenn die meisten normalen Menschen mit Freunden unterwegs waren.

Nachdem ich mir dreißig Minuten lang eine Dauerwerbesendung mit überdrehten Moderatoren, die ihre Produkte anpriesen, angeschaut hatte, schweiften meine Gedanken ab.

Wenn ich mich entschied, Jared zu helfen – und ich war mir nicht absolut sicher, dass ich das tun würde –, müssten wir an einen Ort gehen, der für Adam eine besondere Bedeutung gehabt hatte. Sein früheres Zuhause konnte ein guter Standort sein, aber ich würde nicht das Gesetz brechen für die geringe Chance, dass es dort Restenergie gab. Ich brauchte einen öffentlicheren Ort.

»Hast du Hunger?«, rief Shane aus dem Wohnzimmer. »Ich kann Pizza bestellen.«

»Nein, danke«, brüllte ich zurück. Ich war nicht in Stimmung für Pizza. Die einzig gute gab es bei Giuseppe's, und die lieferten nicht ins Haus. Doch bei dem Gedanken an ihre Peperoni lief mir das Wasser im Mund zusammen.

Außerdem brachte es mich auf eine Idee. Giuseppe's war ein öffentlicher Ort mit glücklichen Erinnerungen für Adam und Jared und so ziemlich für jeden anderen an der Lincoln High.

Ich nahm Jareds Telefonnummer aus meiner Gesäßtasche. Vielleicht sollte ich Shanes Rat beherzigen. Aber ich musste dafür sorgen, dass Avery nichts davon erfuhr, und dafür brauchte ich Hilfe.

Ich lächelte. Ich kannte die perfekte Helferin.

14

Ich sah eine Frau in einem langen, hellen Kleid einen überfüllten Gehsteig entlanggehen. Sie hielt ein kleines Mädchen an der Hand, das sich immer wieder umdrehte, um die Pferdekutschen zu betrachten, die die Straße hinunterklapperten.

»Sind wir gleich da, Mama?«

Die Frau nickte. »Gleich, Schätzchen.«

»Warum konnte Papa heute nicht mit uns kommen?«

»Er musste in der Stadt etwas erledigen. Wir treffen ihn später.«

Sie bogen in eine Nebenstraße ein. Charlotte Pickens hielt inne und ihr Blick wanderte zu einem kleinen Park. »Siehst du diesen großen Baum?«, fragte sie ihre Tochter. »Es gibt ihn schon seit sehr, sehr langer Zeit.«

»Länger als mich? Länger als dich?«, fragte das kleine Mädchen. Sie hatte das gleiche dunkle Haar wie ihre Mutter, und ihre Augen waren ebenfalls dunkel wie die ihres Vaters.

Charlotte lachte. »Länger als irgendeinen von uns. Er war das Einzige, das nach dem großen Erdbeben stehen geblieben ist. Das macht ihn zu einem ganz besonderen Baum.«

Sie erreichten ein vertrautes Haus und klingelten an der Tür. Während sie auf der Veranda warteten, strich Charlotte das Haar ihrer Tochter glatt und richtete ihre Locken, die sie zu einem straffen Knoten zurückgebunden trug.

Eine alte Frau öffnete die Tür. »Kann ich Ihnen helfen?«

»Guten Tag. Ich bin hier, um Mr und Mrs Pickens zu besuchen.«

»Ich verstehe. Gehören Sie zur Familie?«

Charlotte zögerte. »Ich bin eine alte Freundin«, antwortete sie. »Von ihrer Tochter«, fügte sie schnell hinzu.

»Kommen Sie doch herein.« Die alte Frau führte sie in einen sonnigen Salon. »Möchten Sie eine Tasse Tee?«

»Tee wäre wunderbar. Danke.«

Die Frau verließ den Raum und kehrte einen Moment später mit einem silbernen Tablett zurück. »Tut mir leid, die Pickens sind nicht hier«, sagte sie, während sie die bernsteinfarbene Flüssigkeit in winzige, weiße Tassen goss.

»Haben Sie eine Ahnung, wann sie zurück sein werden?«, fragte Charlotte. Ihre Tochter zappelte und sah sich in dem Raum um, der mit schweren, samtenen Vorhängen und Ölgemälden mit Waldmotiven ausgestattet war.

Die alte Frau setzte sich in einen dick gepolsterten roten Sessel. »Sie sind vor fast einem Jahr fortgegangen«, berichtete sie. »Ab und zu schicken sie ein Telegramm. Ich hüte für sie das Haus.«

Charlotte stellte ihre Teetasse ab. »Vor einem Jahr? Wo sind sie hingegangen?«

»Sie haben gesagt, sie seien eine Bekannte ihrer Tochter?«

Die Frau nippte an ihrem Tee. »Ja. Ich war eine enge Freundin.«

»Sie haben nach ihr gesucht, wissen Sie. Die armen Seelen glauben, dass sie noch lebt. Sie sind gen Norden gereist. Ich vermute, dass sie bald nach Westen gehen werden.«

Charlotte nickte. Als sie ihre eigene Teetasse an die Lippen führte, zitterte ihre Hand leicht.

»Ich kann Mr und Mrs Pickens natürlich erzählen, dass sie hier waren, aber ich denke, sie werden für eine ganze Weile weg sein. Wie war noch Ihr Name …?«

Charlotte stand auf, und ihre kleine Tochter tat das Gleiche. »Es ist schon in Ordnung. Danke für Ihre Gastfreundschaft.«

Als sie das Haus verließen, begann das kleine Mädchen zu hüpfen. »Das war ein hübsches Haus«, bemerkte sie. »Können wir noch einmal dort hingehen?«

»Ich hoffe es«, antwortete Charlotte und schaute zurück. »Ich hoffe es sehr.«

Als ich am Samstagmorgen erwachte, war der Traum frisch und schwer in meiner Erinnerung. Charlotte Pickens war nach Charleston zurückgekehrt, aber ihre Eltern nicht. Ich schätzte, dass ihre kleine Tochter ungefähr sechs Jahre alt gewesen war. Das bedeutete, dass weniger als ein Jahrzehnt vergangen war, seit Charlotte davongelaufen war.

Die eigentliche Frage war jedoch, warum ich überhaupt diese Träume hatte. Wenn es die Geister ihrer Eltern waren, die mich jetzt verfolgten, wie kam es dann, dass ich Charlottes Taten sehen konnte? Ich hätte es logischer gefunden, im Traum ihre Eltern zu sehen, die mir zeigten, wie sie ihre verlorene Tochter gesucht hatten. Ich wollte glauben, dass das Traumgeschehen echt war und mir als ein seltsames Geschenk geschickt wurde, damit ich verstand, was vor hundert Jahren passiert war. Aber wer sandte mir diese Träume?

Ich faltete die Decken auf dem Sofa und machte mich auf die Suche nach meinen Eltern. Ich hatte sie am Abend zuvor nicht zurückkommen hören, aber Dads Schlüssel lagen an ihrem Platz auf dem Tisch in der Diele. Es war niemand im Wohnzimmer, die Computermonitore waren ausgeschaltet. Auch die Kaffeemaschine lief noch nicht. Normalerweise standen meine Eltern um sechs auf und fingen an zu arbeiteten. Sie waren von Natur aus Morgenmenschen, was mir sehr suspekt war. Menschen waren doch nicht dafür geschaffen, im Morgengrauen aus dem Bett zu springen, lächelnd und voller Tatendrang.

Ich machte Kaffee und ging nach oben. Die Tür zum Schlafzimmer meiner Eltern stand einen Spaltbreit offen, daher spähte ich hinein. Sie schliefen beide noch. Die Uhr auf ihrem Nachttisch zeigte halb zehn an. Es musste sehr spät geworden sein, dachte ich. So lange schliefen sie sonst nie.

Ich duschte heiß. Als ich in ein Handtuch gehüllt in mein Zimmer ging, fiel mir ein, dass Shane dort Kameras aufgebaut hatte. Also ging ich wieder nach unten, schnappte mir saubere Jeans und ein T-Shirt von dem Stapel auf dem Trockner und kehrte in die Küche zurück.

Mom saß in ihrem Bademantel und trank aus ihrem Lieblingsbecher. »Danke, dass du Kaffee gemacht hast, Schätzchen«, sagte sie schläfrig.

»Kein Problem.« Ich schob zwei Scheiben Rosinenbrot in den Toaster. »Wann seid ihr heute Nacht nach Hause gekommen?«

Sie gähnte. »Gegen drei, schätze ich. Der arme Shane. Er war vor den Monitoren eingeschlafen.«

»Drei Uhr morgens? Wow. Ist das nicht die Zeit, zu der besser ich mich hereinschleichen sollte?«

Sie zeigte mit einem Finger auf mich. »Denk nicht einmal daran.«

Ich setzte mich ihr gegenüber hin und strich Butter auf meinen Rosinen-Toast. »Also, wo wart ihr?«

»Wir haben mit jemandem über deine Situation gesprochen.« Sie trank noch einen Schluck Kaffee. »Ich denke, wir haben jetzt einen guten Plan. Dein Vater ist nicht allzu begeistert davon. Du weißt ja: Er steht solchen Dingen meistens kritisch gegenüber.«

Mom erklärte, dass wir, wenn wir endlich die Gräber von Charlotte Pickens und ihren Eltern fanden, eine Art »Freilassungszeremonie« vollführen müssten. Dazu gehörten Gesänge und Gebete, aber der wichtigste Aspekt war, dass wir einen »Zirkel der Sieben« bilden mussten.

»Sieben Menschen, die an das glauben, was sie tun, und sich darauf konzentrieren können«, sagte Mom. »Sie halten sich an den Händen und tragen das Gebet vor, und hoffentlich wird es den Geistern dann gelingen, loszulassen und sich zu ihrer Tochter zu gesellen.«

»Klingt irgendwie kitschig«, gestand ich. »Ich kann verstehen, warum Dad skeptisch ist.«

»Ja. Aber diese Frau, mit der wir uns getroffen haben, Beth, machte einen ehrlichen Eindruck auf mich. Ich habe ihr geglaubt, und du weißt, wie selten ich jemandem vertraue, der behauptet, über derartiges Wissen zu verfügen.« Mom sah mich an. »Sie hat gesagt, ich solle dir weitere Fragen nach deinen Träumen stellen. Sie hat gesagt, du würdest sehr bald wieder einen haben.«

Ich verschluckte mich beinah an meinem Toast. »Ich hatte letzte Nacht einen.«

Dad kam die Treppe hinuntergeschlurft und ging direkt zum Kaffee. »Guten Morgen.«

»Charlotte hatte gestern Nacht wieder einen Traum«, sagte Mom.

Dad verharrte mit der Hand auf der Kaffeekanne. »Hast du ihr von der Hellseherin erzählt?« Bei dem

Wort »Hellseherin« verzog er das Gesicht, als tue es ihm weh, es auszusprechen.

»Ja. Sie hat mir davon erzählt.« Ich beschrieb ihnen meinen Traum. Mom machte sich Notizen, während Dad einfach zuhörte und nickte.

»Interessant. Doch dein früherer Traum ist vielleicht hilfreicher. Annalise hat eine Liste junger Männer gemailt, die während des Erdbebens verschwunden sind«, sagte er. »Wir können die Liste nach dem Alter eingrenzen, und der Akzent, den du erwähnt hast, könnte ein nützlicher Hinweis sein. Wir können nach fremdländisch klingenden Namen suchen.«

»Und wenn Charlotte Pickens diesen Jungen geheiratet hat, hätte sie seinen Nachnamen angenommen. Auf diese Weise können wir die beiden finden.« Ich war ganz aufgeregt. Wir kamen der Lösung des Rätsels einen riesigen Schritt näher.

Während Dad Annalises E-Mail ausdrucken ging, versuchte ich, von Mom mehr Informationen über die Hellseherin zu bekommen. »Hat sie gesagt, warum ich die Träume habe? Denn ich kapiere es nicht. Es ist, als würde Charlotte Pickens sie in meinen Kopf schicken, aber wenn sie das tut, dann muss sie hier bei ihren Eltern sein, oder?«

»Beth hatte eine Theorie«, antwortete Mom langsam. »Ich weiß nicht, ob ich sie teile, aber sie denkt, dass du irgendwie als eine Verbindung zwischen den beteiligten Energien dienst. Die Energie des Mädchens versucht, ihre Eltern durch dich zu erreichen und umgekehrt. Das bedeutet nicht, dass das Mädchen in der Nähe ist, sondern nur, dass sie eine Verbindung zu dir aufbauen kann, weil ihre Eltern hier sind.«

»Also benutzen alle mich«, murmelte ich, während ich meinen Teller zur Spüle brachte und die Toastkrümel entfernte. Ich dachte kurz an Jared, der mich um Hilfe gebeten hatte, und an Shane, der mir gesagt hatte, es sei wichtig, den Lebenden zu helfen. Wenn all dies vorüber war, hätte ich genug Menschen geholfen, um mir irgendein Pfadfinderinnen-Abzeichen an die Jacke zu heften. Bei dem Gedanken an ein kleines, rundes Abzeichen, das mit einem Geist dekoriert war, hätte ich beinahe laut aufgelacht.

»Hier ist die Liste der Männer, die nach dem Erdbeben vermisst wurden«, sagte Dad, als er wieder in die Küche kam. »Mal sehen. Nur vierzehn Namen, das ist gut.« Er strich mit einem Finger über das Papier, während Mom ihm über die Schulter schaute. Die meisten Namen kamen mir altmodisch und überhaupt nicht fremdländisch vor. Es gab eine Menge Frederics und Franks und Walters auf der Liste. »Alanzo de Paula«, las Mom, und wir wussten alle sofort, dass er der Richtige war.

»Vielleicht ist das der Grund, warum ihre Eltern gegen die Verbindung waren«, meinte ich. »Er war ein Einwanderer oder so etwas, und sie wollten, dass sie jemand anders heiratet.«

»Das könnte sehr gut sein«, stimmte Mom mir zu. »Wir müssen diesen Nachnamen recherchieren, Akten prüfen und beim Standesamt nachfragen. Ich schau mal, was ich tun kann.«

Meine Eltern hatten vor, in die wissenschaftliche Bibliothek zu gehen, aber ich betrachtete meinen Rucksack, der vor dem Sofa stand und überquoll von all den Hausaufgaben, die ich noch erledigen musste. Ich hatte keine Pläne fürs Wochenende, was mich ein bisschen traurig stimmte. Ich nahm mir den Text über britische Literatur vor, begann zu lesen und war zufrieden, etwas so vollkommen Normales zu tun.

Ich saß im Schneidersitz auf dem Sofa und versuchte, mich auf meine Englischaufgabe zu konzentrieren. Ich stellte fest, dass ich viel Zeit an ein und derselben Stelle verbracht hatte. Hier machte ich meine Hausaufgaben, sah fern, aß Kleinigkeiten und schlief. Wenn wir Energie an Stellen hinterließen, wo wir uns meistens aufhielten, dann war ich wahrscheinlich gerade dabei, ein Spuksofa zu erschaffen. Vielleicht würden meine Eltern es eines Tages auf dem Flohmarkt verkaufen, und die armen, ahnungslosen Käufer würden es mit nach Hause nehmen und meine Gegenwart auf dem Platz neben ihnen spüren.

Nach der Hälfte einer Interpretation eines unglaublich langweiligen Gedichts, das in einem kaum verständlichen Englisch geschrieben war, klingelte mein Telefon.

Es war Callie.

»Ich muss dich etwas fragen«, sagte sie atemlos. »Es gibt das Gerücht, dass deine Eltern, ehm, eine Art Geisterjäger sind.«

»Oh, das ging ja schnell.« Weniger als vierundzwanzig Stunden, dachte ich. Ein neuer Rekord.

»Ist es wahr?«

Ich klappte mein Literaturbuch zu. »Ja, es ist wahr. Aber sie bevorzugen den Ausdruck ›paranormale Ermittler‹.« Ich erklärte alles, so gut ich konnte, und umklammerte meinen Stift, während ich auf eine Reaktion wartete.

»Wow. Das ist ziemlich cool, Charlotte. Ich meine, du bist eine Art Berühmtheit.«

»Nein, ich bin *keine* Berühmtheit«, protestierte ich. »Eher eine Kuriosität. Callie, ich will nicht, dass die Leute eine große Sache daraus machen. Es kann ganz schnell wirklich unheimlich werden.« Ich hielt inne. »Wie hast du es herausgefunden?«

»Ich habe eine Nachricht bekommen. Jemand hat es in einer Fernsehzeitung gesehen, und jetzt ist es das Gesprächsthema.«

»Na wunderbar«, murmelte ich.

»Es ist doch nicht schlimm! Ehrlich, die Leute finden es großartig.«

»Klar. Das finden alle bis Halloween. Dann fangen sie an herauszufinden, was mit mir nicht stimmt.«

»Du siehst offensichtlich das große Ganze nicht, aber wenn du die Sache nicht an die große Glocke hängen willst, unterstützen wir das. Du brauchst nur Bescheid zu sagen.«

»Bescheid.«

Callie seufzte. »Na gut. Aber du verpasst die unglaubliche Chance, als die Größte an unserer Schule bekannt zu werden, seit es einer der Absolventen in eine Dating-Show geschafft hat.«

»Damit kann ich leben«, entgegnete ich. »Übrigens, hast du heute schon mit Avery gesprochen?«

»Nein, sie geht nicht an ihr Telefon. Weiß sie schon Bescheid?«

»Ich habe es ihr gestern erzählt. Sie schien nicht allzu glücklich darüber zu sein.«

In Callies Leitung klickte es, und ich wusste, dass sie einen anderen Anruf bekam. »Avery braucht Zeit, sich an Dinge zu gewöhnen«, sagte sie schnell. »Das wird schon. Wir sehen uns am Montag.«

Ich verabschiedete mich und legte mich auf das Sofa. Alles hatte sich verändert, gerade als ich begann, das Leben zu genießen, das ich mir aufgebaut hatte. Ich mochte meine Freunde und meine Anonymität und sogar meinen Stundenplan. Gestern hatten die Leute mich als eine gewöhnliche Mitschülerin gesehen. Wie würden sie mich am Montag betrachten?

Ich überlegte, Annalise anzurufen, weil ich ein bisschen moralische Unterstützung brauchte, aber ich wusste bereits, was sie sagen würde. »Wen schert es, was andere denken? Lass dich nicht von den Ansichten anderer bestimmen.« Annalise war sich immer so sicher gewesen, wer sie war, und ihr Selbstbewusstsein schien die Menschen anzuziehen, Menschen, denen es egal war, dass sie als Köder in verlassenen Häusern Energie hervorrief. Sie stellte sich Gerüchten offen und mit einem

Lächeln, während ich so tat, als hörte ich nicht, was die Leute tuschelten.

Merkwürdig, wie eine einzige Sache einen plötzlich für andere Menschen definierte. An einem Tag war man eine normale Person, und am nächsten war man das Mädchen, dessen Eltern Geister jagten. Die Menschen neigten dazu, andere mit nur wenigen Worten zu charakterisieren, als bestimmten diese bedeutungslosen Beschreibungen eine Identität für immer. Man war das »schüchterne Mädchen« oder der »ätzende Typ«, und was man auch tat, man war der Art, wie andere Menschen einen sahen, ausgeliefert.

Ich fragte mich, ob auch das ein Grund war, warum Charlotte Pickens von zu Hause weggelaufen war. Vielleicht hatten ihre Eltern sie immer als das »brave Mädchen« betrachtet, und sie konnte es nicht ertragen, dass die beiden sie nun als etwas anderes ansehen mussten, erst recht nicht als eine unverheiratete Mutter. Was immer ihr Schicksal gewesen war, ich würde es herausfinden.

Bald.

15

Um Punkt halb acht hupte es zweimal, und ich war so erleichtert, als hätte ich zu lange unter Wasser den Atem angehalten.

»Avery ist hier!«, brüllte ich Mom und Dad zu. Sie saßen an ihren Computern. »Bis später!«

Mom begleitete mich zur Haustür. »Wir sind vielleicht weg, wenn du zurückkommst. Wir gehen in eine Bibliothek in der Nähe von Charleston, aber vor dem Abendessen müssten wir zurück sein.«

Ich wünschte ihr viel Spaß und lief zu Averys Auto. In meinem Magen zwickte es, weil ich klein wenig nervös war. Ich war mir nicht sicher, was ich von den anderen in der Schule zu erwarten hatte, aber vielmehr fürchtete ich, wie Avery mich behandeln würde. War sie distanziert oder genervt? Oder hatte sie beschlossen, dass die seltsame Berühmtheit meiner Familie keine große Sache war? Ich stieg ins Auto, fest entschlossen, guten Mutes zu bleiben und auf das Beste zu hoffen.

»Guten Morgen!«, sagte ich und wand mich sofort innerlich. Ich hatte gekreischt wie ein überdrehtes Kleinkind.

Avery lachte und setzte rückwärts aus der Einfahrt. »Nun, du bist heute ja glücklich.«

»Einfach glücklich, dich zu sehen. Ich habe am Wochenende versucht, dich anzurufen.«

»Ich hatte viel zu tun. Musste am Computer einige Hausaufgaben erledigen.«

Avery wirkte keineswegs ärgerlich oder unangenehm, daher entspannte ich mich ein wenig und lehnte mich in meinem Sitz zurück. Überraschenderweise bog sie, statt den Umweg zur Schule zu nehmen, auf die Hauptstraße ein. Ich wollte gerade etwas sagen, beschloss aber, es ihr zu überlassen, darüber zu reden, wenn sie es wollte.

»Es tut mir leid, dass ich am Freitag einfach so davongerauscht bin«, begann sie. »Ich war einfach sprachlos, das ist alles. Es ist nicht der Beruf deiner Eltern – es geht darum, dass du ein Geheimnis hattest. Verstehst du?«

»Ja.«

Wir hielten vor einer Ampel. »Mach dir keine Sorgen wegen heute«, fügte Avery hinzu. »Einige Leute werden dich vielleicht anstarren, aber alles in allem dürfte nichts passieren.« Sie drehte sich zu mir um, doch ihr Blick ging nach draußen. Ich drehte ebenfalls den Kopf und sah sofort, was sie anschaute: ein kleines, weißes Kreuz am Straßenrand. Ich hatte es schon früher gesehen, die Verbindung aber nicht hergestellt.

»Dort ist Adam gestorben«, murmelte Avery. Ich wusste nicht, was ich sagen sollte. Der Wagen hinter uns hupte, und wir schauten beide auf. Die Ampel war grün.

»Avery, es tut mir wirklich …«

»Weißt du, warum ich niemals zu deinem Schließfach gehe?«, unterbrach sie mich.

»Nein.«

»Adams Schließfach war direkt neben deinem. Nach seinem Tod haben einige Leute Karten an das Schließfach geklebt und Blumen hingelegt. Die Verwaltung hat beschlossen, das Fach in diesem Jahr nicht zu vergeben. Ich frage mich, wer es im nächsten Jahr übernimmt.«

Ich kannte es nicht, dass Avery so abschweifte. Ihr Tonfall blieb lässig, als sprächen wir über Hausaufgaben oder das Wetter, doch irgendetwas stimmte nicht. Warum erzählte sie mir das alles, vor allem jetzt? Ich wand mich auf meinem Sitz und war mir nicht sicher, wie ich reagieren sollte.

»Avery, ist alles in Ordnung?«

»Es geht mir gut«, antwortete sie strahlend. »Ich bin einfach offen und ehrlich. Das müssen wir von jetzt an sein, oder? Offen und ehrlich.«

»Ja. Von jetzt an gibt es keine Geheimnisse mehr.«

Noch während ich es sagte, hatte ich ein schlechtes Gewissen. Ich hatte ihr weder von Jareds Besuch erzählt noch, dass ich vorhatte, ihm zu helfen.

Wir kamen ziemlich früh in der Schule an. Avery fuhr

auf ihren Parkplatz, stieg aber nicht aus. »Du bist eine meiner besten Freundinnen«, teilte sie mir mit. »Ich hoffe, du weißt das.«

Ich nickte. »Danke. Ich weiß es wirklich. Und du bist eine meiner besten Freundinnen.«

Ich erzählte ihr nicht, dass ich noch nie zuvor eine beste Freundin gehabt hatte. Meine Familie war so oft umgezogen, dass niemals Zeit gewesen war, dauerhafte Freundschaften zu knüpfen. Avery und ich hatten fast sofort einen Draht zueinander gehabt, etwas, das mir noch nie zuvor widerfahren war.

Wir gingen zusammen ins Gebäude, und es dauerte nicht lange, bis sich die Flure im Morgenansturm mit lärmenden Schülern füllten. Einige Mädchen standen um Averys Schließfach herum und wir plauderten über unser Wochenende. Callie hatte ihnen offensichtlich gesagt, dass sie mich nicht nach meinen Eltern fragen sollten, aber die Blicke, die sie wechselten, verrieten mir, dass sie darauf brannten, mir genau diese Fragen zu stellen. Schließlich sagte ich, dass es okay sei.

»Ich weiß, dass alle die Fernsehzeitung gesehen haben«, begann ich. »Es ist in Ordnung, wenn ihr darüber reden wollt. Ich will nur nicht das *Einzige* sein, worüber wir reden, versteht ihr?«

Callie war die Erste, die mir eine Frage stellte. »Also, wie viele echte Geister hast du gesehen?« Wir gingen wie gewohnt in die erste Stunde. Ich wusste, dass die anderen Schüler mich anstarrten, aber ausnahmsweise einmal fühlte es sich nicht so seltsam an. Ich fühlte mich in gewisser Weise beschützt, weil ich von meinen Freundinnen umgeben war.

»Echte Geister? Die Art, die wie Menschen aussehen und umherschweben?« Ich lächelte. »Keinen einzigen, es sei denn, die, die ich im Kino gesehen habe, zählen auch.«

Ich erklärte, dass die meisten »Geister« als dunkle Schatten oder verschwommene Gestalten erschienen, nicht als die körperlichen Erscheinungen, die die Menschen zu sehen erwarteten. »Es ist eher so, dass man Dinge hört, oder man sieht, wie sich ein Gegenstand bewegt. Oder man bekommt ein wirklich kaltes Gefühl«, fuhr ich fort. »Eigentlich ist es ziemlich langweilig. Man kann stundenlang darauf warten, dass etwas passiert, nur um einige wenige Sekunden der Aktivität zu bekommen.«

Die Theorie meines Dads über Restenergie zu erklären, erwies sich als schwieriger. Meine Eltern untersuchten wahrscheinlich hundert Fälle im Jahr, und von diesen hundert stellte sich meist heraus, dass mehr als die Hälfte überhaupt kein Spuk war, sondern dass stattdessen so etwas Einfaches wie schlechte Leitungen oder defekte Kabel dahintersteckten. Einige Dutzend Fälle von Restenergie entdeckten sie jedoch auch immer, einige komplexer als andere.

Wir erreichten Doc Larsens Englischkurs. Hier teilte sich unsere Gruppe. Callie und ich setzten uns hin und warteten darauf, dass es läutete.

»Ich habe einmal einen Geist gesehen, auf dem Dachboden meiner Großmutter«, flüsterte Callie. »Es war so, wie du es beschrieben hast – eine verschwommene Gestalt, die sich durch den Raum bewegt hat. Ich bin total ausgeflippt. Fürchtest du dich nicht?«

Ich zuckte die Achseln. »Eigentlich nicht. Wenn man mit solchen Dingen aufwächst, wird es normal.«

Aber das war nicht die ganze Wahrheit. Gewisse Dinge fühlten sich normal für mich an, wie das Geräusch von Schritten auf leeren Treppenstufen oder Türen, die sich von allein öffneten. Aber wenn es um die Energie der Pickens ging, hatte ich das Gefühl, als sei ich mitten in etwas Neues, Andersartiges reingestoßen worden. Ich wusste, wenn ich zu viel darüber nachdachte, bekäme ich entsetzliche Angst.

Der Rest des Morgens verflog schnell. In den Fluren grüßten mich mehr Leute als gewöhnlich, aber nur wenige beendeten abrupt ihr Gespräch, wenn ich vorbeikam. Wann immer mich jemand ansah, lächelte ich und sagte Hallo. Kein Ausweichen, sagte ich mir. Schau ihnen einfach in die Augen.

Am Ende des Tages fühlte ich mich wie ein abgebrühter Profi in der Kunst des höflichen Nickens und Lächelns. Ich blieb sogar cool, als ich in den Filmraum kam und eine Schar übereifriger Neuntklässler sich um mich drängelte. Sie stellten Fragen nach Exorzismen und Ufos und allem, was auch nur ansatzweise übernatürlich war. Ein Junge machte sich sogar Notizen. Ich lächelte nur und sagte ihnen, sie sollten eins der Bücher meiner Eltern lesen.

Den ganzen Tag hatte ich mich darauf gefreut, Noah zu sehen. Er sollte mir bei meinem Plan für Jared helfen und ich musste mit ihm reden. Doch bevor ich dazu kam, hielt Mr Morley mich auf.

»Ich hatte ja keine Ahnung, dass Ihre Eltern eigene Fernsehserien produzieren!«, rief er. »Können Sie sie vielleicht überreden, herzukommen und einen Vortrag vor der Klasse zu halten?«

Ich wusste, dass Mom und Dad begeistert über eine Einladung in meine Schule sein würden, aber der Gedanke, dass sie durch das Gebäude schlenderten und Aufmerksamkeit erregten, war im Moment ein wenig zu viel für mich.

»Vielleicht«, antwortete ich. »Ich frage sie. Sie haben wirklich viel zu tun.«

Mr Morley nickte. »Natürlich. Geben Sie mir bald Bescheid, okay?«

Er kehrte an sein Pult zurück, während ich zum Schnittplatz ging. Ich sah, dass Noah bereits dort arbeitete, doch bevor ich ihn erreichte, wurde ich abermals aufgehalten. Diesmal war es Bliss.

»Worum ging es da gerade?«, fragte sie scharf. Ihre leuchtend orangefarbene Bluse blendete mich. Sie hatte sie mit einem grünen Rock kombiniert, sodass sie irgendwie einer Möhre ähnelte.

»Was meinst du?« Ich wollte endlich mit Noah sprechen, aber dann wurde mir klar, dass dies eine perfekte Gelegenheit war, ein anderes verdrängtes Problem aufzuarbeiten und mein Vorhaben umzusetzen:

zum ersten Mal seit dem Zwischenfall im Flur mit Bliss zu reden.

»Warum hast du mit Morley gesprochen? Warte, lass mich raten. Du hast versucht, ihn dazu zu überreden, dass ich dich interviewen soll, stimmt's? Weil du dich für eine *solch* große Berühmtheit hältst.«

Ich seufzte. »Nein, Bliss, ich habe nicht versucht, ein Interview zu bekommen. Tatsächlich wäre es mir lieber, wenn die Leute das Thema einfach fallen ließen.«

Sie bekam schmale Augen. »Umgekehrte Psychologie funktioniert bei mir nicht, Charlotte.«

»Wie wäre es mit Logik? Funktioniert die bei dir?«

Sie schüttelte angewidert den Kopf und stapfte davon. Ich hatte vorgehabt, mich für etwas bei Bliss zu entschuldigen, aber plötzlich konnte ich mich nicht mehr daran erinnern, was es war. Sie machte es einem schwer. Zumindest redeten wir miteinander, obwohl ein Teil von mir sich fragte, ob das gut war oder nicht.

Schließlich schaffte ich es zu meinem Platz neben Noah.

»Was bearbeiten wir heute?«, fragte ich.

»Die gewöhnlichen weltbewegenden Nachrichten«, antwortete Noah. »Footballergebnisse und einen Kuchenverkauf des Französisch-Clubs. Worüber war Bliss diesmal sauer?«

»Die üblichen weltbewegenden Themen. Sie ist immer noch davon überzeugt, dass ich versuche, ihr die Schau zu stehlen.«

Wir gingen an die Arbeit, aber Noah war stiller als

gewöhnlich, und es begann mich zu beunruhigen. Schließlich sprach ich es an.

»Willst du mich nicht danach fragen?«

Er schaute weiter auf den Bildschirm. »Was soll ich dich fragen?«

»Ich denke, du weißt es. Tatsächlich denke ich, die ganze Stadt weiß es.«

»Ich dachte, es sei an dir, wenn du darüber reden wolltest. Außerdem habe ich es seit der ersten Schulwoche gewusst.«

»Was?« Ich war schockiert. Noah hatte nicht einmal die leiseste Andeutung gemacht, dass er wusste, womit meine Eltern sich ihren Lebensunterhalt verdienten.

»Meine Mom ist ein Riesenfan. Sie hat alle *Silver-Spirits*-Bücher und -DVDs. Ich habe dich sozusagen wiedererkannt.«

»Warum hast du nichts erwähnt?«

Noah sah mich an. »Wie gesagt, ich dachte, es sei an dir, es anzusprechen.«

Irgendwie gefiel mir die Tatsache, dass er es die ganze Zeit über gewusst hatte. Er hatte mich niemals anders behandelt, und jetzt wusste ich, dass er es niemals tun würde. »Also, deine Mom ist ein Fan?«

Er kicherte. »Du hast ja keine Ahnung. Sie hat sogar online eins dieser ›Zweifel‹-T-Shirts gekauft.«

Ich stöhnte. »Ich wette, dann würde sie unseren Van wirklich lieben.«

»Ich sehe mir die Sendungen nicht an, daher weiß ich nicht genau, worum es geht. Aber im Grunde glaubt ihr nicht an Geister, oder? Ich meine, deine Eltern versuchen zu beweisen, dass sie nicht real sind.«

»Ja. Sie denken, dass seltsame Dinge von verschiedenen Formen von Energie verursacht werden, die Menschen zurücklassen.«

Noah nickte. »Restenergie. Sie glauben also nicht an intelligente Energie? Die Art, die denken und kommunizieren und Dinge geschehen lassen kann?«

Ich fragte mich flüchtig, ob Noah irgendeine Ahnung hatte, was zu Hause passierte. Doch das konnte nicht sein. Niemand außer meiner Familie wusste etwas über die Pickens.

»Es ist ihnen nicht gelungen, intelligente Energie vollends zu widerlegen«, gab ich zu. »Doch sie glauben nicht wirklich daran. Sie denken, dass es Erklärungen für alles gibt und dass sie diese Erklärungen nur noch nicht entdeckt haben.«

»Aber was, wenn die Erklärung ist, dass es wirklich Geister gibt?«

»Dann müssen sie wohl einige ihrer Bücher umschreiben.«

Noah lachte und wir ließen es dabei bewenden. Wir bearbeiteten für eine Weile neues Bildmaterial, bevor mir wieder einfiel, dass ich seine Hilfe für meinen Plan mit Jared brauchte.

»Übrigens danke für den Artikel«, begann ich.

»Hat er geholfen?«

»Irgendwie. Aber jetzt habe ich weitere Fragen und du musst mir einen Gefallen tun.«

»Noch einen? Wie viele sind das jetzt?«

»Ich bin dir etwas schuldig, ich weiß. Vielleicht ein signiertes Buch für deine Mom?«

Er schüttelte den Kopf. »Ich habe einen Witz gemacht. Was brauchst du? Stets zu Diensten.«

»Im Artikel steht, dass Jareds Wagen plötzlich ausgebrochen ist. Hat die Polizei herausbekommen, warum?«

Noah lehnte sich auf seinem Stuhl zurück. »Nein. Aber es kursierten eine Menge Theorien. Einige Jugendliche haben den Unfall beobachtet. Ein Junge hat geschworen, er habe etwas auf der Straße gesehen, dem Jared versucht habe auszuweichen.«

»Etwas auf der Straße?«

»Ja, wie ein Eichhörnchen oder so etwas.«

Jared hatte mir erzählt, dass er nicht erklären könne, was geschehen war. *Ich habe es Adam versprochen,* hatte er gesagt. Es war ein Versprechen, das er gehalten hatte, aber er würde es brechen müssen, um seinen Namen reinzuwaschen. *Es ist die einzige Möglichkeit für mich, weiterzuleben, und die einzige Möglichkeit, die ich kenne, um Avery zu helfen, das Gleiche zu tun.*

»Was machst du dieses Wochenende?«, fragte ich Noah.

»Nichts Besonderes. Und du?«

»Ich arbeite an etwas ziemlich Wichtigem. Und ich könnte deine Hilfe wirklich gebrauchen.«

»Ich bin dabei.«

Ich lächelte. »Hoffentlich bereust du es nicht.«

Avery nahm mich nach der Schule mit nach Hause. Sie wirkte so glücklich wie lange nicht mehr, was meine Schuldgefühle später am Abend noch verstärkte, als ich den Zettel hervorkramte, den Shane mir gegeben hatte, und Jareds Nummer wählte.

»Ich werde dir helfen«, eröffnete ich ihm. »Aber du musst genau das tun, was ich sage.«

»Alles«, antwortete er, und ich konnte traurige Erleichterung in seiner Stimme hören. »Sag nur, was ich tun muss.«

»Gut. Zuerst musst du wieder in die Schule kommen.«

»Was? Warum?«

»Keine Fragen. Wir werden am Wochenende versuchen, Kontakt zu Adam herzustellen, aber nur wenn du für den Rest der Woche zur Schule gehst.«

Ein Teil der Mission »Hilfe für die Lebenden« beinhaltete, dafür zu sorgen, dass Jared seinen Abschluss machte. Ich wusste nicht, wie er seine Tage verbrachte, aber ich schätzte, dass er zu viel schlief und zwanghaft über die Vergangenheit nachgrübelte. Das war kein Leben, befand ich.

Jared war nicht glücklich, aber am Dienstag war er wieder im Unterricht. Er nahm mich nicht zur Kenntnis, was gut war, denn ich wollte nicht, dass Avery mitbekam, dass etwas im Gange war. Sie würde die Kurve kriegen, dachte ich. Sie lachte mehr und wirkte entspannt. Ich fragte mich, ob es daran lag, dass sie nicht mehr die Last ihres Geheimnisses mit sich herumtrug.

Während ich weitere Telefongespräche führte, um meinen Plan in die Tat umzusetzen, hatte ich keine Ahnung, dass ein paar Häuser weiter Avery an ihren eigenen Plänen feilte.

16

Der Traum war nebelhaft, und ich hatte Mühe, Charlotte Pickens zu erkennen, die an der Reling eines großen Schiffes stand und auf ein dunkles, gewaltiges Meer hinausschaute. Sie war ganz in Schwarz gekleidet, und ein kalter Wind umpeitschte ihr langes Kleid und ihr feuchtes Haar. Ihre Tochter, ebenfalls in Schwarz gekleidet, stand neben ihr. Ich versuchte, die beiden besser zu sehen. Die Tochter wirkte viel älter als das letzte Mal. Ich schätzte, dass sie mindestens dreizehn war. Die beiden sprachen leise miteinander, doch ich konnte ihre Worte nicht verstehen. Ich hatte das Gefühl, als würde ich von festen Händen von der Szene weggezogen.

»Konzentrier dich.«

Die Stimme war nah, ein starkes Flüstern in meinem Ohr. Ich fühlte mich warm und behaglich und kuschelte mich tiefer in meine Decke, genoss das Gefühl des Schlafs, war mir aber bewusst, dass ich fast wach war.

Charlotte stolperte, als das Schiff schlingerte, und ihre Tochter legte ihrer Mutter eine Hand auf den Arm.

»Ist dir schlecht?«, fragte ihre Tochter.

»Nein, alles in Ordnung.« Charlotte versuchte zu lächeln, aber ihr Gesicht wirkte bleich und angespannt. Es ging ihr nicht gut, dachte ich. Der Traum begann zu verblassen, die Bilder kräuselten sich wie Wasser. Die Szene wechselte wieder, und ich sah ein Mädchen vor einem großen Baum stehen. Ich erkannte sie als Charlottes Tochter, nur dass sie noch älter war als auf dem Schiff, wahrscheinlich in den Zwanzigern. Sie hielt eine kleine Vase in den Händen. Während das Bild schwächer wurde, sah ich, dass sie in die Vase hineingriff. Sie verstreute bedächtig etwas um den Fuß des Baums herum.

»Du *musst* dich konzentrieren.«

Die Stimme war jetzt lauter. Es war Charlotte Pickens, begriff ich. Der Traum entglitt mir, und ich öffnete die Augen, erschöpft und verwirrt. Im Esszimmer war es pechschwarz, und als ich mich vom Sofa rollte, um auf die Uhr zu schauen, sah ich, dass es fast drei Uhr morgens war.

»Wunderbar«, murmelte ich. Ich war lange wach geblieben, um eine aufreibende Aufgabe in Elementarmathematik zu lösen, und hatte weniger als zwei Stunden geschlafen. Ich richtete mich auf und strich mir das Haar aus dem Gesicht. Meine Augen fühlten sich schwer an, ich hatte Durst, und ein Teil von mir wollte einfach zurück in mein warmes Nest aus Decken auf dem Sofa fallen, aber ich wusste, dass meine ausgedörrte Kehle mir keine Ruhe lassen würde. Also zog ich mir eine Decke um die Schultern und schlurfte in die Küche.

Irgendjemand hatte ein Licht angelassen, weshalb ich den Kühlschrank leichter fand. Blinzelnd öffnete ich die Tür, und ein noch grelleres Licht blendete mich. Ich schnappte mir eine Wasserflasche und schloss die Tür. Als ich mich umdrehte, schien es, als sei jede Lampe im Haus eingeschaltet worden. Zunächst dachte ich, dass meine Eltern heruntergekommen waren.

Dann sah ich, wo das Licht herkam.

Ich schnappte nach Luft. Wenige Schritte vor mir standen zwei Gestalten. Es waren nicht die bleichen Säulen, die ich vor Monaten auf dem Monitor gesehen hatte. Sie sahen viel menschlicher aus. Ich konnte ihre Köpfe und Schultern erkennen, aber nicht ihre Gesichter. Angst erfasste mich, und ich umklammerte meine Wasserflasche so fest, dass ich dachte, meine kalten Finger könnten sie zerquetschen.

Genau in dem Moment, als die größere Gestalt sich nach vorn bewegte, machte ich einen Schritt rückwärts. Ich hatte Mühe zu atmen. Ich wollte schreien – *musste* schreien –, aber ich war wie versteinert. Ich konnte den Blick nicht von den nebelhaften weißen Gestalten abwenden, die vor mir standen.

Sie kamen auf mich zu.

Meine Panik wuchs, und ich zwang mich, einen Schritt zur Seite zu treten und mich an der Theke festzuhalten. Wenn ich mich nicht an irgendetwas klammerte, würde ich ohnmächtig umkippen. Meine Hand berührte den kalten Granit der Theke, und ich zuckte zusammen, was dazu führte, dass eine Bratpfanne zu Boden krachte. Die kleinere Gestalt drehte sich um und glitt von mir weg, durch die Küchenwand. Das Scheppern der Pfanne war so laut, dass meine Eltern es gehört haben mussten.

Die größere Gestalt blieb in meiner Nähe. Sie bewegte sich ein wenig, und ich konnte sehen, dass sie einen Arm nach mir ausstreckte. Ich schloss die Augen und schrie. Ich schrie aus vollem Leib, überwand meine Furcht, meinen Durst und sogar die Notwendigkeit zu atmen. Ich schrie einfach weiter, bis meine Eltern die Treppe herunter in die Küche gelaufen kamen.

»Charlotte!« Mom umfasste meine Schultern und ich fiel ihr in die Arme.

»Was ist passiert? Was ist los?« Dad klang genauso panisch, wie ich mich fühlte.

»Sie waren hier«, schluchzte ich. »Sie waren hier in der Küche.«

Mom führte mich ins Esszimmer, während Dad die ganze untere Etage absuchte, Lichter einschaltete und Schranktüren öffnete. Ich sank auf das Sofa. Mom ließ den Arm um meine Schultern liegen, was gut war. Ich wollte nie wieder allein sein.

Es dauerte eine Weile, bis ich mich beruhigte, wieder zu Atem kam und meine Eltern ansah. Mom blieb an meiner Seite und Dad kniete neben dem Sofa. Ich erklärte alles, beginnend mit meinem unterbrochenen Traum.

»Charlotte Pickens war mit ihrer Tochter auf einem Schiff«, berichtete ich. »Es sah aus, als gingen sie zu einer Beerdigung. Sie hat mir gezeigt, was passiert ist, aber ich konnte mich nicht konzentrieren. Es war, als hätten wir eine schlechte Verbindung gehabt.«

Ich beschrieb die Gestalten in der Küche, was nicht schwierig war, da sich das Bild dauerhaft in mein Gehirn eingebrannt hatte. »Blendend weiß«, sagte ich. »Aber irgendwie nebelhaft, als seien sie aus Wolken gemacht gewesen.«

»Haben sie irgendetwas gesagt?«, fragte Dad.

»Nichts, was ich hören konnte.« Ich schloss die Augen. »Aber sie haben eindeutig irgendetwas von mir gewollt.«

Ich war so müde, doch gleichzeitig war ich hellwach. Ich fragte mich, ob ich je wieder schlafen würde. *Nicht in diesem Haus,* dachte ich und lehnte den Kopf an Moms Schulter.

»Sie werden so mächtig«, antwortete Mom. »Ich finde, wir sollten für eine Weile in einem Hotel wohnen.«

»Sie werden mir folgen«, murmelte ich.

Dad tätschelte meine Hand. »Nicht unbedingt. Ich denke immer noch, dass diese Energie mit einem Ort verbunden ist, aus dem sie sich speist. Je länger sie hier ist, umso stärker wird sie.«

Ich ließ meine Eltern die Alternativen diskutieren. Ihre Stimmen wirkten beruhigend auf mich und ich spürte den Herzschlag meiner Mutter durch ihren Bademantel. Ich war warm und sicher, ein Gefühl, das ich nicht verlieren wollte. Als Mom sich einige Sekunden später bewegte, durchfuhr mich Furcht wie ein Blitz, und ich öffnete die Augen.

»Ich gehe nirgendwo hin, Schätzchen«, versicherte Mom mir. »Ich mach es mir nur bequem. Möchtest du ein Glas Wasser?«

Ich nickte und Dad stand auf. »Ich hole es.«

»Warum ist das passiert?«, fragte ich Mom. »Ich meine, es hat keine Auslöser gegeben, keinen einzigen. Wie konnten sie so erscheinen?«

»Ich habe eine Theorie«, erwiderte sie. »Ich denke, es hat etwas mit deinem Traum zu tun, aber ich könnte mich irren. Ich setze mich später mit Beth in Verbindung und frage, ob sie mir helfen kann, das alles zu verstehen.«

»Ich dachte, du würdest Hellsehern nicht trauen.«

Mom drückte meine Schulter. »Charlotte, ich denke langsam, dass wir die Ebene wissenschaftlicher Erklärung endgültig verlassen haben. In diesem Fall werde ich auf mein Bauchgefühl hören.«

Dad brachte mir mein Wasser, das ich dankbar entgegennahm und in einem Zug austrank. Ich hatte vergessen, wie durstig ich war, und meine Kehle war wund vom Schreien.

»Wie spät ist es?«, fragte ich.

»Fast vier«, antwortete Dad.

Ich stöhnte. »Ich muss in ein paar Stunden in die Schule.«

Mom zog eine Decke um meine Schultern. »Keine Schule heute. Du musst dich ausruhen.«

Erleichtert schloss ich die Augen. Ich nahm wahr, dass meine Eltern miteinander flüsterten, aber ich blendete aus, was sie sagten. Es war nicht wichtig. Wichtig war, dass sie mir glaubten und dass sie das Kommando übernahmen. Mom wickelte mich fester in die Decke und stand auf.

»Ich gehe nur in die Küche, Schätzchen«, erklärte sie. »In einer Minute bin ich wieder zurück.«

Ich hörte meine Eltern in der Küche reden. Es klang, als versuche Dad, Mom von irgendetwas zu überzeugen, aber sie war anderer Meinung als er. Ihre Stimmen wurden lauter und bald brüllten sie einander an.

»Mom?«, rief ich.

Sofort war sie bei mir. »Ist alles in Ordnung?«

Ich richtete mich auf. »Worüber streitet ihr euch?«

»Nichts. Es spielt keine Rolle.«

»Ich finde, sie sollte das hören, Karen«, schaltete Dad sich ein. »Wenn sie Nein sagt, dann ist es in Ordnung. Aber Charlotte ist vielleicht offen für die Idee.«

»Nicht heute Nacht, Patrick. Lass es einfach gut sein.«

Wenn sie sich mit Vornamen anredeten, war die Lage ernst. Jetzt hatten sie meine ungeteilte Aufmerksamkeit. »Erzählt es mir.«

»Wir könnten genau jetzt eine ESP-Sitzung abhalten, solange die Energie noch stark ist.« Dad redete sehr schnell. »Es könnte uns helfen herauszufinden, was los ist und wieso es sich auf diese Art offenbart.«

Mom seufzte. »Patrick, wir hatten genug Aufregung diese Nacht.«

Auf keinen Fall wollte ich mich meinen Geistern noch einmal stellen, aber ich wusste, dass Dad nicht ganz unrecht hatte. Die Energie war stark und wir hatten eine gute Chance, Kontakt zu etwas herzustellen. Sie versuchten offensichtlich, mit mir zu kommunizieren. Was, wenn sie versuchten, mir zu erklären, dass wir auf der falschen Fährte waren? Wenn wir bei unserer Suche Fehler machten, würden die Pickens immer stärker werden und auf noch erschreckendere Weise nach mir greifen. Ich hatte Angst, Kontakt zu ihnen aufzunehmen, aber ich hatte noch größere Angst, dass sie Kontakt zu mir aufnahmen. Meine Eltern stritten wieder, daher stand ich auf.

»Ich werde es tun.«

»Charlotte, du brauchst gar nichts zu tun …«, begann Mom.

»Nein, Dad hat recht. Bringen wir es einfach hinter uns.«

Ich sagte ihnen, dass wir sofort das Haus verlassen und in ein Hotel gehen würden, wenn die Dinge aus dem Ruder gerieten. Sie stimmten zu. Dad wollte Shane anrufen, damit er dazukam, aber ich wandte ein, dass wir es jetzt tun müssten, bevor ich meine Meinung änderte.

»Die Ausrüstung ist bereits in meinem Zimmer«, sagte ich ihnen auf dem Weg die Treppe hinauf. »Shane hat sie letzte Woche aufgestellt.«

Mom setzte sich neben mich auf mein Bett, einen Arm schützend um meine Schultern gelegt. Dad checkte alle Kameras, schaltete Geräte ein und schnappte sich einen Digitalrekorder.

»Stell einfach einige grundlegende Fragen«, wies er mich an. »Fünf Minuten, Charlotte. Mehr nicht. Dann sind wir fertig.«

Er schaltete das Licht aus und ich fühlte einen Moment lang pure Panik. *Fünf Minuten,* sagte ich mir. *Bring es einfach hinter dich.*

Ich begann, wie ich es Annalise tausend Mal hatte tun sehen. Ich fragte, ob jemand da sei, und sagte, dass ich gern mit denjenigen sprechen würde. »Hier ist Charlotte«, erklärte ich. »Ich muss wissen, was ihr von mir wollt.«

»Wir bekommen etwas«, verkündete Dad. Ich sah den dumpfen, grünen Schein von einem seiner Messgeräte und richtete mich ein wenig höher auf.

»Bitte, erklärt, was wir tun sollen«, sagte ich und versuchte laut und deutlich zu sprechen. Ich hielt inne, in der Hoffnung, dass die Digitalrekorder etwas auffingen. Das würden wir später am Computer erfahren.

»Wir versuchen immer noch, eure Tochter zu finden«, fuhr ich fort. »Wir suchen sie, aber wir brauchen mehr Zeit.«

»Der Ionenmesser hat gerade ausgeschlagen«, berichtete Dad. »Irgendetwas ist hier.«

Mom drückte meine Schulter. »Du machst das großartig«, flüsterte sie.

»Wo sollen wir suchen? Wisst ihr, wo eure Tochter hingegangen ist? Wisst ihr, was mit ihr passiert ist?«

Wir warteten eine Weile. Ich wappnete mich für den Fall, dass wir etwas sahen oder ein Kratzen oder Stimmen hörten, aber nichts geschah. Bevor die fünf Minuten vorüber waren, schaltete Dad das Licht wieder an.

»Die Batterie ist leer«, seufzte er. Es passierte ständig. Eine voll aufgeladene Batterie konnte binnen Sekunden den Geist aufgeben, wenn etwas in der Nähe war. Die Theorie dahinter war, dass die Energie eine Quelle brauchte, aus der sie sich speisen konnte, um sich zu offenbaren.

Wir gingen nach unten. Ich war erleichtert, dass die Dinge nicht außer Kontrolle geraten waren, aber ich konnte erkennen, dass Dad ein wenig enttäuscht war. Er liebte so etwas.

Während meine Eltern im Wohnzimmer an den Digitalaufzeichnungen arbeiteten, breitete ich meine Decken auf dem Sofa aus. Die Sonne würde bald aufgehen. Ich war erschöpft, und sobald ich mich sicher genug fühlte, würde ich schlafen. Es war Freitag, und am Samstag wollte ich mich mit Jared treffen – das würde ich absagen müssen. Ich musste mich auf die Toten konzentrieren, bevor ich den Lebenden helfen konnte. Später würde ich Jared anrufen und darum bitten, noch ein paar Wochen zu warten.

»Wir haben etwas!«, rief Dad aus dem Wohnzimmer.

Meine Eltern saßen mit ihren Kopfhörern vor einem der Monitore. Ich schnappte mir ebenfalls einen Kopfhörer und setzte mich neben sie.

»Das war direkt nachdem du dich vorgestellt hast«, erläuterte Dad. Er klickte mit der Maus, und ich beobachtete den Bildschirm, wo ich eine Grafik mit spitzen Ausschlägen sehen konnte, die auf Stimmenmuster schließen ließ.

Bitte, erklärt, was wir tun sollen, hörte ich mich sagen.

Finde sie, flüsterte eine Männerstimme.

Auf der Aufzeichnung begann ich wieder zu sprechen, während der Mann immer noch flüsterte, daher konnte ich nicht erkennen, was er sagte. Dann hörte ich wieder meine Stimme.

Wir brauchen mehr Zeit.

Eine Frauenstimme antwortete. Diesmal war es kein Flüstern, sondern beinah ein Schrei.

Nein!

Sie klang verzweifelt, dachte ich, als sei bald eine Frist vorüber, nach der sie nichts mehr tun konnte. Ich lauschte dem Rest der Aufzeichnung und hörte meine Fragen, was wir tun und wo wir hingehen sollten. Die Männerstimme erklang abermals, diesmal lauter als zuvor.

Kehr zurück.

Es war ein Befehl. Die Männerstimme verriet nichts von der Verzweiflung, die die Frauenstimme gezeigt hatte; sie klang eher verärgert.

Kehr zurück.

Beim zweiten Mal war es leiser, und ich wusste, dass genau in dem Moment die Batterien entladen waren. Sie benutzten alle Energie, die sie einfangen konnten, um ihre Botschaften zu übermitteln. Vielleicht hatte ihr Auftauchen in der Küche sie geschwächt.

Wir hörten die Aufzeichnungen noch einige weitere Male ab, bevor wir unsere Kopfhörer abnahmen.

»Wohin sollen wir gehen?«, fragte ich. »Wohin zurückkehren?«

Mom rieb sich die Augen. »Dahin, wo wir hergekommen sind, nehme ich an. Charleston.«

Dad stand auf. »Ich rufe Annalise an.«

»Es ist noch nicht einmal fünf Uhr morgens, Schätzchen«, wandte Mom ein. »Wir können noch ein wenig warten.« Sie drehte sich zu mir um. »Du musst dich ausruhen. Keine Sorge, wir sind da.«

Ich war zu müde, um zu protestieren, daher ging ich zum Sofa zurück, rollte mich unter den Decken zusammen und wünschte mir einen traumlosen Schlaf.

17

»Hey, Kleine, Zeit aufzuwachen.«

Durch die Vorhänge des Esszimmers fiel spätnachmittägliches Licht. Ich fühlte mich benebelt, als hätte ich tagelang geschlafen. Shane stand lächelnd in der Tür. »Gut. Ich dachte schon, du wärst ins Koma gefallen.«

»Wie spät ist es?«

»Fast drei Uhr nachmittags. Ich habe gehört, du hast eine interessante Nacht hinter dir.«

»Das ist eine Untertreibung.« Ich setzte mich und streckte mich. »Wo sind meine Eltern?«

»Sie sind jemanden besuchen gegangen.«

»Die Hellseherin?«

Shane lachte. »Expertin für Okkultes. Hör zu, warum stehst du nicht auf, und ich mache dir ein Omelette mit allem Drum und Dran. Ich wette, du hast einen Bärenhunger.«

»Den habe ich.« Ich schleppte mich vom Sofa in die Waschküche – die im Grunde mein neuer Schrank geworden war –, und holte frische Klamotten. Dann ging ich nach oben, um zu duschen. Die Tür zu meinem Zimmer war geschlossen. Ich konnte mich nicht mehr daran erinnern, wann ich das letzte Mal in meinem eigenen Bett geschlafen hatte. War es erst drei Monate her, seit ich auf dem Boden gesessen und darüber gestaunt hatte, in einem neuen Haus zu leben, in dem es nicht spukte? Wenn ich nur gewusst hätte, welche Wendung mein Leben nehmen würde, wäre ich damals sofort aus der Tür gestürmt.

Ich duschte lange mit heißem Wasser und stellte mir vor, dass ich all die Verrücktheit und das Chaos der vergangenen Nacht wegwusch. Dann zog ich mich an und traf mich mit Shane in der Küche, wo er ein extragroßes Omelette auf einen Teller schaufelte.

»Wir tun so, als sei dies ein Brunch«, sagte er. »Hau rein.«

Shane konnte nur zwei Dinge kochen: Mikrowellenpopcorn und tolle Omelettes. Er machte die Omelettes zu besonderen Anlässen wie Geburtstagen, daher war ich begeistert von dem Leckerbissen.

»Annalise hat heute Morgen angerufen«, erzählte er, während er mir ein Glas Orangensaft einschenkte. »Ich habe ihr gesagt, du würdest sie später zurückrufen.«

»Hmmm.« Ich nickte und schaufelte mir weiter fluffiges Ei mit einer Extraportion Käse in den Mund. Ich war vollkommen ausgehungert, als sei ich nach einem langen Winter aus dem Winterschlaf erwacht.

»Jared hat ebenfalls angerufen.« Shane klang lässig,

während er in der Spüle einen Pfannenwender abwusch. »Ich denke, er fürchtete, dass du eure Verabredung vielleicht abblasen würdest, weil du heute nicht in der Schule warst. Ich habe ihm gesagt, dass das Treffen trotzdem morgen Abend stattfindet.«

Ich verschluckte mich beinahe an einem Stückchen Omelette. »Was hast du getan? Shane, auf keinen Fall spiele ich morgen den Köder. Ich habe für eine Weile genug paranormalen Tumult in meinem Leben gehabt.«

»Ja, ich dachte mir schon, dass du das sagen würdest.« Shane trocknete den Pfannenwender ab und setzte sich mir gegenüber an die Theke. »Glaubst du wirklich, dass wir Kontakt zu Adams Geist aufnehmen werden?«

»Nein. Aber wir könnten Kontakt mit etwas anderem aufnehmen, und dafür bin ich nicht bereit. Ich muss mit den Geistern fertigwerden, die schon in mein Leben eingedrungen sind.«

»Bist du dir sicher, dass du deswegen kneifen willst?«

Ich hörte auf zu kauen. »Ja.«

Shane nickte. »Okay. Hauptsache, du versuchst nicht, vor deinen Problemen davonzulaufen.«

Ich legte meine Gabel beiseite. »Wovon sprichst du?«

Er deutete auf meinen Teller. »Iss weiter. Ich rede und du hörst zu. Lass mich einfach aussprechen. Okay?«

Ich schlang weiter das Omelette herunter, überzeugt davon, dass nichts, was er sagte, mich bewegen könnte, meine Meinung zu ändern.

»Meine Familie hatte ein Bestattungsunternehmen«,

begann er. »Daher bin ich schon seit Langem mit dem Tod vertraut. Mein Dad pflegte zu sagen, dass es nicht um die Toten gehe, sondern um die Lebenden. Sie kommen an erster Stelle.« Er beugte sich ein wenig vor. »Charlotte, dein Freund Jared leidet wirklich furchtbar. Wir können ihm helfen, aber ich glaube nicht, dass wir viel Zeit haben.«

»Er ist kein Freund«, widersprach ich leise. »Ich kenne ihn kaum.«

»Er ist ein Junge, der unsere Hilfe braucht, Kleine. Das ist alles, was zählt.«

Ich aß mein Omelette auf und schob den Teller beiseite. »Du hast gesagt, dass wir nicht viel Zeit haben. Was hast du damit gemeint?«

»Ich habe dies schon früher erlebt, öfter, als mir lieb ist.« Shane runzelte die Stirn und blickte versonnen. »Menschen können nur eine bestimmte Zeit mit der Last ihrer Schuld leben, bevor sie zusammenbrechen. Ich habe mit Jared gesprochen. Er steht kurz davor, durchzudrehen.«

»Heute Nacht haben wir ein ESP aufgenommen, in dem ebenfalls zu hören war, dass keine Zeit mehr sei. Denkst du, die Pickens sind ebenfalls kurz davor, durchzudrehen?«

Shane seufzte. »Keine Ahnung. Aber wenn sie es gesagt haben, meinen sie es auch so. Wir können Jared am Samstag helfen und uns am Sonntag um deine Geister kümmern. Wie hört sich das an?«

»Findest du wirklich, ich sollte das tun?«

»Das finde ich wirklich.«

»Ich denke darüber nach.« Es gefiel mir nicht, aber ich kannte Shane. Wenn er es für dringend hielt, dann war es das. Der größte Teil des Plans lag ohnehin in seiner Verantwortung. Ich musste im Grunde nur da sein. Trotzdem hatte ich Zweifel am Timing.

Es klingelte an der Tür und wir beide schauten in Richtung Diele. Ich hüpfte von dem Hocker, auf dem ich gesessen hatte, und ging die Tür öffnen. Avery stand auf der Veranda, mit Dante im Arm, dem eine lila Leine um den Hals baumelte. Sobald er mich sah, begann er zu knurren.

»Wie geht's dir?«, erkundigte Avery sich. »Als ich heute Morgen vorbeigekommen bin, hat deine Mom gesagt, du seist krank.«

»Es geht mir schon besser«, antwortete ich und betrachtete den Himmel hinter ihr. Dunkelgraue Wolken hatten sich gebildet und schienen das Sonnenlicht zu verschlucken. »Sieht so aus, als würde es Regen geben. Komm herein.«

Avery band Dante auf der Veranda fest, wo er anfing, Blätter anzukläffen, die durch den Garten wirbelten. »Sei brav«, befahl sie ihm und tätschelte seinen Kopf.

Shane arbeitete im Wohnzimmer, daher gingen Avery und ich nach oben. Ich zögerte, bevor ich die Tür zu meinem Zimmer öffnete. Dad hatte den größten Teil der Ausrüstung mitgenommen, um die Daten zu analysieren, aber ich wusste nicht, was noch da stand.

»Ich bin so lange nicht mehr hier gewesen«, bemerkte Avery, die sich an mir vorbeidrängelte. Sie sah sich um. »Was ist mit den Kleiderbergen passiert?«

Ich suchte schnell den Raum nach Kameras, Rekordern oder irgendwelchen anderen seltsamen Geräten ab. Nichts. Tatsächlich sah mein Zimmer sauberer aus, als ich es je gesehen hatte. Das Bett war gemacht, die Kleider waren weggeräumt, und jemand hatte meinen verkratzten Nachttisch diskret mit einem Seidenschal bedeckt.

»Ich habe aufgeräumt«, erwiderte ich und setzte mich auf die Bettkante.

Avery durchquerte das Zimmer und blieb am Fenster stehen. Draußen bogen sich die Bäume im Wind. »Sieht so aus, als würde es sehr stürmisch werden.«

»Wie war es in der Schule?«, fragte ich, aber Avery wirkte geistesabwesend. Sie nahm etwas von meiner Kommode und hielt es hoch.

»Was ist das?«

Ich verzog das Gesicht. »Das ist eine Wärmebildkamera. Mein Dad muss sie hier oben liegen gelassen haben.«

Sie drehte die Kamera in den Händen. »Wie funktioniert sie?«

»Sie fängt elektromagnetische Energie auf. Sie zeigt Temperaturen in verschiedenen Farben.« Ich wusste nicht, wie viel technischen Kram sie hören wollte, aber ich hatte den Eindruck, dass sie gar nicht richtig zuhörte. Sie legte die Kamera wieder auf die Kommode.

Irgendetwas ging Avery eindeutig durch den Kopf. Sie war zu still, zu in sich gekehrt. Ich wusste nicht, was ich sagen sollte. Bevor ich sie fragen konnte, was los war, setzte sie sich neben mich auf das Bett.

»Nach Adams Tod habe ich ihn auf seinem Handy angerufen«, murmelte sie und betrachtete ihre Hände. »Ich habe jeden Tag zigmal angerufen, nur um seine Stimme zu hören. Es ist zu einer Gewohnheit geworden. Dann, eines Tages, war das Telefon aus.« Sie schnippte mit den Fingern. »Einfach so.«

»Avery, es tut mir so leid.«

Sie sah mich an. »Ich weiß, dass Jared hier war. Ich weiß, dass er dich um Hilfe gebeten hat. Er will, dass du Kontakt zu Adam aufnimmst, nicht wahr?« Da war kein Ärger in ihrer Stimme. Stattdessen klang sie müde, als spreche sie lediglich eine traurige Wahrheit aus.

»Woher weißt du das?«, fragte ich leise.

»Ich habe ihn letzte Woche zu dir nach Hause gehen sehen. Ich habe darauf gewartet, dass du es erwähnst.«

»Ich wollte dich nicht aufregen.«

»Wirst du ihm helfen?«

»Vielleicht.« Ich flüsterte das Wort beinahe. Es fühlte sich aus so vielen Gründen wie Verrat an. Ich hatte etwas vor Avery geheim gehalten, obwohl ich versprochen hatte, dass ich es nicht mehr tun würde. Ich hatte mich mit ihrem Feind zusammengetan. Ich hatte von Grund auf ihr Vertrauen in mich zerstört.

Draußen grollte ein Donner und ich hörte Dante bellen. Avery hörte ihn ebenfalls und stand auf. Ich dachte, sie würde weggehen, ohne etwas zu sagen, aber an der Tür drehte sie sich um.

»Jared ist ein Mörder«, sagte sie. »Und die Tatsache, dass du es auch nur in Erwägung ziehst, ihm zu helfen ...« Ihre Worte wurden von Tränen erstickt. Ich sprang vom Bett und ging zu ihr.

»Bitte, Avery. Bitte, hör mir zu.« Ich versuchte, einen Arm um sie zu legen, aber sie wich zurück. »Du weißt nicht, was wirklich passiert ist.«

»Du auch nicht!«, schluchzte sie. »Und Jared hat kein Recht darauf, noch eine Chance zu bekommen, mit Adam zu reden. Ich will Antworten, Charlotte, aber nicht von Jared. Nicht mehr.« Sie wischte sich über die Augen. »Ich hasse dieses Gefühl. Ich hasse es, nichts zu wissen. Es ist die Hölle.«

Ich führte sie zurück zum Bett, wo sie sich auf die Matratze fallen ließ. Sie wirkte geschlagen, als hätte sie aufgegeben, so zu tun, als könne sie allein mit allem fertigwerden.

»Ich lebe die ganze Zeit in diesem Augenblick, dem letzten Mal, als ich ihn gesehen habe. Ich denke die ganze Zeit, wenn ich auf der Party geblieben wäre, dann wäre der Unfall nie passiert.«

»Du glaubst doch nicht wirklich, dass Jared den Unfall absichtlich herbeigeführt hat?«, fragte ich sanft.

»Zuerst habe ich es nicht geglaubt. Aber er hat mir in die Augen gesehen und es zugegeben. Er hat gesagt, er sei eifersüchtig auf Adam und seine Beziehung zu mir gewesen.« Sie seufzte. »Da ist noch etwas, Charlotte.«

Ich wartete, obwohl ein Teil von mir wusste, was sie gleich sagen würde.

»Als Jared mich damals bei dieser einen Gelegenheit geküsst hat, war ich nicht ganz unschuldig. Ich habe seinen Kuss erwidert.«

»Okay«, antwortete ich langsam. »Das ist nicht das Schlimmste auf der Welt.«

Avery wischte sich eine Träne aus dem Auge. »Es hätte nicht passieren dürfen. Adam war in Rom. Ich war einsam, und Jared war einfach … da, weißt du? Anschließend wollte er es Adam erzählen, aber ich habe ihn davon abgehalten.«

»Hört sich so an, als wolltest du vermeiden, Adam wehzutun«, sagte ich. »Ich denke, du hast das richtig gemacht. Ich meine, ein einziger bedeutungsloser Kuss in einem schwachen Moment sollte nicht alles kaputt machen.«

Avery schüttelte den Kopf. »Der Kuss war nicht bedeutungslos. Das ist ja das Problem.« Sie schaute zum Fenster hinüber. Ein gezackter Blitz erhellte den schwarzen Himmel. »Ich habe Adam geliebt, aber ich hatte auch Gefühle für Jared. Sie waren sich so ähnlich. Doch Adam war so beschäftigt gewesen mit dem College und den Stipendien. Wir hatten so wenig Zeit füreinander.«

»Empfindest du immer noch etwas für Jared?«

»Nein!«, antwortete Avery grimmig. Dann senkte sie den Blick. »Ich weiß es nicht. Vielleicht. Aber es gibt zu vieles, was ich nicht weiß. Ich will Antworten.«

»Die will Jared auch«, sagte ich. Plötzlich wusste ich, was geschehen musste. »Lass es uns probieren. Lass uns etwas in dieser Sache unternehmen. Morgen.«

Ich brauchte eine Weile, um Avery dazu zu überreden, sich mit mir und Jared und den anderen zu treffen. Sie wollte nicht im selben Raum mit ihm sein, geschweige denn an einem Tisch mit ihm sitzen. Aber ich wusste, dass es das Richtige war. Weder Avery noch Jared würden wirklich in der Lage sein, ihr Leben weiterzuleben, bevor die Dinge zwischen ihnen nicht geklärt waren. Vielleicht würden sie niemals wieder die Freunde sein, die sie einst gewesen waren, aber sie brauchten einander auch nicht ewig aus dem Weg zu gehen.

Schließlich versprach sie, ernsthaft darüber nachzudenken.

»Aber das war's dann«, warnte sie mich. »Ich will nicht dazu gezwungen werden, irgendetwas zu tun.«

Ich hatte mein Bestes versucht, und ich dachte, die Chance sei groß, dass Avery morgen tatsächlich auftauchen würde.

Wir gingen nach unten. Der Wind wurde heftiger und rüttelte an den Fensterscheiben. Shane stand an der Haustür und spähte hinaus.

»Ich dachte, ich hätte etwas gehört«, murmelte er.

Ich machte Avery und Shane miteinander bekannt und sie gaben sich die Hand. »Sie kommt morgen Abend vielleicht dazu«, sagte ich.

Er nickte. »Freut mich.«

Ich umarmte Avery schnell und öffnete die Haustür.

Dante sprang sofort in Averys Arme und vergrub sich wimmernd darin, was Shane und mich verblüffte.

»Was ist das?«, rief er.

Avery kicherte. »Das ist mein lieber kleiner Hund. Er hat nur Angst wegen des Gewitters.«

»Puh.« Shane lächelte. »Ich dachte schon, wir würden von Eichhörnchen-Mutanten angegriffen.« Er lachte. »Das wäre ziemlich cool.«

Wir verabschiedeten uns, und ich schaute zu, wie Avery den Hügel hinab nach Hause ging, Dante sicher geborgen in ihren Armen. Während sie immer kleiner und kleiner wurden, kam mir ein Gedanke. Ich schnappte nach Luft. Es war, als hätte sich ein Puzzlesteinchen an den richtigen Platz eingefügt.

Adam hatte ins Lenkrad gegriffen und so den Unfall verursacht. Er hatte versucht, etwas auf der Straße auszuweichen. Etwas Kleinem wie einem Eichhörnchen. Etwas, von dem er nicht wollte, dass Jared es Avery gegenüber erwähnte.

Dante.

18

In dieser Nacht schlief ich nicht. Stattdessen schaltete ich alle Lampen ein und sah fern, während Shane im Wohnzimmer einen Schlafsack ausrollte.

»Du kannst das Gästezimmer haben«, sagte ich ihm, aber er schüttelte nur den Kopf.

»Wenn du im Erdgeschoss bleibst, dann bleibe ich auch«, antwortete er. Insgeheim war ich froh darüber. Selbst nachdem Shane eingeschlafen war und zu schnarchen begann, fühlte ich mich besser, weil ich wusste, dass er in der Nähe war.

Ich rief Annalise an, während ich darauf wartete, dass meine Eltern von ihrem Besuch bei der Hellseherin zurückkamen. Ich wusste, dass meine Schwester abends lange aufblieb und es ihr nichts ausmachen würde.

»Ich habe tolle Neuigkeiten!«, kreischte sie.

»Du hast Charlotte Pickens gefunden und ich kann meine Stalkergeister loswerden?«

»Oh. Nicht direkt, aber wir kommen der Sache näher.«

»Wir?«

»Das sind ja meine tollen Neuigkeiten. Ich habe jemanden kennengelernt!«

Sein Name war Mills, und er war ein Collegeabsolvent, der in der Bibliothek arbeitete und Annalise bei ihren Recherchen geholfen hatte. Sie beschrieb ihn als hochgewachsen und schlaksig mit Brille.

»Du weißt ja, wie sehr ich Männer mit Brille liebe.« Sie seufzte.

Ich wusste es. Meine Schwester hätte mit jedem Jungen ausgehen können, den sie haben wollte, aber sie hatte schon immer eine Schwäche für schüchterne, unsportliche Jungs. Wenn sie die Wahl zwischen einem Footballstar und dem Vorsitzenden des Schachclubs gehabt hätte, wäre die Entscheidung einfach gewesen. Ich verstand es irgendwie. Ich war mir nicht ganz sicher, auf welchen Typ ich stand. Ich hatte gehofft, das bald herauszufinden, aber meine Zeit wurde zwischen der Arbeit für die Schule und dem Übernatürlichen aufgebraucht.

Ich ließ Annalise noch ein bisschen schwärmen, wie klug und süß und sensibel Mills sei, bevor ich sie über alles ins Bild setzte, was sich in den vergangenen vierundzwanzig Stunden ereignet hatte. Ich fing an mit den Geistern in der Küche und hörte damit auf, was ich über Jareds Geheimnis herausgefunden hatte.

»Wow«, sagte Annalise, als ich fertig war. »Das ist

starker Tobak. Warum hast du mich die ganze Zeit über meinen neuen Freund reden lassen?«

»Es freut mich zu hören, dass du glücklich bist.«

»Danke.« Annalise schwieg für einen Moment. »Okay. Kommen wir zur Sache. Ich habe Informationen für dich. Hast du einen Stift?«

Mills hatte nach Alanzo de Paula gesucht, aber nichts gefunden. Er war zu dem Schluss gekommen, dass Alanzo wie so viele Immigranten irgendwann seinen Namen geändert hatte. Das war eine kluge Annahme, und er hatte Informationen über einen Alan Paul entdeckt, der 1887 eine Frau namens Charlotte geheiratet hatte.

»Mills hat Besitzurkunden gefunden, die beweisen, dass sie eine Weile in Ohio gelebt haben«, berichtete Annalise. »Und sie hatten eine Tochter namens Elizabeth.«

Ich notierte mir alles, was Annalise mir erzählte. Es schien alles zusammenzupassen. »Was ist aus ihnen geworden?«, fragte ich.

»Wir sind noch nicht sicher. In Ohio sind keine Sterbeurkunden von ihnen zu finden, daher müssen sie irgendwo anders hingezogen sein.«

Mir fiel das Schiff ein und dass Charlotte und ihre Tochter Trauerkleidung getragen hatten. »Vielleicht sind sie nach Italien gegangen«, sagte ich. »Alanzo ist als Erster gestorben. Vielleicht hat er darum gebeten, dass sie ihn in seinem Heimatland beerdigen.«

»Okay. Wir bleiben dran.« Ich konnte Annalise etwas tippen hören.

»Was ist mit den Eltern? Wissen wir, wo sie begraben wurden?«

»Noch nicht. Mills glaubt nicht, dass sie in Charleston gestorben sind.«

Ich seufzte. »Also haben wir keine Ahnung, wo irgendeiner von diesen Leuten ist, aber wir sollen sie alle zusammenbringen? Na wunderbar.«

»Wir sind noch nicht fertig. Wir finden das noch raus. Gib nicht auf, okay?«

Ich versprach Annalise, dass ich versuchen würde, optimistisch zu bleiben, aber ich hatte das Gefühl, als würden wir jedes Mal, wenn wir der Lösung des Rätsels einen Schritt näher kamen, wieder am Anfang landeten.

Ein paar Minuten später fuhr der Wagen meiner Eltern in die Einfahrt. Ich verabschiedete mich von Annalise und bat sie anzurufen, sobald sie irgendetwas herausfand.

Meine Eltern sahen vollkommen erschöpft aus, als sie durch die Tür kamen, und mir wurde klar, dass sie seit gestern überhaupt nicht geschlafen hatten. Dad nickte mir nur zu und ging nach oben, während Mom neben mir auf dem Sofa zusammenbrach.

»Harter Tag, hm?«, fragte ich.

Sie schloss die Augen und lächelte. »Das kann man wohl sagen.«

»Was habt ihr herausgefunden?«

»Dass dein Vater so gut wie kein Konzept duldet, das nicht allein auf Wissenschaft basiert.«

Ich lachte. »Ich dachte, das wüsstest du bereits.«

Mom öffnete die Augen und rieb sich den Nacken. »Ich dachte, Beth hätte uns echte Erkenntnisse geliefert«, antwortete sie. »Sie weiß Dinge, aber wichtiger noch, sie versteht Dinge.«

Mom erklärte, dass die Hellseherin davon überzeugt sei, dass uns die Zeit davonlief, um die Zeremonie des Zirkels der Sieben zu vollziehen. Es hatte etwas mit der Verbindung zwischen den Pickens und mir zu tun. Beth hatte den Eindruck, dass sie schwächer wurden, wahrscheinlich weil sie all ihre Energie einsetzten, um mit uns zu kommunizieren. Wenn die Pickens nicht bald erlöst wurden, sagte Beth, würden sie vielleicht für immer unter den Lebenden weilen.

Ich erzählte Mom, was Annalise über die Namensänderung herausgefunden hatte und dass ich vermutete, Charlotte Pickens sei wahrscheinlich mit ihrer Tochter zu Alanzos Beerdigung nach Italien gereist.

»Das klingt nachvollziehbar.« Mom gähnte. »Ich denke, wir sind auf der richtigen Spur.«

»Der Zirkel der Sieben«, murmelte ich. Ich überlegte, wer dazugehören würde: Mom, Dad, Shane, ich, Annalise und ihr neuer Freund. »Wir brauchen noch jemanden«, sagte ich Mom, die ganz schlaftrunken aussah. »Kann Beth mitmachen?«

»Ich habe sie bereits gefragt. Sie wird es versuchen, aber sie wohnt einige Stunden von hier entfernt«, nuschelte Mom. »Sie schafft es vielleicht nicht, rechtzeitig zu kommen, wenn wir sie brauchen.«

»Oh.« Ich wollte noch mehr Fragen stellen, aber Mom brauchte Schlaf. Ich stand auf, damit sie sich hinlegen konnte. Ich deckte sie zu und schaltete die Lampe neben dem Sofa aus.

Ich war hellwach. Das Gewitter war durchgezogen, aber es regnete immer noch leicht. Ich stand eine Weile auf der Veranda und schlang mir die Arme um die Brust. Es fühlte sich gut an, die vom Regen gereinigte Luft einzuatmen, die nach Erde roch. Die nasse Straße glänzte im orange-farbenen Schein der Straßenlaternen, und das leise, stetige Trommeln der Regentropfen entspannte mich.

Nach einer Weile wurde mir kalt und ich ging wieder ins Haus. Als ich die Tür abschließen wollte, klopfte jemand von der anderen Seite leise an. Mit hämmerndem Herzen zuckte ich zusammen und schaute zum Esszimmer hinüber, wo Mom tief und fest schlief. Ich hörte Shane im Wohnzimmer schnarchen. Wenn ich schrie, kämen sie wahrscheinlich herbeigelaufen. Es klopfte abermals leise.

»Charlotte«, flüsterte jemand. »Ich bin es, Jared. Mach auf.«

Ich öffnete die Tür einen Spaltbreit. »Jared? Was machst du hier?«

»Können wir reden?«

Ich trat auf die Veranda und schloss lautlos die Tür hinter mir. »Bist du irre? Es ist nach zwei Uhr morgens.«

Jared war vollkommen durchnässt. Er fuhr sich mit der Hand durch sein feuchtes Haar und schob es sich aus dem Gesicht. Mit dunklen Ringen unter den Augen und einer Haut, die ausgemergelt wirkte, sah er aus, als sei er schwer krank gewesen. Er schob die Hände in seine Jacke und trat einen Schritt zurück.

»Ich war spazieren«, erklärte er. »Ich bin nicht absichtlich hierhergekommen. Ich gehe gern nachts spazieren, besonders bei Regen, und bin zufällig hier gelandet.«

»Setzen wir uns«, schlug ich vor. Ich machte mir Sorgen um ihn. Er sah zu dünn aus, zu bleich. Ich hatte ein bisschen Angst, dass er gleich hier auf der Veranda umkippen würde. Wir nahmen auf der obersten Treppenstufe Platz, die nur ein wenig feucht vom Regen war, und schauten auf die leere Straße. Ich wartete darauf, dass Jared etwas sagte.

»Ich wollte dir dafür danken, dass du mir hilfst«, begann er. »Das bedeutet mir viel.«

»Ich kann dir nicht garantieren, dass morgen Abend irgendetwas passieren wird.«

Er nickte. »Ich will es einfach nur versuchen.«

Ich wusste, dass er das nur meinetwegen sagte. Jared hatte große Erwartungen an unsere Zusammenkunft. Er wollte sich unbedingt mit Adam in Verbindung setzen, und er betrachtete dies als die einzige Möglichkeit, die Last des Geheimnisses, das er hütete, loszuwerden.

»Ich weiß, was in jener Nacht passiert ist«, sagte ich. »Ich weiß, dass Adam versucht hat, Dante auszuweichen.«

Jared zuckte zusammen, wandte den Blick jedoch

nicht von der Straßenlaterne auf der anderen Seite ab. »Wie bist du draufgekommen? Weiß es Avery?«

»Nein, Avery weiß es nicht. Ich bin allein draufgekommen.«

»Adam hat Avery vor zwei Jahren diesen Hund zum Geburtstag geschenkt«, erzählte er. »Ich war mit beiden in der Tierhandlung. Und ich habe den Witz gemacht, dass wir auch ein Hamsterrad kaufen sollten, weil der Hund so klein war.« Er drehte sich zu mir um. »Du darfst es ihr nicht sagen, Charlotte. Sie wird sich selbst die Schuld geben. Aber genau das sollte sie nicht.«

»Nun, du solltest das auch nicht. Außerdem dachte ich, du wolltest es schaffen, dein Versprechen Adam gegenüber zu brechen. Ich dachte, du wolltest Avery die Wahrheit über den Unfall sagen.«

Er strich sich abermals sein nasses Haar aus dem Gesicht. »Ich weiß nicht, was ich will.«

Wir saßen eine Zeitlang schweigend da. Der Regen ging langsam in ein feines Nieseln über. Die Häuser in der Straße waren vollkommen dunkel. Alle normalen Menschen schliefen in ihren warmen Betten.

»Avery hat mir außerdem von dem Kuss erzählt«, brach es aus mir heraus. »Ich höre immer wieder, dass du und Adam ihretwegen gestritten habt. Hast du es ihm erzählt?«

Jared schüttelte den Kopf. »Das war nicht der Grund für unseren Streit. Ich halte meine Versprechen, Charlotte. Ich habe es ihm niemals erzählt. Aber ich wollte es. Will es immer noch.«

»Also, worüber *habt* du und Adam in jener Nacht gestritten?«

»Er wollte sein Footballstipendium sausen lassen und auf das hiesige College gehen, damit er in Averys Nähe blieb. Ich habe ihm gesagt, das sei ein Fehler. Ich habe ihm gesagt …« Er senkte den Blick. »Ich habe ihm gesagt, sie sei es nicht wert. Und dass er doch wohl mal ein Jahr ohne sie leben könne.«

»Oh.«

»Klingt übel, nicht wahr? Vor allem jetzt.«

»Klingt so, als wärst du einfach ehrlich gewesen«, antwortete ich.

»Nun, er hatte sich entschieden. Aber er hatte es noch niemandem erzählt. Ich habe immer noch versucht, es ihm auszureden, als wir den Unfall hatten.«

Wir verstummten wieder, aber es war kein unangenehmes Schweigen, jeder wusste vom anderen, dass er nachdachte. Ich überdachte alles, was Jared mir erzählt hatte, und versuchte, die richtigen Worte zu finden.

»Ich glaube, ich weiß, was du willst«, sagte ich schließlich.

Er schaute auf. »Was meinst du?«

»Du hast gesagt, du wüsstest nicht, was du willst, aber ich vermute, was du wirklich willst, ist Vergebung. Allerdings glaube ich nicht, dass du irgendetwas getan hast, das vergeben werden muss.«

Zunächst antwortete er nicht. Stattdessen lehnte er sich auf den Stufen zurück und starrte weiter auf die Straße. Ich fragte mich, wann er das letzte Mal geschlafen hatte. Die Ringe unter seinen Augen legten die Vermutung nahe, dass es eine Weile her war.

»Als ich aus dem Krankenhaus kam, ging ich oft zu Adams Haus und schaute zu seinem Zimmer hoch. Manchmal rief ich ihn auf seinem Handy an, nur um seine Stimme zu hören.«

Ich hob den Blick. Dasselbe hatte Avery getan. Avery und Jared waren beide sehr gut mit Adam befreundet gewesen. Jetzt empfanden sie beide eine große Trauer.

Jared redete weiter. »Ich habe sogar einmal sein Schließfach aufgebrochen, auf der Suche nach etwas, irgendetwas. Einem Zeichen, schätze ich.«

»Was für ein Zeichen?«

»Ein Zeichen, dass es Zeit für ihn wurde zu gehen. Ein Zeichen, dass es so enden sollte.«

»Hast du was gefunden?«

Er lächelte traurig. »Ich suche immer noch.«

Wir blieben noch eine ganze Stunde auf der Veranda. Wir sprachen nicht viel, aber das war okay. Es gefiel mir, neben ihm zu sitzen. Ich warf immer wieder verstohlene Blicke in seine Richtung. Trotz seines verhärmten Äußeren war Jared immer noch attraktiv. Ich konnte verstehen, warum Avery seinen Reizen erlegen war. Und da war etwas an seiner Entschlossenheit, die Dinge in Ordnung zu bringen, das in mir den Wunsch weckte, ihm zu helfen. Er war ein guter Typ, und gute Typen waren rar.

Als es endlich aufhörte zu regnen, stand Jared auf, dankte mir dafür, dass ich mit ihm geredet hatte, und machte sich auf den Heimweg. Ich sah ihm eine Weile nach, wie er humpelte und den Kopf gesenkt hielt, und ich wünschte mir, ich könnte sein Leben etwas besser machen. Vielleicht, dachte ich, würde das Treffen mit Avery helfen. Vielleicht wäre morgen um diese Zeit alles besser.

Aber vielleicht wäre alles nur noch viel komplizierter.

19

Der Parkplatz vor Giuseppe's war vollgestopft mit Autos und Menschen; Kellner verteilten gratis Pizzastücke. Unser schwarzer Van mit dem silbernen »Zweifel«-Schriftzug parkte in der Mitte. Die Menschen scharten sich um den Wagen, und Shane posierte glücklich für Fotos, während Mom Autogramme gab. Ich hielt mich am Rand des Geschehens, beobachtete die Menge und wartete, dass meine Freunde kamen.

Shane und Mom hatten gemeinsam mit dem Besitzer von Giuseppe's alles hergerichtet. Der Deal war, dass wir Autogramme geben und Kundschaft anlocken würden und als Gegenleistung nach Ladenschluss zwei Stunden das Restaurant für uns hätten. Mom würde das Reden übernehmen und die Sitzung leiten, während Shane, Noah und ich die Technik bedienten. Dad war zu Hause, um an dem Pickens-Problem zu arbeiten, und hatte versprochen, uns anzurufen, falls er irgendetwas herausfand.

Als es anfing zu dämmern und die Menschenmenge etwas kleiner wurde, entdeckte ich Noah und winkte ihm zu.

»Hier!«, brüllte ich.

Noah winkte zurück und kam in meine Richtung, gefolgt von einer dunkelhaarigen Frau in einer Lederjacke und einem Arm voller Bücher.

»Das ist meine Mom«, stellte er sie vor.

Ich war verblüfft, wie jung sie aussah, dann erinnerte ich mich, dass sie noch ein Teenager gewesen war, als sie ihre Kinder bekommen hatte.

»Nenn mich Trisha«, sagte sie lächelnd, während sie die kleine, aber lärmende Menschenmenge betrachtete. »Das ist so aufregend! Ich habe all meine Bücher mitgebracht, um sie signieren zu lassen.« Sie drehte sich wieder um und sah mich an. »Noah redet ständig von dir. Ich bin so froh darüber, dass er ein nettes Mädchen kennengelernt hat! Und noch dazu eine Berühmtheit!«

»Mom!« Noah wirkte beschämt. Seine Wangen wurden leuchtend rot und er sah mich Hilfe suchend mit großen Augen an.

»Ich bin keine Berühmtheit«, erklärte ich.

»Oh, ich denke, all diese Leute sehen das anders.« Sie lächelte mich an. »Okay, ich ziehe dann mal los, um meine Bücher signieren zu lassen. Wir sehen uns in ein paar Minuten, Schätzchen.« Sie küsste Noah auf seine immer noch gerötete Wange und ging auf den Van zu.

»Tut mir leid«, stammelte Noah und starrte auf das Pflaster. »Ich brauchte jemanden, der mich herfährt, und sie ist wirklich ein großer Fan. Ich rede nicht ständig über dich. Sie war nur aufgeregt und …«

»Hey, ich weiß alles über peinliche Eltern«, unterbrach ich ihn. »Wenigstens fährt deine Mom nicht mit einem Van mit der Aufschrift ›Zweifel‹ durch die Gegend.«

Er zuckte mit den Schultern und blickte weiter auf den Parkplatz.

»Ich habe mich noch gar nicht bedankt, dass du uns hilfst«, fügte ich hinzu, entschlossen, dafür zu sorgen, dass Noah sich wieder wohlfühlte. »Ich bin wirklich froh, dass du hier bist.«

Ich erzählte ihm alles über meine Besuche am Vortag, sowohl von Avery als auch von Jared. Noah hörte zu, nickte bisweilen und runzelte die Stirn, als versuche er, das alles zu verstehen. Ein Teil von mir wollte von den Geistern der Pickens erzählen, aber ich wusste, dass es zu lange dauern würde.

»Klingt so, als täten wir dies gerade noch rechtzeitig«, bemerkte er, als ich zum Ende kam. »Ich meine, sie brauchen das wohl beide, um weitermachen zu können.«

»Aber ich will ihnen keine falsche Hoffnung machen. Ehrlich gesagt glaube ich nicht, dass heute Abend etwas passieren wird.«

»Es ist keine falsche Hoffnung«, widersprach Noah. »Es ist Hoffnung, schlicht und ergreifend. Und vielleicht wird nichts mit Adams Energie geschehen, aber es könnte etwas anderes passieren, etwas, das Avery und Jared in irgendeiner Weise helfen wird.«

Ich wollte, dass Noah recht behielt. Ich wollte die Dinge für meine Freunde besser machen, nicht schlimmer. Ich hatte Angst, dass der Versuch, Verbindung zu Adam aufzunehmen, beiden nur weiteren Kummer bereitete. Als nach einer weiteren Stunde die Zuschauer langsam aufbrachen, zog sich mein Magen vor Nervosität zu einem Klumpen zusammen.

Endlich fuhr Shane den Van neben den Eingang von Giuseppe's und begann die Ausrüstung auszuladen. Noah und ich gingen hinüber, um ihm zu helfen. Seine Mom redete mit Shane und wirkte ehrlich aufgeregt.

»Mom? Du kannst mich in zwei Stunden abholen«, sagte Noah.

»Oh, Schätzchen! Gute Neuigkeiten! Shane meint, ich könne bleiben und zuschauen. Ist das nicht toll?« Sie sah Shane mit einem bewundernden Blick an. Shane seinerseits strahlte. Offensichtlich genoss er die Aufmerksamkeit. Sie waren ungefähr im selben Alter, stellte ich fest, und Trisha war hübsch. In ihrer Lederjacke und den Bootcut-Jeans sah sie nicht aus wie eine typische Mom.

»Klasse«, murmelte Noah. Er funkelte Shane an, der es nicht bemerkte, weil er den Blick nicht von Trisha losreißen konnte. Ich sah Avery in eine Lücke am anderen Ende des Parkplatzes einbiegen. Aber sie stieg nicht aus, sondern saß einfach nur da, die Hände auf dem Lenkrad. Ich ging zu ihrem Wagen und überließ es den anderen, sich um den Aufbau der Technik zu kümmern. Als ich an ihr Fenster klopfte, erschrak sie. »Avery?«

Sie öffnete die Tür, blieb aber sitzen, und ihre Autoschlüssel baumelten in der Zündung. »Hey, Charlotte.«

Ich hockte mich hin, sodass ich ihr direkt in die Augen sah. »Bist du bereit?«

»Ich weiß nicht.«

»Meine Mom hat das schon hundertmal gemacht«, versicherte ich ihr. »Sogar tausendmal. Wenn irgendetwas zu seltsam wird, beendet sie es. Wenn du dich unbehaglich fühlst, hören wir auf. Aber es wird alles gut werden, ich verspreche es.«

Sobald ich das gesagt hatte, wünschte ich, ich hätte es nicht getan. Ich gab nicht leichtfertig Versprechen, und dies war eins, bei dem ich mir nicht sicher war, ob ich es halten konnte. Aber es funktionierte. Avery nickte und stieg aus und wir gingen gemeinsam in das Restaurant.

Das Erste, was mir auffiel, war die Dunkelheit drinnen. Die meisten Lampen waren ausgeschaltet worden und nur ein paar trübe Wandstrahler beleuchteten die Backsteinwände. Nach einigen Sekunden gewöhnten meine Augen sich an die Dunkelheit, und ich führte Avery in die Mitte des Restaurants, wo Shane Noah zeigte, wie man mit der Hauptkamera umging.

»Ich habe mal so eine im Unterricht bedient«, erklärte Noah.

Shane lachte. »Ich wette, keine so schöne. Pass auf, dass du auf keinen von diesen drückst.« Er deutete auf einige Tasten an der Seite. Noahs Mutter stand in der Nähe und lächelte selig.

»Kommt rüber, Mädchen!« Mom stand vor einer Sitzecke auf der anderen Seite des Raums. Avery griff nach meiner Hand und ich drückte ihre. Als wir die Nische erreichten, sah ich, dass Jared bereits da war, die Hände ordentlich auf dem Tisch gefaltet.

»Avery, ich möchte, dass du Jared gegenüber Platz nimmst«, wies Mom sie an. »Charlotte, dich will ich an der Wärmebildkamera. Du kannst dich hier hinsetzen.«

Sie wies mich an, auf einem Stuhl Platz zu nehmen, der zwar an der Seite stand, mir aber trotzdem einen guten Blick auf den Tisch ermöglichte.

Ich schaltete die Kamera ein und hielt sie hoch, um die Messungen zu überprüfen. Wärmebildkameras zeigen Temperaturen mit Farben an. Der Tisch, an dem Avery und Jared saßen, erschien als ein dumpfes Grün auf meinem Bildschirm, während Avery und Jared selbst leuchtend rot dargestellt waren mit Umrissen in Orange und Gelb. Ich bewegte die Kamera, um sicherzugehen, dass die Raumtemperatur insgesamt innerhalb der Norm lag. Die Pizzaöfen leuchteten rot auf meinem Bildschirm, was logisch war, denn sie waren erst vor einer knappen Stunde ausgeschaltet worden, aber es gab keine kalten Stellen oder sonst irgendetwas Anormales in dem Restaurant.

»Sieht gut aus«, verkündete ich.

Mom unterhielt sich leise mit Avery und Jared und erklärte ihnen den Ablauf. Noah stand hinter der Hauptkamera, während Shane ein EMF-Messgerät in der Hand hielt, das er über den Tisch schwenkte, um eine Grundmessung des elektromagnetischen Felds zu bekommen. Trisha stand direkt hinter ihm, und ich ertappte Noah einige Male dabei, dass er zu ihr hinüberschaute, sichtlich verärgert.

Nachdem alles aufgestellt und überprüft worden war, fingen wir an. »Wir sind heute hier, um in Kontakt mit jeglicher Energie zu treten, die vielleicht mit uns kommunizieren will«, begann Mom. Sie zog sich einen Stuhl heran und setzte sich ans Ende der Sitzecke. Avery und Jared hatten die Augen geschlossen, um sich zu konzentrieren, ihre Hände lagen gefaltet auf dem Tisch. Sie hatten weder Blickkontakt gehabt noch miteinander gesprochen, seit wir hier waren.

»Ist hier irgendjemand?«

Mom wartete. Sie wusste, dass der erste Teil des Verfahrens – irgendeine Art von Energie freizusetzen – für gewöhnlich am längsten dauerte. Wir schwiegen mehrere Minuten lang. Die Farben auf meiner Wärmebildkamera blieben konstant.

Mom sprach wieder und Avery rutschte auf ihrem Stuhl herum. Ihre Hände bewegten sich leicht und berührten beinah die von Jared. Plötzlich wechselten die Farben auf meinem Monitor von Rot und Gelb zu leuchtendem Orange. Das Orange wurde intensiver und verwandelte sich in einen Lilaton, den ich noch nie zuvor auf dem Gerät gesehen hatte.

»Ich denke, ich habe etwas«, verkündete ich.

»Ich auch«, sagte Shane. »Wir haben einen Ausschlag.«

Mom nickte und flüsterte Jared und Avery etwas zu. Sie öffneten die Augen, und für einen Sekundenbruchteil sahen sie einander direkt an. Genauso schnell wandte Avery den Blick ab und mein Monitor wurde wieder normal.

»Was ist so besonders an diesem Ort?«, fragte Mom.

»Wir sind früher immer nach den Spielen hierhergekommen«, antwortete Jared. »Wir haben immer hier gesessen, in dieser Nische. Adam gefiel es, weil er von hier aus die Pizzaöfen sehen konnte.«

Avery lächelte. »Er hat immer die verrücktesten Kombinationen bestellt, wie Peperoni und Ananas.«

»Oder Thunfisch und Bananenchili«, fügte Jared hinzu.

Die eigenartige lila Farbe sickerte in die Ecken meines Monitors zurück. Sie war wie ein Nebel, der Avery und Jared umgab. »Redet weiter«, forderte ich sie auf. »Da passiert etwas.«

Mom kam herbei und stellte sich hinter mich, um auf den Monitor zu schauen, während Jared eine Geschichte darüber erzählte, wie er Adam einmal dazu herausgefordert hatte, eine ganze große Pizza allein zu essen.

»Er hat sie einfach wie eine Tortilla zusammengeklappt und drauflos gefuttert«, sagte Jared mit einem kleinen Lächeln auf dem Gesicht.

»Daran erinnere ich mich.« Avery kicherte. »In den nächsten zwei Wochen konnte er keine Pizza mehr sehen.«

»Interessant«, murmelte Mom hinter mir. Sie kehrte

in die Nische zurück. »Okay, wir bekommen einige gute Messungen. Ich möchte, dass ihr jetzt etwas für mich tut. Ich möchte, dass ihr euch an den Händen haltet.«

Avery wirkte schockiert, während Jared mit einem gequälten Gesichtsausdruck dasaß. Mom kniete sich neben den Tisch.

»Ich denke, ihr könnt eine stärkere Verbindung bilden, wenn ihr das tut. Das wird helfen.«

Avery nickte langsam und griff nach Jareds Händen. Sie hielten beide den Blick gesenkt, und ich konnte erkennen, dass ihre Hände sich nur ganz leicht berührten. Sobald sie sich berührten, wurde mein Bildschirm in Lila getaucht.

»Noch ein Ausschlag«, erklärte Shane.

»Und jetzt schließt wieder die Augen«, wies Mom Avery und Jared an. Sie gehorchten. »Jetzt stellt euch Adam vor. Denkt an den letzten Tag, an dem ihr ihn gesehen habt.«

Ihre Stimme war beinahe hypnotisch. Sie war ruhig und sicher und ich wusste, dass sie die beiden damit irgendwo hinführte. »Ich möchte, dass ihr direkt zu Adam sprecht«, fuhr Mom fort. »Was würdet ihr sagen, wenn ihr wüsstet, dass er euch jetzt hören kann?«

Avery sprach als Erste. »Es tut mir leid, dass ich dir nicht gesagt habe, dass ich dich liebe, als ich dich das letzte Mal gesehen habe.« Ihre Stimme war leise. »Es tut mir leid, dass ich zu sehr mit mir selbst beschäftigt war, um daran zu denken, dich zu umarmen oder dich ein letztes Mal richtig anzusehen.«

»Aber du hast damals nicht gewusst, dass es das letzte Mal sein würde«, wandte Jared sanft ein.

Die lila Farbe auf meinem Monitor wurde noch intensiver. Das ergab keinen Sinn für mich. Ich überprüfte die Seitenleiste, um festzustellen, für welche Temperatur Lila stand, aber in dem Sekundenbruchteil, in dem ich den Blick vom Bildschirm nahm, veränderte die Farbe sich abermals, diesmal in Türkisgrün. Ich trat einen Schritt zurück, weil ich dachte, die Kamera habe eine Störung und müsse neu justiert werden. Normalerweise gab es leichte Veränderungen, wie zum Beispiel von Hellrot zu Dunkelrot. Aber mein Monitor wechselte von leuchtendem Orange zu Lila zu Blau, etwas, das ich noch nie erlebt hatte.

»Es tut mir leid, dass ich die letzten Momente deines Lebens damit verbracht habe, dich zu kritisieren«, sagte Jared gerade. Ich hörte kaum zu, denn meine Aufmerksamkeit war von der Wärmebildkamera gefesselt, auf der sich gerade ein verrücktes, wie gebatiktes Muster entfaltete.

Ich bewegte mich langsam auf Shane zu. »Ich fürchte, die ist kaputt«, flüsterte ich.

Er schaute herüber. »Donnerwetter. Das EMF-Gerät muss ebenfalls im Eimer sein. Diese Messungen sind alle völlig chaotisch.«

»Jetzt möchte ich, dass ihr Adam sagt, was ihr von ihm wollt«, sprach Mom weiter. »Was braucht ihr?«

»Ich muss wissen, dass es ihm gut geht«, antwortete Avery. »Ich muss wissen, dass er versteht, dass ich ihn liebe und dass ich ihn jeden Tag vermisse. Und er muss mir verzeihen, dass ich Jared geküsst habe.«

»Ich brauche …« Jared brach ab. Er schien mit sich zu ringen, was er sagen sollte. »Ich brauche auch seine Vergebung. Und ich muss Avery erzählen dürfen, was in dieser Nacht passiert ist. Ich habe Adam versprochen, es nicht zu tun. Ich muss dieses Versprechen brechen dürfen.«

»Was meinst du damit, du hast Adam etwas versprochen?«, fragte Avery. Sie umklammerte Jareds Hände und die verrückten Farben auf meinem Monitor intensivierten sich. »Bitte, sag es mir. Ich muss es wissen.«

Jared legte langsam die Geschichte offen. Er zögerte an manchen Stellen, aber schließlich hatte er alles auf den Tisch gelegt: seinen Streit mit Adam darüber, das Stipendium abzulehnen, und die Tatsache, dass Adam ihm ins Lenkrad gegriffen hatte, um Dante auszuweichen, und schließlich Adams letzte Bitte an Jared, Avery nicht zu erzählen, was wirklich passiert war.

Als Jared fertig war, sah er Avery direkt an. Sie weinten beide. Ich sah die Tränen über ihre Gesichter laufen, aber sie hielten sich weiter an den Händen.

»Danke, dass du es mir erzählt hast«, sagte Avery. »Ich weiß, dass das schwer für dich war.«

»Ich will nicht, dass du dich dafür verantwortlich fühlst. Es war nicht deine Schuld.«

Avery nickte und senkte den Blick, erwiderte jedoch nichts. Jared beugte sich vor, und ich sah, dass er Averys Hände drückte.

»Ich meine es ernst«, betonte er. »Es war *nicht* deine Schuld.«

»Wenn ich vorsichtiger mit Dante gewesen wäre, wenn ich dafür gesorgt hätte, dass er an diesem Tag nicht aus dem Haus kam …«

»Hör mir zu. Es gibt nichts, was du hättest tun können. Ich saß mit ihm im Wagen und ich konnte nichts tun.« Jareds Stimme versagte fast bei diesem letzten Satz, und ich fragte mich, ob es das erste Mal war, dass er die Wahrheit laut ausgesprochen hatte.

Avery sah ihn an.

»Es war ein furchtbarer Unfall. Es war auch nicht deine Schuld. Ich hoffe, du weißt das.«

»Jetzt ja.«

Sie sahen einander an und keiner von ihnen wollte den anderen loslassen. Auf meinem Bildschirm blitzten ein Dutzend verschiedene Farben auf, bevor er sich abrupt von selbst ausschaltete.

»Ich habe keine Ahnung, was gerade passiert ist«, sagte ich zu Mom, »aber ich denke, es wird Zeit für eine neue Kamera.«

Mom lächelte. »Vielleicht ist es einfach Zeit, unsere Daten auf eine neue Weise zu betrachten.«

»Denkst du, Adam war tatsächlich hier?«, fragte ich. Ich schaute zu Avery und Jared hinüber, die miteinander redeten. »Ich meine, ich habe nicht gedacht, dass seine Energie nach seinem Tod zurückbleiben würde. Es ergibt keinen Sinn.«

»Oh, ich glaube nicht, dass es Adams Energie war«,

erwiderte Mom, während sie die Wärmebildkamera überprüfte. »Ich glaube, es war etwas ganz anderes.«

Avery und Jared waren immer noch so tief ins Gespräch versunken, dass sie uns gar nicht zu bemerken schienen.

Shane kam kopfschüttelnd herbei. »Das war verkorkst. Ich brauche wahrscheinlich einen Monat lang, um herauszufinden, was es war.« Er ging zu Noah und begann zusammen mit Trisha die Hauptkamera abzubauen.

»Also, was war es?«, fragte ich Mom.

»Hm?«

»Du hast gesagt, es sei nicht Adams Energie gewesen. Also, was war es?«

»Ich denke, es war eine andere Art von Energie im Spiel. Ich denke, die ist direkt von den beiden gekommen.« Sie deutete mit der Hand in Richtung von Jared und Avery. Die beiden lächelten einander an und irgendetwas versetzte mir einen Stich. Nicht direkt Eifersucht, aber irgendetwas an der Art, wie Jared Avery ansah, wie *innig* es war, machte mir bewusst, dass ich das auch für mich selbst wollte. Ich wollte jemanden, der mich so anschaute, jemanden, mit dem ich einen wahrhaft unglaublichen Moment teilen konnte. Ich fragte mich, wie lange ich noch darauf würde warten müssen.

Mom redete immer noch. »Ich weiß nicht, wie ich es nennen soll, aber was immer es war, es scheint mir eine gute Sache gewesen zu sein, findest du nicht auch?«

Ich brauchte eine klarere Antwort, etwas Eindeutigeres als »eine andere Art von Energie«. Bevor ich Mom jedoch weitere Fragen stellen konnte, wurde die Eingangstür von Giuseppe's aufgerissen, und Dad kam auf uns zumarschiert.

»Wir müssen fahren«, sagte er zu mir und Mom. Er war außer Atem und in seiner Stimme schwang ein hektischer Unterton. »Sofort.«

»Patrick, was ist los?«

»Alles. Die Zeit ist abgelaufen. Ich werde es auf dem Weg dorthin erklären.«

Er sah alle im Raum an und schien sie zu zählen. »Sieben. Okay, das müsste funktionieren«, murmelte er vor sich hin.

Mom legte Dad eine Hand auf den Arm. »Geht es dir gut?«

Er ignorierte sie und richtete das Wort an alle. »Wir brauchen eure Hilfe«, begann er. »Ihr müsst sofort mit uns kommen.«

»Wohin?«, fragte Trisha. Sie stand so dicht neben Shane, dass sie beinah auf ihm war.

»Nach Charleston. Wir müssen sofort aufbrechen. Ich werde es auf dem Weg dorthin erklären.« Er drehte sich wieder zu mir und Mom um. »Wir haben die Pickens gefunden. Alle drei. Aber es ist keine Zeit mehr zu verlieren. Wir müssen es heute Nacht tun.«

»Heute Nacht? Warum?« Ich hatte meinen Dad noch nie so ängstlich gesehen. Er schaute mich an und da war etwas Dunkles in seinen Augen. Furcht, dachte ich. Er fürchtete sich tatsächlich.

»Jetzt«, sagte er, während er einige der Ausrüstungsgegenstände einsammelte. »Die Zeit ist fast abgelaufen.«

»Woher weißt du das?«, fragte Mom.

Dad trug die Ausrüstung bereits durch die Vordertür, doch er hielt noch einmal an, um Moms Frage zu beantworten.

»Ich weiß es, weil sie es mir gesagt haben.«

20

Wenn Geister sprechen, hört man zu. Und wenn man es nicht tut – finden sie schon eine Möglichkeit, einen zum Zuhören zu *zwingen*.

Dafür brauchen sie keine Worte.

Ich sah selbst, was Dad so sehr erschreckt hatte, als wir kurz zu Hause anhielten, bevor wir nach Charleston fuhren. Mom sagte, sie brauche ihr Notizbuch, in dem all die Informationen standen, wie man eine Zeremonie des Zirkels der Sieben abhielt. Sie wollte außerdem, dass ich Annalises rosa Pullover anzog.

»Es hat schon einmal funktioniert«, erklärte sie. »Und ich möchte alles in unserer Macht Stehende tun, um eine Verbindung herzustellen.«

Wir hielten vor dem Haus, während Avery ihre Mom anrief, um ihr zu sagen, dass sie die Nacht über fortbleiben würde. Auch Jared rief seine Leute an, und natürlich war Noah bei seiner Mom, die auf dem Beifahrersitz neben Shane saß.

Ich war direkt hinter Mom, als sie die Haustür öffnete und keuchte.

»Oh nein.«

»Was ist los?« Ich reckte den Hals, um etwas zu sehen.

»Bleib hier, Charlotte. Ich hole, was wir brauchen.«

Sie ging hinein und schloss die Tür hinter sich, aber ich öffnete sie einen Spaltbreit und spähte hinein. Die ganze untere Etage sah aus, als sei sie durchsucht worden. Umgekippte Stühle und Papiere lagen auf dem Boden in der Diele verstreut. Ich zog die Tür weiter auf und machte einen Schritt hinein. Um die Ecke entdeckte ich die scharfen Splitter einer Lampe auf dem Teppich. Das Sofa, auf dem ich im letzten Monat geschlafen hatte, stand mitten im Raum, seltsam unversehrt.

Ich wollte den Schaden im Wohnzimmer begutachten und hoffte, dass unsere Computer verschont geblieben waren. Doch sobald ich einen Schritt vorwärts tat, rammte sich etwas in meine Brust. Es war, als hätte mir jemand mit beiden Händen einen Stoß versetzt. Ich fiel rückwärts und schlug mir den Kopf an der Wand an.

Benommen sah ich mich um. Mom kam mit ihrem Notizbuch und dem Pullover die Treppe heruntergelaufen. »Charlotte? Was ist passiert? Alles okay?«

»Jemand hat mir einen Stoß versetzt«, antwortete ich und rappelte mich hoch. »Es geht mir gut.«

»Wir müssen hier weg.« Mom führte mich aus dem Haus auf die Veranda. »Wir dürfen nicht eher zurückkommen, bis diese Sache erledigt ist.«

»Was ist, wenn etwas schiefgeht? Was, wenn wir die Zeremonie nicht richtig durchführen können?«

Wir erreichten den Van und Mom zog die Schiebetür auf. »Darum werden wir uns dann kümmern, wenn es notwendig ist«, entgegnete sie. »Shane, bleib in unserer Nähe. Wir werden unterwegs einmal anhalten.«

Wir hatten beschlossen, mit zwei Autos zu fahren. Mom und Dad würden voranfahren, während wir Übrigen uns in den Van zwängen würden, damit ich erklären konnte, worum es ging.

Ich quetschte mich auf den Sitz neben Noah und Mom schlug die Tür zu. Ganz hinten im Wagen befand sich unsere Ausrüstung und ließ gerade Platz genug für eine Sitzreihe. Sie war für drei Personen gedacht, daher hatten Jared, Avery, Noah und ich unsere liebe Not, es uns bequem zu machen. Ich saß praktisch auf Noahs Schoß, während Jared und Avery nebeneinandersaßen. Ich wollte sie danach fragen, was im Restaurant geschehen war, aber es war nicht der richtige Zeitpunkt.

»Ich glaube, in meinem Rücken steckt ein Sicherheitsgurt«, murmelte Noah, und wir lachten alle ein wenig, erleichtert darüber, dass sich die Anspannung löste.

Draußen war es dunkel. Ich schaute auf die Uhr auf dem Armaturenbrett und war überrascht, dass es bereits nach acht war. Ich wusste, dass die Fahrt nach Charleston zwei Stunden dauern würde, und machte mich auf eine lange Nacht gefasst.

»Ehm, Charlotte?« Shane sah mich im Rückspiegel an. »Ich denke, jetzt sollten alle erfahren, was los ist.«

»Oh, stimmt.« Alle waren still und warteten darauf, dass ich erklärte, warum wir diesen Abend über einen Highway rasten. »Ich weiß nicht, wo ich anfangen soll«, sagte ich, beinahe zu mir selbst.

»Fang am Anfang an, Kleine. Fang mit dem Courtyard Café an.«

Und so begann ich zu erzählen, wie Annalise und ich zum ersten Mal ins Courtyard Café kamen, und von all den Dingen, die anschließend geschehen waren. Ich berichtete auch von meinen Träumen und versuchte zu erklären, was ich über die Pickens erfahren hatte. Am Ende erzählte ich, dass mir jemand im Haus einen Stoß versetzt hatte. Niemand sagte etwas, bis ich fertig war.

»Diese Geister folgen dir also?«, fragte Avery. »Ich meine, denkst du, dass sie in diesem Moment hier bei uns sind, in diesem Van?«

»Darüber habe ich noch gar nicht nachgedacht«, gab ich zu. Wir drehten uns alle langsam um, als könnten wir zwei bleiche Geister hinter dem Sitz entdecken.

»Also, was meint ihr?«, fragte Shane. »Werdet ihr uns helfen?«

»Wir haben ihnen keine große Wahl gelassen«, murmelte ich.

»Ich bin dabei!«, rief Trisha. »Dieser Tag ist mit Abstand der aufregendste in meinem Leben!«

Ich drehte mich zu den anderen um und dabei streifte mein Haar Noahs Wange. »Ich weiß, dass ich viel verlange. Ich bitte euch, an etwas zu glauben, das, nun ja, unglaublich ist. Aber ich brauche eure Hilfe.«

Jared sprach als Erster. »Charlotte, du warst die einzige Person, die mir zugehört hat, als ich jemanden zum Reden brauchte. Wenn du Hilfe brauchst, werde ich tun, was immer ich kann.«

»Natürlich helfe ich«, ergriff Avery das Wort. »Ich weiß nicht, was bei Giuseppe's passiert ist, aber ich fühle mich anders. Auf eine *gute* Weise anders. Und das liegt an dir. Also ja, ich gebe dir Rückendeckung.«

»Ich auch«, stimmte Noah ein. »Sag mir einfach, was ich tun soll.«

Ich war ein wenig überwältigt bei dem Gedanken, dass ich umgeben war von Menschen, die sich bereit zeigten, mit mir ins Unbekannte zu reisen. Es war, als führte ich sie in eine Schlacht, von der ich mir nicht sicher war, ob wir sie gewinnen konnten. Jetzt, da die Pickens gezeigt hatten, dass sie in der Lage waren, sich so stark zu offenbaren, um physischen Schaden anzurichten, hatte ich wirklich Angst. Wenn wir scheiterten, würden sie mich dann auf ewig verfolgen, Dinge umherwerfen und mich zu Boden stoßen? Oder schlimmer noch, würden sie meine Mitstreiter körperlich verletzen?

Ein wenig später hielt Shane an einer Tankstelle und Mom kam zum Van.

»Okay. Charlotte, du wirst den Rest des Wegs mit deinem Dad fahren, damit er erklären kann, was wir gefunden haben. Ich fahre hier mit und bringe euch auf den neuesten Stand. Außerdem werde ich mit euch allen die Zeremonie durchgehen.«

Sie betrachtete unsere enge Sitzordnung und runzelte die Stirn. Noah stand mit mir auf. »Ich setze mich auf den Boden, Mrs Silver«, bot er an.

»Danke, mein Lieber.« Sie umarmte mich schnell. »Es wird alles gut, Charlotte. Es ist bald vorbei.«

Ich lief zum Wagen meiner Eltern und schlüpfte auf den Beifahrersitz. Dad fuhr los, bevor ich auch nur eine Chance hatte, mich anzuschnallen.

»Deine Mom sagt, du seist verletzt worden«, bemerkte er, als er auf den Highway einbog. Seine Stimme war streng.

»Jemand hat mir einen Stoß versetzt. Es war nicht schlimm«, antwortete ich. »Ich denke, sie haben versucht, mir zu sagen, dass ich das Haus verlassen soll, weißt du? Dass ich nach Charleston zurückkehren soll.«

Dad antwortete nicht. Er konzentrierte sich auf die Straße, aber er hatte die Zähne zusammengebissen, und ich wusste, dass er wütend war. Ich starrte auf die dunkle Straße vor mir. Es war nicht viel Verkehr, und ich ertappte mich dabei, dass ich ständig in den Seitenspiegel schaute, um mich davon zu überzeugen, dass der Van immer noch hinter uns war. War er. Ich fragte mich, was Mom den anderen erzählte, welche neuen Informationen bei meinem Dad ein solches Gefühl der Dringlichkeit ausgelöst hatten. Er war für gewöhnlich so gelassen und wissenschaftlich. Hatten die Pickens auch ihn angegriffen?

Nach einigen Minuten unbehaglichen Schweigens beschloss ich zu sprechen. »Was ist heute Abend passiert?«

Dad schüttelte den Kopf. »Ich weiß es nicht. Wirklich nicht.«

Er sagte, er habe am Computer gearbeitet, als Annalise wegen neuer Informationen angerufen habe. Sie und Mills hatten die Gräber der Pickens gefunden.

»Es gab da einen Fehler bei ihrer Grabinschrift«, erklärte Dad. »Den Unterlagen zufolge sind die Pickens während der Suche nach ihrer Tochter in Wisconsin gestorben. Man hat ihre Leichen nach Charleston transportiert, aber bei der Überführung hat jemand ihre Namen falsch geschrieben.«

»Aber sind sie auf jeden Fall in Charleston? Was ist mit Charlotte Pickens?«

»Hier wird es seltsam.«

Dad hatte also vorhin mit Annalise telefoniert und dabei auf Lautsprecher gestellt. Während sie über die Spur der Unterlagen sprach, der sie gefolgt waren, um Charlotte Pickens zu finden, geschahen im Haus Dinge. Eine Lampe ging aus, aber Dad vermutete, dass die Glühbirne einfach kaputt war. Dann sagte Annalise, sie glaubten, dass Charlotte nach Sizilien gereist war, nachdem ihr Mann in Ohio an einer Lungenentzündung gestorben war. In dem Moment hörte Dad, wie die Hintertür geöffnet und geschlossen wurde, und er dachte, einer von uns sei aus dem Restaurant zurückgekehrt. Als Annalise sagte, dass Charlotte in Sizilien gestorben war und die Familie ihres Mannes ihre Tochter großgezogen hatte, war alles explodiert.

»Es war, als hätte sich im Haus ein Tornado entwickelt«, berichtete Dad weiter. »Die Möbel verrutschten, Papiere flogen durch die Luft, und da war ein ständiges Dröhnen, als stampfe jemand mit dem Fuß auf – aber an der Wand. Ich habe noch nie erlebt, dass Energie sich so offenbart.«

»Glaubst du, dass all das einfach normale Energie ist?«, fragte ich. »Nach allem, was passiert ist, glaubst du da nicht, dass dies fortgeschrittener ist, *menschlicher* als alles, was du studiert hast? Es gibt Geister, Dad. Echte Geister.«

»Schätzchen, die Definition des Wortes ›Geist‹ ist so subjektiv …«

»Nicht für mich. Dies waren früher einmal echte Menschen und sie sind jetzt mehr als Restenergie. Wir haben es hier mit intelligenten Wesen zu tun.«

»Du klingst wie deine Mutter.« An der Art, wie Dad das sagte, merkte ich, dass er es nicht als Kompliment meinte, aber ich war zu wütend, um zu streiten. Wie konnte er so stur sein? Möbel waren ihm um den Kopf geflogen, und er benahm sich, als sei es einfach eine weitere wissenschaftliche Anomalie, etwas, das er später studieren und dessen Ursache er feststellen konnte.

»Du hast mir einmal erzählt, dass dir etwas widerfahren sei, das du nicht erklären konntest«, sagte ich. »Erinnerst du dich? Die Gestalt, die vor dir innegehalten und gesagt hat ›Entschuldigung‹?«

»Pardon.«

»Was?«

Dads Stimme war leiser. »Sie hat gesagt: ›Pardon.‹«

»Bist du je dahintergekommen, was das war?«

»Nein. Aber ich habe es versucht. Ich bin ein Dutzend Mal dort gewesen.«

»Du hast außerdem immer davon gesprochen, dass manche Dinge einfach eine Normalität seien, die wir noch nicht verstehen. Also müssen wir vielleicht eine Herangehensweise anwenden, die wir noch nicht verstehen, wie diese Zeremonie des Zirkels der Sieben.«

Dad schien während der restlichen Fahrt darüber nachzugrübeln. Rasch näherten wir uns der langen Brücke, die direkt in das Stadtzentrum von Charleston führte – und zu dem, was dort auf uns wartete.

21

Es funktionierte nicht. Wir probierten es bereits zum dritten Mal, hielten uns an den Händen, Mom trug die Zeremonienworte des Zirkels der Sieben vor, aber nichts geschah. Die Ausrüstung blinkte kaum, und die Zimmertemperatur im Courtyard Café zeigte konstante Werte auf der Wärmebildkamera. Mom blätterte in ihrem Notizbuch auf der Suche nach etwas, das ihr vielleicht entgangen war.

»Ich verstehe es nicht«, murmelte sie. »Ich befolge die Schritte ganz genau.«

Dad räusperte sich. »Dann ist es Zeit für Plan B?«

Mom funkelte ihn an. »Nein, Patrick, es ist *nicht* Zeit für Plan B.«

Plan B, wie Dad kurz erklärt hatte, als wir in Charleston angekommen waren, bedeutete, jeden Ausrüstungsgegenstand, den wir besaßen, aufzubauen und die Energie gegen uns aufzubringen. Manchmal brachte es schnelle Ergebnisse, wenn man mit Beleidigungen um sich warf. Doch es waren keine guten Ergebnisse, und nachdem wir die Macht gespürt hatten, derer die Pickens fähig waren, wollte ich sie nicht noch zorniger machen, als sie bereits waren.

Im Moment verließen wir uns im Wesentlichen auf Moms Worte, meine Stimme und einige Geräte, um Energieströmungen aufzufangen. Wir standen mitten im Café. Der Zirkel der Sieben hatte sich in der vergangenen Stunde fest an den Händen gehalten, und ich konnte an ihren erschöpften Gesichtern sehen, dass sie langsam die Konzentration verloren – ebenso wie die Hoffnung, dass wir irgendetwas erreichen würden.

»Wie wäre es mit einer kurzen Pause?«, fragte Annalise. »Der ein oder andere muss vielleicht mal auf die Toilette.«

Annalise und Mills hatten uns im Courtyard Café empfangen, das sie uns für den Abend reserviert hatten. Wir hatten nicht vor, die ganze Nacht dortzubleiben, aber bisher war nichts passiert.

Alle verließen den Raum für eine Pause, bis auf Mom und mich.

»Vielleicht ist die Zeit bereits abgelaufen«, meinte ich kläglich und ließ mich auf einen Stuhl fallen. »Vielleicht waren die Pickens zu schwach, um uns hierher zu folgen.«

»Das denke ich nicht«, antwortete Mom. »Ich denke, wenn wir unser Zeitfenster verpasst hätten, hätten wir es jetzt mit sehr zorniger Energie zu tun.«

Ich legte den Kopf auf den runden Tisch. Ich war

müde und besorgt und wollte einfach nur alles hinter mich bringen. Ich schloss die Augen und genoss es, das kühle, weiße Tischtuch an meiner Wange zu spüren. »Helft uns«, flüsterte ich.

In diesem Moment sah ich etwas ganz deutlich im Geiste vor mir. Es war ein flüchtiges Bild, das sekundenschnell aufblitzte, aber als ich es sah, verstand ich das Problem.

Ich richtete mich auf. »Es ist nicht die Zeremonie!«, brüllte ich. »Es ist der Ort!«

Mom warf mir einen seltsamen Blick zu und Dad kam aus dem Nebenzimmer herbeigelaufen. Ich war bereits auf dem Weg zur Tür.

»Wir sind am falschen Ort«, erklärte ich ihm. »Schnappt euch eure Sachen und lasst uns fahren.«

»Wovon redest du? Wo fahren wir hin?«

Die anderen hatten sich im Vorderzimmer versammelt und sahen mich an, als sei ich verrückt.

»Aber hier haben die Pickens gelebt«, rief Mom mir ins Gedächtnis. »Hier hat alles begonnen.«

»Nicht direkt.« Eine Standuhr in der Nähe der Vordertür schlug elfmal. Ich wartete, bis das laute Läuten vorbei war, ehe ich weitersprach. »Ihr müsst mir vertrauen. Wir sind nah dran. Ich verspreche es. Folgt mir einfach.«

Ich hoffte, dass ich zuversichtlicher klang, als ich mich fühlte. Rasch und entschlossen ging ich voran und die anderen folgten mir und redeten miteinander. Die Straßen waren ziemlich verlassen, und ich atmete die

Luft ein, die schwach nach Jasmin duftete. Es dauerte einige Minuten bis zu unserem Ziel, aber als wir schließlich ankamen, wusste ich, dass es der richtige Ort war.

Das Bild, das kurz vorher in mir aufgeblitzt war, hatte einen riesigen, alten Baum gezeigt. Es war derselbe Park, in dem die Pickens nach dem Erdbeben kampiert hatten. Es war derselbe Park, den ich in meinen Träumen gesehen hatte. Und wichtiger noch, es war derselbe Baum, an den Elizabeth Pickens zurückgekehrt war, um die letzte Bitte ihrer Mutter zu erfüllen.

»Der Park? Bist du dir sicher?«, fragte Mom.

»Nicht der Park. Es ist der Baum.«

Ich erklärte, was ich gesehen hatte und wie es mit allem anderen zusammenhing, aber Dad war sich nicht so sicher.

»Du hast einen Baum gesehen. Sie sehen alle gleich aus. Woher weißt du, dass dies der richtige ist?«

Ich trat vor und streckte die Hand nach dem Stamm aus. »Ich weiß es einfach.«

Sobald meine Finger die Borke berührten, wurde alles schwarz. Ich drehte mich um, doch statt meiner Familie und meiner Freunde stand dort ein lächelndes Mädchen. Ein dunkelhaariges Mädchen in einem rosa Kleid.

»Du hast mich gefunden«, sagte Charlotte Pickens.

Ich war benommen, aber gleichzeitig fühlte es sich so an, als sei ich genau dort, wo ich sein sollte, obwohl ich keine Ahnung hatte, wo ich war – oder wann das war.

»Ich denke, du bist diejenige, die *mich* gefunden hat.«

»Stimmt. Aber danke, dass du mich hereingelassen hast.«

Ich schaute mich um. Es war immer noch Nacht, und wir waren immer noch in Charleston, aber es sah anders aus. Irgendwie kleiner, als ob die Stadt näher rücken würde. Jenseits des Parks war es pechschwarz. Keine Gebäude, keine Bäume.

»Wir haben nicht viel Zeit«, sagte die andere Charlotte. »Ich spüre, dass mir die Dinge entgleiten.«

»Wie setze ich mich mit deinen Eltern in Verbindung?«

»Darum werde ich mich kümmern. Doch ich brauche dich und deine Freunde, damit ihr euch konzentriert. Euch wirklich auf das konzentriert, was ihr tut und warum.«

»Die Zeremonie wird funktionieren?«

Sie nickte. »Sie wird.«

Ich fühlte mich wie in einem Wachtraum. Stand ich in einer Geisterwelt und redete mit einem echten Geist?

Sie kicherte. »Ja, in gewisser Weise.«

»Du kannst meine Gedanken lesen?« Der Gedanke war Furcht einflößend.

»Nur hier«, versicherte sie mir.

Ich hatte so viele Fragen an sie. Wie viele Menschen hatten je die Chance, mit einer Toten darüber zu sprechen, wie das Leben danach war?

»Es ist für jeden anders«, antwortete sie. »So wie es für jeden anders ist, geboren zu werden. Einige Dinge sind im Wesentlichen die gleichen, aber die Erfahrung selbst, und was anschließend geschieht, hängt stark davon ab, wer du bist.«

Sie sah jung aus, wie der Teenager, den ich beim ersten Mal aus dem Zelt ihrer Eltern hatte laufen sehen. Doch in meinen späteren Träumen hatte sie mindestens zehn Jahre älter ausgesehen. »Du kannst die Form wählen, die du annimmst«, sagte sie. »Ich dachte, diese wäre für meine Eltern die beste, weil sie sich so an mich erinnert haben.«

»Hast du die ganze Zeit hier festgesessen?«

»Ja und nein. Ich kann noch nicht weiterziehen, aber ich kann diesen Ort verlassen.« Sie deutete mit dem Arm auf den Park, der noch kleiner war als Sekunden zuvor.

»Ich dachte immer, die Menschen würden an den Ort zurückkehren, an dem sie gelebt haben, nicht an den Ort, an dem ihr Leichnam, ehm, nun, ich schätze, du bist nicht direkt hier begraben worden, aber deine Asche …«

Charlotte lachte. »Ich habe meine Tochter gebeten, meine Asche hier zu verstreuen, weil es ein Ort war, den ich geliebt habe«, sagte sie. »Ich bin früher, wann immer ich konnte, hierhergekommen. Also war es in gewisser Weise ein Ort, an dem ich gelebt habe. Er war etwas Besonderes für mich.«

»Warum konntest du deine Eltern nicht finden? Sie waren die ganze Zeit über in Charleston.«

Ihr Gesicht verdüsterte sich. »Sie weilen an einer anderen Art von Ort. Manchmal können sie mich hören, aber sie sind dort auf eine Weise gefangen, wie ich es nicht bin. Was du gerade tust, wird sie befreien.«

»Warum ich?«, fragte ich. »Ich meine, warum brauchen sie eine *lebende* Person, die ihnen hilft? Und was geschieht, wenn es uns nicht gelingt?«

Sie setzte sich ins Gras und ihr rosa Kleid flatterte um sie herum. »Es war ihre Entscheidung«, erwiderte sie. »Als sie die Entscheidung getroffen haben, zurückzubleiben, haben sie sich ihre eigenen Regeln, ihr eigenes Ultimatum auferlegt. Sie wussten nicht, wie mächtig und bindend eine solche Entscheidung wird.« Sie lächelte traurig. »Es ist wirklich erstaunlich, was man erreichen kann, einfach indem man sich lange genug darauf konzentriert.«

Es wurde dunkler. Charlotte Pickens wurde schwerer zu sehen, und ich hatte immer noch tausend Fragen. »Ist es Furcht einflößend? Das ganze Jenseits – ist es so, wie du es dir vorstellst?«

Sie sah mich mit ihren großen, braunen Augen an und lächelte. »Es ist ganz anders als das, was ich mir vorgestellt habe. Es ist größer, nehme ich an. Komplexer.« Ihr Blick wanderte zu dem Baum, dann zu mir zurück. Sie stand auf. »Es ist Zeit zu gehen.«

»Dies ist das Ende?«, fragte ich.

Sie lachte. »Das ist das Einzige, das du hier erfährst: Es gibt kein Ende.« Sie beugte sich dicht zu mir vor und flüsterte mir etwas ins Ohr. Ich war mir nicht sicher, was sie meinte, aber bevor ich fragen konnte, war sie fort. Ich blinzelte und stand wieder neben dem Baum, und meine Finger berührten kaum seine Borke. Noah stand neben mir.

»Wie lange war ich weg?«, fragte ich.

Er runzelte die Stirn. »Weg wo?«

»Bin ich nicht ohnmächtig geworden?«

Noah legte mir eine Hand auf die Schulter. »Nein. Hey, fühlst du dich wohl?«

Ich wusste nicht, was ich fühlte, aber ich wusste, was wir tun mussten. »Lasst uns anfangen«, sagte ich. »Wir müssen einen Kreis um den Baum bilden.«

Wir hielten uns an den Händen und Mom begann, aus ihrem Notizbuch vorzulesen. Shane hielt einen kleinen, batteriebetriebenen Videorekorder hoch, während Dad das EMF-Gerät im Auge behielt.

»Wir sind heute hierhergekommen, um die Geister von Edward und Elizabeth Pickens zu befreien, damit sie sich mit ihrer Tochter vereinen und ein neues Dasein führen können«, las Mom vor. Ich wiederholte im Stillen alles, was sie sagte, und versuchte, mich auf die Worte zu konzentrieren.

Noah hielt meine rechte Hand, Annalise meine linke. Wir standen alle mit gesenkten Köpfen und geschlossenen Augen da, wie Mom es uns aufgetragen hatte. Passanten dachten wahrscheinlich, dass wir irgendeine Hippie-Baum-Zeremonie vollführten, ging es mir durch den Kopf, dann schob ich den Gedanken schnell beiseite. Ich fragte mich, ob die anderen die gleichen Probleme hatten wie ich, sich zu konzentrieren.

Mom las weiter, ihre Stimme leise, aber stark. Ich

wusste die Worte, bevor sie sie auch nur aussprach. Es war wie ein Gebet mit Anweisungen. Wir waren halb durch mit der Zeremonie, als ich hinter mir eine Bewegung spürte. Dad flüsterte Shane etwas über die Messungen zu.

Konzentrier dich.

Ich drückte Annalises Hand und sie erwiderte den Druck. »Irgendetwas passiert«, hauchte sie.

Eine Brise war aufgekommen. Sie schien um uns herum zu wirbeln, beinah so, als tanze die Luft.

»Wir bilden diesen Kreis, um unsere Energie zu bündeln, um einen Raum zu schaffen, an dem ihr miteinander in Verbindung treten könnt«, las Mom weiter.

Ich hörte Mom zu, dachte aber auch an die Pickens. Sie hatten an unbekannten Orten gesucht und niemals die Hoffnung aufgegeben, dass ihr Kind irgendwo noch lebte. Wäre ihr Leben besser gewesen, wenn sie die Suche hätten sein lassen und zu Hause geblieben wären? Oder wäre Aufgeben zu schmerzhaft für sie gewesen?

Es ist wirklich erstaunlich, was man erreichen kann, einfach, indem man sich lange genug darauf konzentriert.

Ich zwang mich, den Worten meiner Mom zu lauschen. Ich wusste, dass sie sich dem Ende der Zeremonie näherte, und ich wollte mich, so sehr ich konnte, auf das konzentrieren, was gesagt wurde. Die Brise wirbelte schneller und stärker. Ich schloss die Augen noch fester, als die Luft mein Gesicht und mein Haar umpeitschte.

»Tretet in den Kreis und findet eure Tochter«, fuhr Mom fort. Ihre Stimme war lauter, als versuche sie, sich durch den tosenden Wind Gehör zu verschaffen. »Findet den Frieden, nach dem ihr gesucht habt, und werdet erlöst von eurer Vergangenheit.«

Noah umklammerte meine Hand so fest, dass es wehtat. Ich öffnete ein Auge und sah, dass alle im Kreis den Baum anstarrten. Also schaute ich auf und versuchte, durch das Haar zu spähen, das mir ums Gesicht flog.

»Wow.«

Eine bleiche, rosafarbene Lichtkugel leuchtete am Fuße des Baumes. Als der Wind heftiger wurde, kamen zwei goldene Lichter dazu. Sie kreiselten und wirbelten umher und wurden heller. Das Licht wurde so intensiv, dass ich schließlich nach unten schauen musste. Eine Sekunde später erstarb der Wind vollkommen, und als ich wieder aufsah, standen wir im Dunkeln.

Niemand löste sich aus dem Kreis. Niemand ließ die Hände los, die er hielt. Wir warteten, unsicher, ob noch irgendetwas anderes passieren würde. Schließlich ging meine Mom zu dem Baum hinüber.

»Ich denke, es hat funktioniert«, sagte sie.

»Haben wir es mit der Kamera aufgenommen?«, fragte Dad Shane.

»Keine Ahnung. Was *war* das?«

»Hast du es gesehen?«, fragte Noah mich.

Ich nickte. Wir ließen einander los und gingen zusammen zu dem Baum.

»Ist es vorbei?«, fragte Avery. »War das das Ende?«

Ich konnte Charlotte Pickens' Stimme deutlich in meinem Kopf hören. *Es gibt kein Ende.*

22

Eyeliner aufzutragen, während jemand an die Wand hämmert, ist keine leichte Aufgabe. Nach meinem zehnten Versuch, mich zu dem Spiegel vorzubeugen und eine gerade Linie zu ziehen, gab ich auf und ging nach unten.

»Du siehst toll aus, Schätzchen!«, rief Mom vom Sofa. Sie klappte eine Zeitschrift zu und lächelte mich an.

»Ich würde erheblich besser aussehen, wenn ich eine Minute Ruhe haben könnte!«, erwiderte ich und schaute zu meinem Dad hinüber.

Er hörte mitten im Schwung auf zu hämmern. »Tut mir leid. Ich bin in einer Sekunde fertig.« Er musterte mein Kleid. »Es ist ein wenig eng, nicht wahr?«

Ich betrachtete das weiße Satinkleid, das ich für das Homecomingfest ausgesucht hatte. Avery war mit mir im Einkaufszentrum gewesen, hatte es von der Stange genommen und erklärt, es sei perfekt. Ich gab ihr recht und tat mein Bestes, ihr zu helfen, ein ebenso perfektes Kleid zu finden. Sie hatte höflich alles anprobiert, was ich vorgeschlagen hatte, aber am Ende ein lavendelfarbenes Seidenkleid ausgesucht, das mir nicht einmal aufgefallen war.

»Ich finde, es sieht wunderschön aus«, sagte Mom. »Und die Tiara ist ein hübscher Akzent.«

»Das Fest ist ein ›Maskenball‹. Ich brauche eine Maske dazu.«

Shane streckte den Kopf herein. »Um wie viel Uhr kommt Noah?«

Ich versuchte, nicht zu stöhnen. Shane interessierte sich mehr dafür, wann Noahs Mom kam. Trisha und Shane waren in den zwei Wochen seit Charleston fast unzertrennlich geworden. Ich fand es zunächst sehr süß, aber es wurde schnell nervig. Shane verbrachte seine ganze Freizeit mit Trisha, redete über Trisha und plante aufwendige Verabredungen mit Trisha. Er hatte außerdem beschlossen, dass ich seine offizielle Stilberaterin war, was bedeutete, dass ich jedes Hemd gutheißen musste, jedes Paar Schuhe und jeden Spritzer Rasierwasser, den er benutzte, bevor er ausging. Es war äußerst anstrengend.

»Noah wird jeden Moment hier sein, also muss ich mich fertig machen.« Ich sah Dad an. »Alles erledigt?«

»Der letzte Nagel«, antwortete er und drehte sich wieder zur Wand um.

Meine Eltern hatten beschlossen, für eine Weile in South Carolina zu bleiben. Sie nannten es ihren »Fünf-Jahres-Plan« und sagten, es sei Zeit, einen Heimatstandort einzurichten. Sie würden immer noch reisen, aber dann hätten wir einen Ort, an den wir zurückkehren konnten. Dad feierte das, indem er jeden Quadratzentimeter Wand mit gerahmten Bildern aus seiner Sammlung von Erinnerungsstücken bedeckte. Er hatte die staubigen Lagerkisten aus der Garage geschleppt und das Wochenende damit verbracht, genau zu überlegen, wo jedes Bild hinkommen würde.

»Ein wenig weiter nach links, Liebster«, sagte Mom vom Sofa aus. Dad betrachtete die schwarz gerahmte Ausgabe der Fernsehzeitung, nickte und schob den Nagel leicht zur Seite.

Es war schön, sie zusammen im selben Raum zu sehen. Nach unseren Erlebnissen in Charleston schien sich etwas zwischen meinen Eltern zu verändern. Mom wollte aktiv »intelligenten Spuk« erforschen, ein Vorhaben, dem Dad vehement widersprach.

»Findest du nicht, es wird Zeit, unser Forschungsgebiet zu erweitern?«, fragte Mom.

»Nein«, antwortete er entschieden. »Wir werden uns nicht lächerlich machen. Das Gebiet ist schon schwierig genug, auch ohne verrückten New-Age-Mystizismus.«

»Ich rede nicht über Mystizismus«, versetzte Mom. »Ich rede einfach davon, offen für neue Möglichkeiten zu sein.«

Aber Dad wollte nichts davon hören. Seiner Meinung nach musste das, was geschehen war, einfach geduldig und gründlich studiert werden, um die vernünftige Erklärung dahinter zu entdecken. Doch die Untersuchung des Bildmaterials erwies sich als unmöglich. Als wir uns hinsetzten, um Shanes Videos durchzugehen, waren die Bänder leer. Nicht ein einziges Bild existierte von der Zeremonie des Zirkels der Sieben. Statt tanzender Lichter zeigten unsere Monitore nur ein schwarzes Standbild. Ich wusste jedoch, was ich gesehen hatte, und brauchte kein Videoband, um meine Erfahrung zu bestätigen. Das Gleiche galt für Mom.

Aber während Mom sich weiter von ihren früheren Ideen entfernte, stellte Dad sich stur. Er schien zu vergessen, dass unser Haus verwüstet worden war und dass mysteriöse Lichter uns umkreist hatten. Ich hoffte, dass er anfangen würde, Moms neue Denkweise zu teilen, und wenn nicht, dass meine Eltern ihre unterschiedlichen Auffassungen zumindest gegenseitig respektierten.

Ich kehrte in mein Zimmer zurück, um mich fertig zu machen. Ich hatte noch nichts an meine Wände gehängt, aber es fühlte sich wirklich wie mein Zimmer an, mit Kleiderhaufen auf dem Teppich und all meinen Sachen, die ich endlich ausgepackt hatte. Es war schön gewesen, in den vergangenen beiden Wochen in meinem eigenen Bett zu schlafen. Ich hatte tief und traumlos geschlafen. Nach allem, was geschehen war, hoffte ich irgendwie auf ein kurzes und glückliches Zeichen, dass mit Charlotte Pickens und ihren Eltern alles gut war. Ich erwähnte es Noah gegenüber, und er antwortete, dass es ein besseres Zeichen sei, keine Träume mehr zu haben.

»Es bedeutet, dass sie alle weitergezogen sind«, sagte er. »Und war das nicht der Sinn der Sache?«

Ich stimmte ihm zu. Dann erklärte ich mich bereit, mit ihm zum Homecomingball zu gehen. Es war nicht direkt ein Date. Eigentlich hatte Avery ihn eingeladen. Sie war nach Schulschluss im Film-Kurs vorbeigekommen und hatte Noah gegenüber den Ball erwähnt, und er hatte gesagt, dass er nicht vorgehabt habe hinzugehen. »Aber du musst hingehen!«, hatte Avery gerufen. »Ich habe das Ganze organisiert. Du kannst mit mir und Charlotte hingehen.«

Und so wurde es beschlossen. Wir drei würden als Freunde hinfahren, aber ich hoffte insgeheim, dass Noah und ich ein wenig Zeit allein miteinander hätten. Ich mochte ihn, und seit Charleston waren meine Gefühle für ihn stärker geworden. Er hatte meine Familie bei der Arbeit gesehen und war nicht davongelaufen, und das war immerhin etwas. Aber zwei Wochen waren vergangen, und das einzige Mal, dass wir tatsächlich miteinander geredet hatten, war während des Kurses gewesen, und da wurden unsere Gespräche ständig von der Arbeit unterbrochen. Ich wusste nicht, ob Noah in mir etwas anderes sah als eine Freundin. Der Homecomingball könnte daran etwas ändern, dachte ich.

»Avery ist da!«, rief Mom die Treppe hinauf.

»Oh, gut«, sagte ich, als Avery in mein Zimmer kam. »Hilfst du mir, dieses Ding in meinem Haar zu befestigen?« Ich reichte ihr die kleine Tiara und eine Handvoll Haarnadeln und setzte mich auf mein Bett.

Sie begann mein Haar zurückzustreichen. »Bist du dir da sicher? Die Leute könnten denken, dass du bereits ein Zeichen setzen willst, wer Homecomingqueen werden soll.«

»Es gehört zu meinem Kostüm«, wandte ich ein. »Vertrau mir.«

»Das tue ich immer«, murmelte sie.

»Du siehst übrigens toll aus.«

»Danke. Diese Farbe steht mir, finde ich.«

Ich lächelte. »Und wie.«

Charlotte Pickens' letzte geflüsterte Worte an mich hatten zunächst keinen Sinn ergeben. Ich hatte eine Weile gebraucht, um zu begreifen, dass sie mir eigentlich eine Botschaft für Avery mitgegeben hatte. Die gab ich eine Woche später weiter, nachdem sich alles ein wenig beruhigt hatte.

Wir waren bei mir zu Hause und sahen uns das Bildmaterial der Wärmebildkamera vom Giuseppe's an. »Sie sagte, Vergebung habe ihre eigene Farbe«, berichtete ich Avery. »Sie sagte, sie erscheine als unverwechselbarer Lilaton.«

»Wann hat sie das gesagt?«, fragte Avery.

Ich war immer noch nicht bereit, weiterzuerzählen, was mit mir geschehen war. Es war nicht so, dass ich dachte, niemand würde mir glauben. Es war einfach etwas Persönliches, etwas, das für mich allein bestimmt war. Statt mein Erlebnis an dem Baum mitzuteilen, erzählte ich Avery, dass ich einen weiteren Traum in Charleston gehabt hätte. Es war nicht direkt eine Lüge, fand ich. In gewisser Weise war es traumhaft und surreal gewesen.

»Kommt Jared heute Abend zum Ball?«, fragte ich. Avery legte letzte Hand an mein Haar, daher konnte ich ihr Gesicht nicht sehen.

»Vielleicht. Er hat gesagt, dass er möglicherweise gegen Ende vorbeikommen wird.«

»Ist mit euch beiden immer noch alles gut?«

»Ja. Ein wenig heikel, schätze ich, aber gut.« Avery stand vor mir und begutachtete ihr Werk. »Diese Seite ist ungleichmäßig«, erklärte sie. Sie begann Nadeln aus meinem Haar zu ziehen. »Es ist seltsam, wie andere Leute darauf reagieren, mich mit ihm zu sehen«, fuhr sie fort. »Ich habe das Gefühl, als müsse ich rechtfertigen, dass ich mit ihm befreundet bin oder so etwas.«

Es gefiel mir, Jared jeden Tag in der Schule zu sehen. Er aß nicht mit uns zu Mittag oder sonst etwas, aber Avery riss sich ein Bein aus, damit die Leute ihn nicht schlecht behandelten. Sie trat sogar an Harris Abbott heran, den Kapitän des Footballteams, und bat ihn, die Botschaft an den Rest der Spieler weiterzugeben: Jared James war nicht für Adams Tod verantwortlich.

Ich hatte meine Klassenkameraden genau beobachtet, um zu sehen, ob sie ihr Verhalten Jared gegenüber veränderten. Bisher hatte es sich nur geringfügig verbessert, aber das war besser als nichts.

»Okay. Geschafft.« Avery lächelte. »Du siehst sehr königlich aus, Charlotte.«

Ich stand auf und machte einen Knicks. »Genau wie du.«

Sie lachte. »Ich will nicht königlich wirken. Meine Maske hat Federn.«

Das Homecomingmotto hatte für eine Menge Aufregung gesorgt und für ebenso viel Wettbewerb. Neben der Krönung des traditionellen Königspaares würden wir außerdem über die kreativste, ungewöhnlichste und allgemein beste Maske abstimmen. Einige Kunstkurse hatten sich mit dem Projekt beschäftigt, wahrscheinlich in erster Line deshalb, weil sie wussten, dass Bliss Reynolds einen Beitrag darüber für die Nachrichten machen würde.

Ungefähr eine Woche nach dem Zwischenfall in Charleston waren Bliss und ich noch einmal aneinandergeraten. Ich war allein an meinem Pult im Film-Raum und sah mir das Bildmaterial des Tages an, als Bliss sich neben mich setzte.

»Den Gerüchten zufolge liegt es an dir, dass Avery und Jared wieder Freunde sind«, sagte sie.

»Diese Gerüchte habe ich nicht gehört«, antwortete ich. Ich konzentrierte mich auf meine Arbeit, und es gefiel mir nicht, gestört zu werden, aber Bliss kapierte den Fingerzeig nicht.

»Tja, die Gerüchte bekommen ständig neue Nahrung.« Bliss seufzte. »Wie die, die nach Adams Tod die Runde gemacht haben.«

Jetzt hatte sie meine Aufmerksamkeit. Ich stoppte das Video, das ich mir ansah, und drehte mich zu ihr um. »Welche Gerüchte?«

»Die über Jared, dass er den Autounfall verursacht

habe.« Sie schüttelte den Kopf. »Ich habe es natürlich nicht geglaubt. Ich schätze, die Leute brauchten einen Sündenbock. Aber als ich mich zu Wort gemeldet habe, als ich sagte, es sei nicht wahr …« Ihre Stimme verlor sich. »Die Leute hören nur auf hübsche Mädchen.«

»Wovon sprichst du? Du bist hübsch, Bliss. Das weißt du.«

Sie stieß ein kurzes, bitteres Lachen aus. »Lass es mich anders formulieren. Die Leute hören nur auf die beliebten Mädchen, Mädchen wie deine süßen kleinen Freundinnen.«

Ich war verwirrt. Was versuchte Bliss zu sagen? Und warum versuchte sie, es mir zu sagen?

»Bliss …«

Sie stand auf. »Vergiss es, okay? Vergiss es einfach. Ich weiß nicht, warum ich überhaupt versucht habe, mit dir zu reden.«

»Bliss, was immer ich getan habe, das dich dazu gebracht hat, mich zu hassen, tut mir leid. Ich wollte das nicht.«

Für einen Sekundenbruchteil dachte ich, dass ihre Augen weicher wurden. Aber genauso schnell war die Regung wieder verflogen.

»Weißt du, wie schwer es für mich war, hier Freunde zu finden? Ein wenig Respekt zu bekommen und ernst genommen zu werden? Und dann rauschst du herein, ein neues Mädchen wie aus dem Nichts, und alle reden nur über dich. ›Charlotte ist so cool, Charlotte ist so nett.‹ Das ist alles, was ich höre!« Bliss sah aus, als sei sie den Tränen nahe. »Nun, genieße deinen Moment in der Sonne. Aber sei vorsichtig. Früher oder später verbrennt man sich.«

Sie ging davon, und ich fragte mich bis heute, was genau ihr zugestoßen war, dass sie sich verbrannt fühlte. Sie hatte seit diesem Zusammentreffen nicht mit mir gesprochen, und ich hatte nicht versucht, mit ihr zu sprechen. Was immer mit Bliss los war, sie musste allein damit fertig werden.

Avery und ich prüften ein letztes Mal unser Make-up, als es an der Tür klingelte. Ich schnappte schnell meine Maske, die ich an diesem Morgen fertiggestellt hatte. Ich wusste, dass die meisten Mädchen sich als schwarze Katzen oder Teufel mit Pailletten verkleideten, und ich wollte anders sein. Ich hatte eine schlichte, weiße Maske silbern angemalt, dann hatte ich die Ränder mit Strasssteinchen dekoriert. Ich half Avery, ihre Maske zu befestigen, die mit kleinen, lila Federn bedeckt war, und sie half mir bei meiner. Dann gingen wir nach unten.

Noah sah umwerfend aus. Er trug einen weißen Smoking, und mein Magen flatterte, als ich einen Blick auf seine grünen Augen hinter seiner weißen Maske erhaschte. Als Avery und ich die Treppe herunterkamen, machten meine Mom und Trisha Fotos. Noah lächelte und reichte jeder von uns ein Rosensträußchen. »Tolle Masken«, sagte er. Er versuchte, mir zu helfen, mein Sträußchen zu befestigen, aber er fummelte nur herum, daher übernahm ich es selbst. Avery befestigte ihren Strauß auch allein. Nachdem wir für weitere hundert

Fotos posiert hatten, waren wir drei abmarschbereit. Avery und ich hakten Noah unter und gingen zur Einfahrt hinaus. Meine Eltern hatten endlich erlaubt, dass ich ihren BMW fahren durfte, aber klargestellt, dass das nur für einen Abend gelte. Avery stieg hinten ein, während Noah auf den Beifahrersitz kletterte.

»Falls ich es noch nicht erwähnt habe, du siehst unglaublich aus«, bemerkte er.

»Danke«, antwortete ich. »Du auch.«

»Dieses kleine Kronen-Dingsda ist auch cool.«

Ich dachte darüber nach, warum ich dieses Kostüm ausgesucht hatte. Es lag ja eine gewisse Ironie darin, dass ich eine Maske aufsetzte, um zu offenbaren, wer ich wirklich war.

»Sie ist ein wichtiger Teil des Outfits«, erklärte ich, während ich den Rückwärtsgang einlegte.

»Eine Prinzessin?«, fragte Noah.

»Ich bin nicht einfach eine gewöhnliche Prinzessin«, erklärte ich ihnen. »Ich bin eine paranormale Prinzessin.«

»Was ist der Unterschied?«, wollte Avery wissen.

Ich lächelte, während ich mit meinen besten Freunden unser Viertel verließ und auf die Hauptstraße einbog. Es fühlte sich so an, als sei ich auf dem Weg zu mehr als nur einem normalen Homecomingball. Es fühlte sich so an, als bewegte ich mich auf einen ganz neuen Anfang zu.

»Der Unterschied ist, dass ich nicht normal bin«, sagte ich. »Und es gefällt mir wirklich, wirklich gut.«

Dank

Ein aufrichtiges Dankeschön Tina Wexler, meiner wunderbaren Agentin, und Tara Parsons, meiner ebenso wunderbaren Lektorin.

Eine Runde Applaus für Ed Davis, Marguerite Demarse, Karen and Patrick Dulzer, Heather Foy, Kimm Gildea, John und Martha Lohrstorfer, Nancy McDaniel, Rita Owen und Kathy Payerchin.

Standing Ovations für Robert Lettrick (Website-Guru) und Kristi Purnhagen, die den ersten Entwurf gelesen hat.

Und ein besonderes Beifallgebrüll meinen Jungs: Joe, Henry, Quinn und Elias, die mich auf Trab halten, mich stolz machen und mich nie vergessen lassen, dass ich nicht allein bin.

Rachel E. Carter

Magic Academy – Das erste Jahr

ca. 350 Seiten, ISBN 978-3-570-31170-7

Die 15-jährige Ryiah kommt mit ihrem Zwillingsbruder an die Akademie. Die berüchtigtste Ausbildungsstätte ihres Reichs, an der nur Schüler mit magischen Kräften aufgenommen werden. Aber es gibt einen Haken. Nur fünfzehn der Neuankömmlinge werden die Ausbildung antreten dürfen. Der Wettkampf um die begehrten Plätze ist hart und die Rivalität groß. Vor allem, als Ry Prinz Darren näher kommt, macht sie sich Feinde ... Wird sie trotz aller Widerstände gut genug sein und ihren Platz an der Akademie behaupten?

30323

www.cbj-verlag.de